KB063409

연애
연습

연애 연습

2013년 1월 20일 초판 1쇄 인쇄
2013년 1월 24일 초판 1쇄 발행

지은이 진소라
발행인 이종주

기획 편집 박지해

발행처 (주)로크미디어
출판등록 2003년 3월 24일
주소 서울시 용산구 원효로97길 46 5층
Tel (02)3273-5135 Fax (02)3273-5134
홈페이지 rokmedia.com · E-mail rokmedia@naver.com

ⓒ 진소라, 2013

값 10,000원

ISBN 978-89-257-3034-9 03810

연애
연습

진소라 장편소설

로크미디어

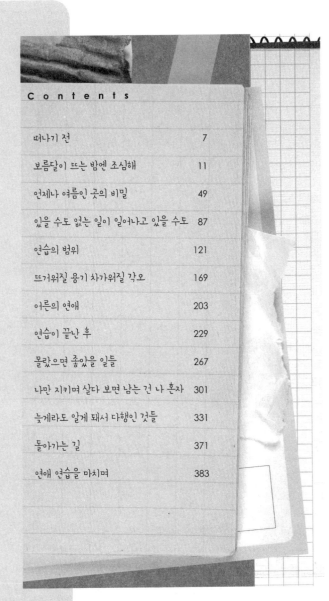

C o n t e n t s

떠나기 전   7

보름달이 뜨는 밤엔 조심해   11

언제나 여름인 곳의 비밀   49

있을 수도 없는 일이 일어나고 있을 수도   87

연습의 범위   121

뜨거워질 용기 차가워질 각오   169

어른의 연애   203

연습이 끝난 후   229

몰랐으면 좋았을 일들   267

나만 지키며 살다 보면 남는 건 나 혼자   301

늦게라도 알게 돼서 다행인 것들   331

돌아가는 길   371

연애 연습을 마치며   383

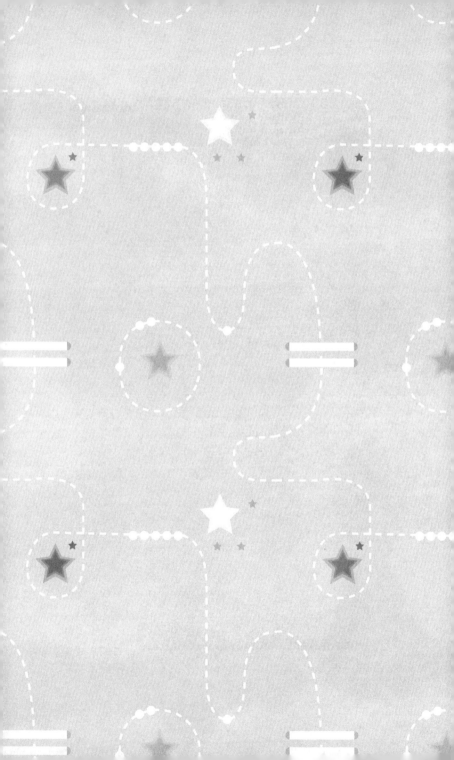

떠나기 전

여행을 떠나기 전에 늘 짧은 글을 남긴다.

그건 유서가 될 수도, 재미있고 조금 부끄러운 일기가 될 수도 있다. 매번 나는 그 편지와 귀중품들이 담긴 가방을 정우에게 맡겼다. 예전에는 구구절절 사연이 많았다. 하지만 이제는 딱 한 장의 종이에 빠른 시간 안에 적을 수 있다. 간단하고 명료하며 산뜻하다.

"이번엔 어디 가냐?"

주말인데도 술에 절어 방바닥을 기고 있던 정우가 묻는다.

"카미노 데 산티아고."

"남미야?"

"어디 가서 에디터라고 하지 마."

"어딘데? 어딘데?"

대답 없이 가방을 정우의 침대 밑에 넣는데, 정우가 신음처럼 내뱉는다.

"내, 그 구미호 꼬리를 잘라서 보양식을 해 먹어도 시원치 않은데."

"이번에도 실패했어?"

"뭘?"

"그 여자한테 이기는 거."

정우는 제휴 업체인 인터넷 포털 사이트의 여자 대리와 몇 년째 전쟁 중이다. 한 번도 이기지 못했으면서. 아니, 상대는 싸움이라고 생각하지 않을 게 분명하다.

"영원히 못 이길 거 같아."

"왜?"

"그 금자가 이번에도 나에게 먹였어. 아, 치욕적인 별명이 붙고 말았어. 내가 흥신소 사람을 붙여서라도 진짜! 그 별명이 뭐냐고 묻지 마!"

"그 여자는 신경도 안 쓴다면서."

"신경을 안 쓰긴? 그런데 매번 그렇게 나한테 결정타를 날린다고?"

"너 혹시 그 여자 좋아하는 거 아니야?"

"미쳤냐? 내가 변태야? 그렇게 당하고 좋아하게?"

버럭 소리를 지르는데 뭔가 자신 없는 듯 말끝을 흐린다. 차라리 그런 거였으면 하는 표정도 지나간다.

나는 잠시 고민하다 말했다.

"내가 이기는……. 아니, 그건 힘들고. 적어도 지지 않는 법을 가르쳐 줄까?"

"어어? 진짜? 그런 걸 왜 진작 안 가르쳐 주고."

"안 싸우면 돼."

"왜? 안 죽는 법 가르쳐 줄까? 태어나지 않으면 되겠네. 너 진짜 재수 없어."

"뭐?"

"너같이 팔자 좋은 놈은 몰라, 세상의 치열함을."

"뭔 소리야?"

"하고 싶은 공부 하다가, 이제는 난 너무 오래 열심히 했어, 여행을 가겠어, 나를 만나러 가겠어. 너를 만나러 왜 비싼 비행기 타고 기어 나가냐? 거울 보면 되는 거지."

정우는 말을 참 잘한다. 그런 정우가 한 번도 못 이긴 상대는 어떤 사람일까 슬쩍 궁금하기도 하다.

정우가 화장실에 간 사이, 나는 가방을 열어 종이를 꺼내 한 줄 더 적어 넣었다. 그러고 보면 매번 가방을 맡아 주는 친구에게 남겨 주는 것이 없다.

> 그 승부는 영원히 힘들 거 같아. 그 여자를 사랑하는 편이 낫겠음. 사랑에 빠지면 절대 이기고 싶지 않을 테니까.

종이를 다시 접어 넣고 가방을 닫았다. 그리고 비밀번호를 채웠다.

"이번엔 가방에 뭐 넣었어? 비싼 거 들었어? 죽기 전 친구에게 남기는 마지막 선물이냐? 아, 죽으러 가는 건 아니지. 미안!"

나는 그냥 웃었다.

그 여자를 영원히 이길 방법을 적어 넣었다고 말하지는 않았다. 그럼 승부에 눈이 먼 정우는 저 가방을 가만두지 않을 게 분명하다.

조용히 가방을 다시 침대 밑에 넣어 두고 배낭을 메고 정우의 집을 나섰다.

"유럽 가는 거였어? 그럼 내가 지난번에 말한 그 가죽 잠바 사 와야 해."

언제 나왔는지 베란다에 매달린 정우가 소리쳤다.

나는 대충 고개를 끄덕였다. 1년 후면 어차피 잊을 약속이다.

"아아아아아아아."

비명 소리에 나는 뒤를 돌아봤다. 정우가 소리치고 있었다.

"아아아아아! 이 구미호가 나한테 더위를 팔았어. 아아아아."

보름이구나.

나는 고개를 들어 하늘을 봤다. 날이 흐려 보름달이 보이지 않는다.

미련을 못 버린 정우는 계속 날 불러 댔다.

"세준아. 내가 할 말이 있어. 대답 좀 해 봐."

나는 입을 꾹 다문 채 대답하지 않고 뒤도 돌아보지 않았다.

더위까지 지고 가기에는 갈 길이 멀다.

어느 보름밤에.

연애
연습

보름달이 뜨는 밤엔 조심해

"안녕하세요. 오세준입니다."

상상했던 것과 다른 모습에 나는 한참 그 남자를 바라봤다. 덥수룩한 머리에 수염, 그리고 까칠한 모습이 아니었다.

짧게 자른 머리에 흰 피부. 그냥 어느 도서관에 틀어박혀 책만 읽다 나온, 젊은 학자처럼 보이기도 했다.

흰 피부의 비결을 궁금해하다 등산하는 아주머니들이 쓰는 '우주 파워 선 캡'을 쓰고 뒤로 걷는 모습을 상상한 나는 픕 소리까지 내며 웃어 버렸다.

"네, 안녕하세요. 반소은입니다."

터진 웃음을 수습하기 위해 명함을 건네고 나는 다시 집중했다.

외모가 어떻든, 1년에 300일을 걸어서 여행했다는 도보 여행

가다. 게다 자신의 여행기를 누구에게도 공개하지 않는, 고지식한 사람이었다.

　그는 왜 여행을 하는지, 어떤 사람들을 만났는지, 어떤 식당엘 갔는지, 아니 무엇을 느꼈는지의 기록도 없이, 오직 이정표 사진만을 여행의 흔적으로 남겼다.

　그의 블로그는 여행 카테고리의 메인에 노출되는 블로그보다 방문자 수가 많았지만 댓글은 허용되지 않는, 그냥 일방적인 자신만의 기록이었다.

　그 블로그를 보며 나는 그가 매일 공부한 페이지와 시간을 적던 큰오빠와 비슷한 유의 인간일지도 모른다 생각했다.

　여행이라 봐야 쇼핑을 하거나 호텔 수영장에 엎어져 잠이나 자고, 여행 가서 먹은 음식 사진이나 올리는 나로서는 이해하기 쉽지 않았다. 아니, 이해하지 못하는 걸 넘어 그의 사진이 허세로 보였다.

　"바로 본론으로 들어갈까요?"

　나는 슬쩍 남자의 얼굴을 한 번 쳐다봤다.

　신이에게 그의 실물을 보여 줄 수 없다는 사실이 안타깝다. 함께 보았더라면 이 남자의 외모에 대해 2박 3일은 이야기할 수 있을 텐데. 긍정적, 부정적, 그리고 온갖 장르의 판타지까지 포함해서.

　"이게 제안서인 건가요?"

　"네."

　그가 제안서를 읽는 동안 나는 혼자서라도 슬쩍 판타지에 빠졌다. 어느 사막에서 걷다 그와 마주친다든가, 아니면 관광지에서 버스 인질극이라도 일어나 그가 여자를 구해 준다거나 하는. 여행지에서 사랑에 빠져 꿈같은 시간을 보낸 후 쪽지 한 장을 남겨 두고 돌아오는 연애에 적당한 외모와 딱 맞는 직업이다.

물론 그 판타지의 주인공은 내가 아니라, 다른 여자여야 한다. 그런 이야기의 주인공이 되는 건 너무 피곤한 일이니까.

"그럼 밥 먹으러 가죠?"

남자는 제안서를 가방에 넣으며 일어섰다.

"네?"

"제가 밥을 아직 못 먹어서요. 밥 먹으면서 더 이야기하죠."

"아, 예."

나는 가방을 고쳐 메며 마지못해 고개를 끄덕였다.

하필이면 오늘은 제일 높은 9센티 하이힐을 신었다. 가방에 비상용 플랫 슈즈가 있긴 하지만 그걸 꺼내 신을 타이밍도, 복장도 아니다.

"아, 그런데 신발 괜찮으세요?"

걱정하는 척했지만 사실은 너 그래 가지고 걸을 수 있겠냐라는 눈빛으로 그가 말했다.

"네."

"볼 때마다 신기해요. 아주 높은 신발을 신고 춤추듯이 지하철 역으로 달려가는 여자들 말이에요. 발레리나가 발끝으로 무대 위를 걸어가는 것처럼 콩콩콩."

타인을 관찰하고 자신이 이해하지 못하는 점들을 찾아내는 부류인 거군. 그러니까 미련하게 걸어서 어딘가를 여행하겠지.

나는 간결하게 대답했다.

"키가 작으니 선택의 여지가 없어요."

순간 남자는 내 쪽으로 몸을 기울였다.

키 큰 남자들이 나를 처음 만나 기를 죽이고 싶을 때 자주하는 행동이다. 나는 그의 실례를 넘기지 않고 공손한 얼굴로 말했다.

"제 키는 160이 안 돼요. 물론 프로필이나 사람들에겐 160이라고 하지만."

내 대답에 그가 놀라 물러서며 말했다.

"아, 제가 지금 실례한 거죠?"

조금 헷갈리는 중이다. 가식적이라고 보기엔 지나치고 원래 성격이라고 보기엔 좀 간지럽다.

"궁금해서 그러신 거잖아요. 키 크시네요."

"네."

"뭐, 모델처럼 길쭉해 보이고 싶어서라기보다는 청바지를 자르지 않고 입는다거나 등등, 평범하게 살려면 꼭 마법의 구두가 필요한 때가 있거든요. 아, 지금처럼 키 큰 사람을 만날 때 땅바닥에 붙어서 상대를 올려다보는 기분을 느끼지 않으려면 더구나."

"네."

나는 최대한 자연스럽고 우아하게 걸으려고 노력했다.

뒤에서 오세준이 키 작은 여자의 뒤뚱거리는 걸음을 관찰하고 있다는 게 신경 쓰였지만, 가방은 도서관에서 대출한 여행 서적으로 가득했고 배도 고팠다.

"서울에도 이런 집이 있네요. 반찬도 이렇게 많고."

그는 친절한 척, 밥을 덜어 낸 돌솥에 물을 부어 주며 말했다.

하지만 나는 물에 빠진 밥을 먹지 않는다. 누룽지도, 죽도. 그리고 설렁탕, 곰탕, 도가니탕도 밥 따로 국 따로 먹는다.

"한국 돌아오신 지 얼마 안 되었으니 이런 데가 좋을 것 같아서요."

"네. 좋네요. 그런데 소은 씨는 여기 누구랑 와 봤어요?"

남이야 누구랑 오든지!

이런 질문을 하는 사람들이 너무 싫다. 일로 만나서 뭔가 사적인 이야기를 나누며 친밀감을 쌓아야 한다고 생각하는 것도 이해가 안 된다.

"기억이 안 나네요."

"제 고향이 여수예요. 부모님은 아직 거기 사시고요."

"억양으로는 잘 모르겠는데."

"저는 초등학교 때 올라와서 할아버지 댁에서 학교를 다녔고요."

왜 갑자기 여수 이야기인가 하다 나는 식탁에 놓인 갓김치를 보고 고개를 끄덕였다.

"진짜 돌산 갓김치네요. 아, 이거 냉면이랑 먹으면 맛있어요."

그의 말에 놀라운 정보라는 듯 눈을 동그랗게 떠 주고 나는 슬쩍 얼굴을 찡그렸다.

나는 여수도 싫고, 바다도 싫고, 젓갈이 들어간 김치도 싫다. 그리고 시시콜콜 말이 많은 사람도 싫다. 특히 밥 먹을 때 이것저것 가닥을 늘여 가며 이야기를 확장하는 건 딱 질색이다. 이를테면 자신의 인생관이나 어릴 적 이야기 같은 것들. 거기에 꿈이나 미래까지 이야기한다면 정말 최악이다.

"나중에 고향 가서 살고 싶어요. 참 좋아요. 소은 씨는 고향이 어디예요?"

"서울요."

나는 짧게 대답하고 다시 밥을 먹었다. 사실대로 대전이라고 하면 또 어디냐, 학교는 어디 나왔느냐, 나도 어디를 안다, 기차 타고 지나다 봤다. 대전역에서는 가락국수를 아직도 파느냐, 계룡산엔 정말 도사가 있느냐. 뻔했다.

내가 슬쩍 거짓말로 대화의 단절을 시도하는 사이 그는 여전히 친절한 남자의 역할을 수행하느라 아까 닫아 둔 돌솥의 뚜껑을 열며 말했다.

"고마워요. 밥 같이 먹어 줘서."

"네?"

밥을 같이 먹어 줘서라는 건 본인이 사겠다는 건가, 생각하는 순간 그가 한마디 덧붙였다.

"낯선 사람이랑 밥 안 먹는다고 들었거든요."

나는 그를 바라봤다. 그리고 금세 이해하기로 결정했다. 누군가를 만날 때 사전 조사는 기본이다. 더구나 '구글링'의 시대에 살고 있는 우리들은 더 피할 수 없다.

이름으로, 메일 주소로, 휴대폰 번호로 대충의 사전 조사가 가능하다.

신이는 자신이 짝사랑하는 남자가 어떤 년—이건 신이의 표현이다—에게 꽃다발을 보낸 걸 구글링으로 잡아냈고 그 여자의 전화번호를 찾아낸 후 그 여자의 속옷 사이즈까지 알아냈다.

촌스럽게 심부름센터에 부탁하지 않아도 그런 건 이제 너무나 쉽게 알 수 있다. 특히 사이버 뒷조사의 대가 이신 양에게 부탁하면 못할 일이 없었다.

아무리 내 이름에 특이한 성이 붙어 있다 해도 내가 낯선 사람들과 밥을 안 먹는 것까지 나오지는 않을 텐데.

나는 '당신의 정보원은 누구인가요?'가 충분히 들어간 눈빛으로 그를 똑바로 응시했다.

내 눈빛에 쫀 남자는 머뭇거리며 말했다.

"아, 제 룸메이트가 박정우라고, 잡지사 다니는데."

"디아이 잡지 박볶, 아니 박정우 씨요?"

"네."

설정이 아니라, 순간 마음이, 목소리가 착 가라앉았다. 박볶음이라니. 수많은 라인을 두고 하필이면!

"그래서 테스트 겸 밥 먹자 하셨어요? 박정우 씨가 뭐라 그랬을라나. 구미호라고 그랬겠네요? 아니다. 또 있지. 간잡이 또 금자 씨. 아, 맞다 연실이도 있어요. 연애 싫어한다고 연실이. 그런데 지금 같은 경우야 제가 거절할 수 있는 처지가 아니죠. 싫어하는 거 알면 청하지 마시지. 꼭 그걸 확인하시는 선생님도 뭐……."

이제 제발 이번에 새로 추가하는 여행 콘텐츠에 여행기를 써주십사 하는 을의 자세는 사라진 지 오래다.

박볶음과 둘이서 예비 담화까지 하고 나왔다면 그와 나는 이미 냄새나고 얕아서 바닥을 보이는 개천 박정우 선생을 사이에 두고 서 있는 것이다.

"아, 소은 씨 그게."

울컥.

마음을 다스리느라 숨을 멈춰 본다. 그래도 억울한 마음이 사라지지 않는다. 그 인간과의 3년 동안 남은 거라곤 차고 넘치는 별명뿐이다.

겨우겨우 마음을 가라앉히고 애써 침착한 목소리로 말했다.

"남의 별명 짓는 거 꽤 좋아하는 사람이죠. 전 그분 별명을 말하는 치사한 행동은 안 할게요. 그리고 뭐, 그 별명이 다 터무니없는 건 아니에요."

"뭐가요? 소은 씨 별명?"

그의 눈썹이 살짝 움직였고 나는 놓치지 않고 웃으며 말했다.

"처음 만나는 저는 친절해요. 일할 때도 물론 친절하고 상냥합니다. 그건 당연한 거죠. 고객이거나, 협력사이거나. 그런데 일이 끝나고 나서도 사적으로 그 친절과 접대를 연장해 주길 원하면 당연히 제가 응할 수 없죠. 더구나 그게 남자 여자의 경우라면요."

"그렇죠."

그는 갑자기 모든 걸 이해한다는 듯 고개를 끄덕인다. 이런 타이밍을 놓치면 안 된다.

박볶음에게는 스스로도 말하지 못할 치명적인 실수가 있다.

"그리고 박정우 씨랑 첨에 틀어진 게 아마 밥 먹으러 가자는 걸 거절해서일 걸요."

"네."

"그런데 그분, 그때 그냥 밥 먹자고 안 했어요."

그분이라니. 울컥 다시 뭔가 치밀어 오르지만, 교묘하게 누군가의 구린 과거를 폭로하는 순간엔 호칭이 중요하다. 그 인간이라거나 그 새끼라고 말한다면 이미 지고 들어가는 것이다.

"그럼요?"

"강원도 어느 골짜기에 닭볶음을 정말 잘하는 집이 있는데 가자고, 자기는 밤눈이 어두워서 운전을 못 한다고 쉬었다 와야 한다고. 그런데 당신의 눈동자가 너무 깊고 아름다워서 자기가 취하게 되면 그날 밤이 고요하리라고는 장담을 못 한다나. 뭐 그게 고백의 말이라 볼 수도 있지만 제 취향은 아니었어요. 아니, 취향을 넘어 희롱으로 느껴졌어요."

순간 그의 얼굴은 창백해졌다가 다시 빠른 속도로 빨개졌다. 나는 결정적 한마디를 친절하고 차분한 목소리로 건넸다.

"같이 사시면 비슷하시겠네요."

"아니에요. 집 구하는 중이에요. 나갈 겁니다."

그는 단호하고 분명하게 말했다.

남자들의 우정이란 대충 이렇다. 쉽게 끊어진다. 아니 끊어지는 듯 보인다. 하지만 방심하면 안 된다. 함께 술을 마시고 어깨를 감싸 안고 골목을 미친놈들처럼 뛰고 나면 다시 회복된다. 이전보다 더 미련스럽게.

여자들이 한 번 등을 돌리면 주변의 친구 관계, 조직까지 홍해를 가르듯 반쪽으로 가르고 마는 것과는 좀 다르다.

나는 행여 그들의 우정이 유지되더라도 그가 알고 있어야 할 진실을 덧붙였다.

"그리고 금자 씨라는 별명은 언젠가 디아이에서 최악의 남자에 대해 써 달라고 뭐 그런 요청이 와서, 제가 저 스토리에 조금 보탰는데 박정우 씨가 오버해서 그 글을 빼자고 하는 바람에 들키고는 그 망신이 제 복수 때문이라며."

"아하. 그래서 정우 별명이 박볶음인 거였어요?"

"참고로 제가 붙인 게 아니라, 신 기자가요."

오세준은 고개를 숙이고 웃어 댔다. 나는 타이밍을 놓치지 않고 너그럽게 말했다.

"전 괜찮으니까 박정우 씨에겐 아무 말 마세요. 지난 일인 걸요. 그리고 생각해 보면 저도 나빴어요."

순간 오세준의 눈빛은, 타인과 밥 먹기를 싫어하는 구미호에, 금자에, 간잡이인 나를 관찰하는 그것이 아니었다. 가볍고 시끄러운 자신의 친구—이제 친구가 아니라고 말하고 싶을지도—에게 봉변을 당한 여자를 향한 한없는 미안함에 심지어 사과까지 담겨 있었다.

오늘 저녁 박볶음은 기대에 차서 물을 게 분명하다.

'재수 없지, 그 금자?'

그리고 시큰둥한 오세준의 반응에 또 내게 졌다는 걸 알고 길길이 뛸지도 모른다. 이왕이면 내 험담을 잔뜩 늘어놓아 주면 좋을 텐데.

박볶음의 우울한 저녁을 기대하며 집으로 들어와 화장을 지우는 순간, 전화벨이 울린다.

받지 말까 하는 생각이 들었지만 가족이 아닌 거래처 그룹의 벨 소리였다.

발신자는 오세준이었다.

"네. 반소은입니다."

—아, 소은 씨.

수화기 저편에서 들려오는 소리에 나는 깍듯하고 상냥하게 대답했다.

"아, 네. 오 선생님."

—어디세요?

"집요."

—뭐 잃어버린 거 없어요?

순간 불길함이 밀려온다. 언젠가 비슷한 전화를 어떤 만화가에게 받은 기억이 있다. 그 사람은 자기 집에서 가져간 게 없냐고 물었다. 그리고 놀라는 내게 하하하 웃으며 자신의 마음을 가져갔다고 해서 나를 그 자리에 얼어붙게 만들었다.

"네? 글쎄요. 없는 것 같은데."

—집이 어디세요?

"예? 홍대 앞인데요. 연남동."

—아, 잘됐네요. 그럼 30분 후에 홍대입구역에서 좀 뵙죠.

"예에에?"

순간 짜증이 났다. 모처럼 밀린 미국 드라마도 보고, 인터넷 쇼핑도 하고. 계획이 많았다. 게다가 힘들게 레깅스 진을 벗고 이제 막 사랑하는 극세사 바지를 입었는데. 게다가 클렌징크림으로 박박 화장도 지워 버렸는데!

"저, 내일 뵈면 안 될까요?"

—아, 바쁘세요?

"예. 조금."

—그럼, 댁이 어디세요? 제가 잠깐 들렀다 가죠.

나는 자세를 고쳐 앉으며 눈에 힘을 줬다.

이 남자가 날 어떻게 봐서 일로 처음 만난 여자의 집에 오겠다는 걸까?

하지만 발끈해서 화를 낼 수는 없었다.

잠시 그냥 전화를 끊어 버릴까, 그리고 이 남자가 일로 만난 첫날부터 집 근처까지 찾아와 치근댔다는 누명을 씌워 일을 그만둘까 생각도 들었지만 그 후의 상황들이 눈앞에 펼쳐졌다.

새로운 별명에, 게다가 최강의 안티가 2인 1조에 합숙까지 할 거라 생각하니 정신이 번쩍 들었다.

"그럼 30분 후에 뵙죠."

나는 욕실로 후다닥 뛰어 들어갔다. 샤워에 머리를 말리고 화장을 하려면 시간이 빠듯했다.

"이거 드리려고요."

지하철역 계단을 올라가던 나는 여자 가방을 멘 그 남자를 보고 비웃으려다 3초 만에 얼어붙었다.

내 가방이었다.

저걸 두고 오다니. 그러고도 몰랐다니.

먼저 계산을 하느라 지갑과 핸드폰을 꺼내 놓고, 가방은 테이블 밑으로 밀어 넣었다. 그런데 그대로 돌아온 거였다.

"그런데 뭐가 이렇게 무거워요?"

"예?"

"이런 가방을 메고 그렇게 높은 신을 신고 그렇게 뛰어다니시면. 허리에 안 좋아요."

무거워서 허리가 아팠다는 이야기군.

나는 다시 허리를 숙여 인사했다.

"죄송합니다."

"아뇨. 정말로 허리에 나쁘거든요."

그는 어린아이를 꾸짖는 어른처럼 짐짓 심각해 보인다.

"네. 가방, 주세요."

나는 얼른 가방을 건네받았다. 그리고 휘청대다 겨우 균형을 잡았다.

"가지고 다녀야 할 게 많으면 배낭이 좋아요. 그리고 가능하면 뭘 많이 들고 다니지 마시고요. 지금은 젊어서 모르지만 곧 나타나요. 소은 씨 엄지발가락 아래 뼈가 튀어나왔죠?"

나는 얼른 구두 속에 감춰져 보이지도 않을 발가락에 힘을 주고 말했다.

"그냥 퀵 서비스 착불로 보내셔도 되고, 그 가게에 두고 오셔도 되는데."

"저도 이 동네 살아요. 저 위쪽. 서교동."

그래서 어쩌라고? 생각이 들었지만 그냥 그러냐는 듯 고개를 끄덕였다.

"가방 고맙습니다. 그럼 다음에 뵙겠습니다."

꾸벅 인사를 하고 나는 얼른 지나가는 택시를 향해 손을 흔들었다. 그리고 도망치듯 택시에 올라탔다. 택시를 탈 거리는 아니었지만, 그에게 뒤뚱거리며 걷는 모습을 보여 주고 싶지 않았다.

—어떻게 됐냐?

신의 전화에 나는 무엇이 어떻게인지 한참 생각했다. 우리가 무슨 통화를 했더라.

"뭐가?"

—그 잘생긴 남자 말이다.

"아하."

핸드폰에 남은 남자의 사진을 열어 보았다. 그가 잠시 통화하는 사이 나는 문자메시지를 확인하는 척 그의 얼굴 사진을 찍어 신에게 보냈다.

—일도 하고, 연애도 하고, 잠도 자면 일석삼조.

신이는 나와 반대로 모든 남자를 연애의 대상으로 보는 병이 있다.

"박볶음 친구야."

—뭣이라?

"그래. 바로 그 박볶음의 친구. 내가 밥을 먹나 안 먹나 테스트했어."

—아깝다. 진짜 콧대 예술이던데.

"예술은."

—그래서 내일은 뭐 할 거냐?

"내일? 잘 거야."

—선물은 홈쇼핑 머니로 했다. 너 저번에 사고 싶다는 거 G숍 거 맞지?

"선물?"

아, 생일이구나! 어쩐지 유난히 피곤하다 했다.

이상하게도 해마다 생일 즈음이면 병이 난다. 어릴 때는 다른 친구들처럼 파티를 하거나, 하지 못해서인 줄 알았다. 그럴 때면 엄마는 고생한 건 당신인데 왜 네가 아프냐고 했지만, 아무도 기억하지 못해서 그렇지, 나오는 아이의 고통도 녹록지는 않을 것 같다.

엄마는 해마다 내가 싫어하는, 홍합이 들어간 미역국을 한 솥 끓인다. 그게 우리 집에서의 유일한 생일 축하 의식 같은 거다. 물론 엄마에겐 나름의 이유가 있다.

'너 낳았을 때 외할머니가 돌아가신 뒤라서 그 국을 못 먹었어. 우리 식구들은 해물도 안 좋아하고. 이런 날이라도 먹어야지.'

좋아하는 국은 엄마 생일날 먹으라고 대들려다 그만뒀다. 난 어차피 미역국도 안 좋아하니까.

나는 얼른 홈쇼핑 사이트에 접속했다. 그리고 생일 쿠폰과 제휴 카드 할인에 신이 선물한 캐시를 이용, 엄마가 한참 전에 내게 조르기 문자를 보낸 가방을 결제했다.

도대체 이런 상술은 누가 생각해 낸 것일까?

엄마 아버지의 결혼기념일, 내 생일이 한꺼번에 들어 있는 이번 달은 마의 달이다. 한숨 돌리고 나면 또 5월이 올 거고, 엄마의 생일, 아버지의 생일도 있다.

"이왕이면 날짜 좀 맞춰서 보내지. 어제 동창 모임 있었는데."

엄마는 며느리들에게 선물을 받을 땐 온갖 감격의 표시를 하면서 내겐 늘 저렇게 심드렁하게 군다. 아니, 늘 불만족을 표시한다. 그래서 해마다 선물의 가격이 올라간다.

맛있는 파스타와 샐러드로 오늘의 한 끼를 해결하려던 나는 그냥 마트로 향했다. 그리고 맥주를 4만 원어치 샀다. 또 훈제 닭 가슴살을 2킬로나 샀다. 저녁밥 대신 닭고기 한 조각에 맥주 한 캔을 먹는 편이 좋을 것 같았다.

게다가 닭 가슴살은 쓰레기도 없다.

내가 담당하는 한 다이어트 블로거는 저녁밥 대신 막걸리와 삶은 오징어를 먹어서 살을 9킬로나 뺐다.

그 여자의 비포 애프터 사진을 보면 혹하긴 했지만 비린내 나는 오징어를 양념도 없이 먹는 건 상상만 해도 끔찍한 일이다.

나는 양념과 드레싱, 조미료와 탄산, 이런 것들로 살아가는 인간이다.

닭 가슴살과 각종 소스와 맥주를 사서 집으로 가는 길, 저만치 앞에서 빠른 속도로 걸어가는 낯익은 남자를 발견했다.

오세준이다.

슬쩍 압박해 줄까. 일을 하겠느냐, 마느냐. 당신이 일을 거절하면 나는 회사에서 아주 곤란한 처지가 된다고 사정해 볼까 싶었지만 동시에 박볶음의 얼굴이 떠올랐고 나는 그냥 모른 척 걸었다.

"어, 소은 씨."

"네?"

몸을 돌린 후 나는 '어머, 당신이 왜 여기에?'라는 표정을 지으며 그에게 인사했다. 물론 90도 배꼽 인사였다.

내가 이럴수록 그는 박볶음에게 전해 들은 내 평판에 의심을 품겠지.

"어머, 안녕하세요. 어디 가세요?"

생글생글 웃으며 흔히 말하는 여우 짓을 하는 순간, 나는 이런 내가 정말 싫었다. 밉다. 미치도록 내가 싫다.

"아, 출출해서 나왔어요. 뭐 그냥."

"맥주 드실래요?"

나는 얼른 봉투에서 캔 하나를 꺼내 그에게 건넸다.

"맥주를 뭐 이렇게 많이 샀어요? 그리고 왜 쓰레기봉투에."

"어차피 필요하니까요. 그리고 튼튼해요."

"네."

"그럼 전 갈게요. 또 뵙겠습니다."

나는 얼른 인사를 하고 돌아섰다. 하지만 뭔가 찜찜했다. 그냥 손에 잡히는 걸로 집어 주고 나서 생각해 보니 내가 제일 좋아하는 초록색 맥주였다.

결국 편의점으로 들어가 다시 맥주를 골라 나왔다. 여전히 그 자리에 선 오세준이 저 아래를 향해 뭔가 낮게 소리치고 있었다.

"반소은 씨, 반소은 씨, 반반반 손손손 씨. 반소오오오오온!"

왜 내 이름을 저렇게 부르는 걸까? 나는 그의 등을 톡톡 두드렸다.

"왜요?"

그는 순간 얼어붙은 듯 한참 움직이지 않다가 아주 부자연스러운 동작으로 돌아섰다. 아주 창백한 얼굴이다. 뭔가 나름의 장난을 치는 중이었던 모양이다.

"뭐 하실 말씀 있으세요?"

"아니, 아까 저만치 가시는 걸……."

"맥주 채우느라 편의점에요."

정색을 하고 놀리려던 나는 이제 아래서부터 벌게지기 시작한 얼굴에 쿡! 하고 웃음이 터져 버렸다.

"아, 그게 제, 제가 모셔다 드리려고요. 지난번에 택시 타고 가시던데 요새 밤길이 무섭잖아요."

"그러세요. 데려다 주세요. 그럼 이것도 좀. 제가 허리가 휠까 봐 걱정돼서요."

나는 그에게 맥주 봉투를 건넸다. 그는 잠시 휘청하는 시늉을 하다 균형을 잡으며 물었다.

"술 많이 마셔요?"

"가끔."

술로 주말을 보내는 한심한 여자로 보이는 건 곤란하지. 나는 뭔가 대단한 고민이 있는 사람처럼 쓸쓸한 표정을 지었다.

할아버지의 두 번째 부인이었던 작은할머니는 그 표정이 팔자를 좌우할 만큼 나쁘다며 몹시 싫어했다. 청승맞다고 했던 것도 같다.

그런데 이상하게 그 표정이 남자들에게는 측은지심을 자극하는 모양이었다. 여기에 한숨을 두어 번 더 쉬어 주고 웃는다면 박볶음의 방해에도 일을 맡아 줄지 모른다.

아니 차라리 울까? 내 눈물 한 방울에 원수를 갚아 주겠다며 박볶음을 향해 복수의 칼을 들고 덤빌 수도 있다.

"무슨 고민인데요?"

"아니, 그냥요. 이런저런."

"자주 마셔요?"

그는 아주 염려스럽다는 얼굴로 나를 바라봤다. 걱정하기 시작했다는 건 좋은 신호다.

나는 애써 지어 어색한, 밝은 표정으로 말했다.

"자주 그러진 않아요. 그리고 그 이야기는 못 들으셨어요? 나 박정우 씨랑 술 마신 적 있는데."

박볶음의 이야기를 꺼내며 슬쩍 그의 눈치를 살폈다. 이제 슬슬 그에게 프로젝트 이야기를 꺼내야 한다.

하지만 벌써 골목 앞이었다.

"맥주 드시고 가실래요?"

원룸 앞에 도착한 나는 조금 망설이는 척하며 말했다.

집에서 맥주를 마시며 직종의 어려움을 토로한 후에 슬쩍 울어버릴까? 그리고 90도로 허리를 숙여 제발 같이 일해 달라 부탁드리는 거다.

자존심, 그런 건 직장 7년 차에겐 없다.

"그럴까요?"

거절을 않다니. 순간 이 인간이 박볶음보다 한 수 위일지 모른다는 걱정이 밀려왔다. 집 안에 들이는 걸 반쯤은 허락한다는 뜻이라 여긴다던 미친 남자들의 말도 떠올랐다.

여행기를 남기지 않는 것도 그 여행이 어쩌면 구리고 또 구린, 그렇고 그래서일지도 모른다. 발 닿는 곳마다 여자를 만들어 놓는 걸지도.

몹쓸 상상이 이어졌지만 나는 정신을 바싹 차리고 말했다.

"낯선 사람이 집에 오는 것도 첨이네요."

현관을 열며 나는 한 번 더 선을 그었다. 집에 들이지만 그래도 넌 낯선 사람이야라고.

"엄마야."

뒤따라 들어오던 그가 비명을 질렀다. 현관 앞에 서 있는 죽이를 본 그는 신발장 위로라도 올라갈 기세였다.

조금 전 가졌던 경계심이 피식하는 웃음으로 바뀌었다.

"그럼 방으로 보낼게요. 죽! 이리 와."

얼른 죽이를 안아 방에 들여놓고 문을 닫았다.

"난 고양이는 그림도 싫어요. 근데 고양이 이름이 죽이에요?"

"네. 반죽."

"키운 지 오래 됐어요?"

"아뇨. 위층에 살던 사람이 버리고, 아니 두고 갔어요. 결혼을 하는데 남편 될 사람이 싫어한다고 고민하는 건 들었는데. 빈집에 두고 갔다고 새 주인이 쫓아냈어요. 혹시 맘이 변해서 데리러 올까 싶었는데 안 오더라고요. 또 저 자식은 미련하게 이 동네를 안 떠나고. 그래서 가끔 밥만 줬는데 작년 겨울에 너무 추워서 현관을 허락했더니 이 자식이 이제 여길 자기 집으로 알아요. 아, 저도 고양이를 싫어했거든요. 밤길에 고양이 만나면 막 소리 지르고. 그래도 그림까지 싫어하진 않아요. 헬로 키티는 좋아해요."

그는 어쩐지 약간은 감동한 눈빛이다.

그렇지. 구미호가 남이 버린 짐승을 거둔다는 건 말이 안 된다. 나의 고운 심성과 연약한 내면을 알게 된 그는 이제 박볶음의 말에 의심을 품기 시작했을 것이다.

"그럼 이젠 고양이 안 싫어해요?"

"아뇨. 죽이는 고양이라기보다 그냥 반죽이라는 하나의 개체."

"그럼 여전히."

"밤길에 고양이 만나면 막 소리 지르죠. 으아아아아악!"

나는 조금 전 그의 동작을 흉내 냈다.

그는 부끄럽다는 듯 볼에 붉히며 웃었다.

그 웃음에 덩달아 내 볼까지 화끈해지는 것 같아 나는 얼른 일어나 부엌으로 향했다.

안주가 될 만한 것들을 모두 꺼내 테이블에 늘어놓았다. 그래 봐야 달걀과 고추 피클 정도였다.

"계란도 술안주로 먹어요?"

"네. 단백질이잖아요. 잠시만요. 닭고기도 있어요."

전자레인지에 닭 가슴살까지 데우고 소스를 꺼냈다.

"차린 건 없지만 많이 드세요."

"많은데요."

내가 만든 건 하나도 없다고 말하려다 나는 그냥 그에게 젓가락을 건네주고 맞은편 바닥에 앉았다.

그가 바닥으로 내려앉으며 말했다.

"바닥이 찬데 소은 씨가 이쪽에 와서 소파에 앉을래요?"

"아뇨. 괜찮아요."

"차가운 데 앉는 건 별로 안 좋아요. 아, 이거 잔소리죠?"

뭔가 어색한지 오세준은 거실 안을 두리번거렸다.

"어수선하죠?"

그의 시선은 책상 앞에 붙은 잡채 사진에 멈췄다.

"제가 좋아하는 거라 붙여 놨어요. 저는 음식 사진 좋아해요. 맛집 다니는 블로거 사진들 보면서 밤새운 적도 있어요."

"그래요? 안 그럴 거 같은데."

"왜요? 박볶음 씨가 도대체 나에 대해 뭐라고 말했어요?"

내 말에 그의 얼굴이 빨개졌다.

저건 긍정적인 신호다. 저 남자는 벌써 3회 볼이 빨개졌다.

"제가 집에 들어오시라 그래서 당황하셨죠?"

"아뇨. 사실은 조금."

그가 멋쩍게 웃었다. 문득 신이에게 이 남자의 웃는 얼굴도 보여 주고 싶어졌다.

"저는 사람 만나는 게 싫은 게 헤어지는 순간이 너무 어색하고 싫어서예요. 그리고 전화도 싫어해요. 끊을 타이밍을 잘 모르겠어서."

그는 내 말에 고개를 끄덕였다. 나는 이제 슬슬 내 별명과 박볶음과의 불화를 아름답게 미화할 밑밥을 깔기 시작했다.

"여행할 때 길에서 만난 사람들이랑 친하게 지내세요?"

세준이 고개를 끄덕였다.

"여행이 좋으세요?"

나도 좋아한다고 할까, 아니 그건 너무 식상하다. 나는 여행의 기쁨을 모르는 사람이니 한 수 가르쳐 달라 해야 할까?

"소은 씨는요?"

"전 여행을 싫어해요."

"네?"

그런 걸 싫어하는 사람도 있냐는 듯 그가 나를 바라본다.

바라보는 눈빛이 멋진 건 멋진 거고, 싫은 건 싫은 거다.

"두려움이 있어요. 익숙하지 않은 것, 내가 모르는 세계에 대한. 출장 가도 내내 잠 못 자고 불면에 시달리다 와요. 그래서 좀 신기해요. 4년 동안 그렇게 많은 곳을, 그것도 걸어서 다녔다니."

"이유는 다르지 않을 거예요."

친절하게 그는 나지막한 소리로 말했다.

"나 역시 두려움이 있어요. 내가 모르는 세상이 많다는 것에 대한."

나는 이해할 수는 없지만 뭔지 알 것 같아 고개를 끄덕였다.

이해할 수 없는 이야기는 거기서 끝이었다.

이제 그는 더 이상 박볶음의 간교한 모략에 휘둘려 나를 구미호나 간잡이, 금자로 생각하지 않는 듯했고, 나는 그걸로 조금 편해졌다.

그는 대학에 입학하자마자 이 동네에 살기 시작했다고 했다.

나 역시 그랬다.

우리들은 이 동네가 유명한 홍대 앞이 되기 전, 그냥 홍대 앞이었을 때에 대해 이야기했다.

어느 카페의 커피가 좋고, 식당의 밥이 맛있고, 또 어느 카페의 파티시에는 도대체 언제 빵을 굽는지 늘 홀에 나와 인상을 쓰고 있다는 등 이런저런 이야기를 하다, 그가 생각났다는 듯 물었다.

"소은 씨 도대체 가방에 도대체 뭐가 들었어요?"

그의 질문에 나는 한참을 웃다가 거실 바닥에 그대로 놓인 가방을 질질 끌어다 책 여섯 권을 꺼내 차곡차곡 쌓았다.

"콘텐츠 구성안 쓰느라 빌린 건데 제가 여행기 읽는 거 싫어하거든요. 그래서 아직 못 읽었어요."

"싫어하는 게 많아요? 좋아하는 건?"

나는 잠깐 생각하다 고개를 저었다.

"새도 싫고, 자잘한 화분 있는 카페도 싫어해요. 테이크아웃 아이스커피 컵의 뚜껑이 볼록 튀어나온 것도 싫고. 먹으면 입천장에 들러붙는 모나카 과자도 싫어하고, 터진 순대도 싫어해요. 그리고 떡볶이 아줌마가 반은 불은 떡볶이, 반은 이제 막 넣은 말랑말랑한 떡볶이 하고 있을 때 물어보지 않고 자기 맘대로 불은 떡볶이 주는 것도 싫고. 그렇다고 말랑말랑으로 준다고 괜찮은 건 아니에요. 매번 원하는 게 다르니까."

좋아하는 걸 물었는데 싫어하는 것들만 줄줄이 나온다. 내가 좋아하는 건 뭐가 있을까?

"아, 좋아하는 거 물으셨죠? 커피, 돈, 명품, 꽃미남, 뭐 그런 거 좋아해요. 박정우 씨가 그 이야기는 안 했어요? 된장녀라고."

그는 그냥 웃었다. 분명 했을 게 분명하다. 박정우는 젊은 여자들과 싸우다 막히면 무조건 상대를 된장녀로 본다.

"그거 너무 웃겨요. 남자들이 술 퍼 마시고 담배 냄새 찌들게 펴도 우린 걔네들한테 담배남, 술남 안 그러잖아요. 껄떡거리는 남자들에게도 딱히 별명을 붙이진 않죠."

그는 고개를 끄덕이며 뭐라 중얼거렸다. 이미 취한 모양이었다.

나는 슬쩍 다가가 그의 말에 집중했다.

그는 이렇게 말하고 있었다.

"조심하라 그랬는데, 보름달 뜨는 밤에는."

연애
연습

도대체 뭘 조심하라는 이야기지 하는 순간, 그가 고개를 저으며 말했다.

"조심 안 할래. 소은 씨, 우리 술 더 마셔요. 뭐 얼큰한 거 먹고 싶네. 나 찌개 잘 끓이는데 집에 참치 같은 거 없어요?"

나는 고개를 저었다.

"참치도 싫어해요?"

"아뇨."

"그럼?"

"통조림을 싫어해서."

뭔가 잘못하는 것 같아 목소리가 기어들어 가는 순간, 그가 웃으며 말했다.

"내 여행 콘텐츠를 내세울 게 아니라, 반소은이 싫어하는 모든 것, 이런 거 연재하면 되겠네."

순간, 혹시 뭔가 알고 있는 건가 나는 오세준의 눈치를 살폈다.

하지만 이어 오세준이 웃으며 중얼거렸다.

"프롤로그는 박정우네. 박정우. 으하하하."

이미 프롤로그를 비롯한 수많은 이야기들에 응용된 박정우를 생각하니 조금 미안했지만 박정우는 영원히 모를 테니 상관없었다.

"소은 씨, 좀 일어나 보세요."

오세준은 이러지도 저러지도 못하고 계속 나를 불렀다. 하지만 나라고 해서 뭔가 대책이 있는 건 아니었다.

나는 계속 그의 애타는 외침을 못 들은 척했다.

잠이 먼저 깬 건 나였다. 그것도 30분도 전에. 하지만 30분 동안 아무리 기억을 더듬어도 빈 부분이 있었다.

어젯밤 좀 쌀쌀하다고 전기담요를 가지고 나와 나란히 앉았고, 신 나게 맥주를 마셨다. 그리고 중간에 중국집에서 짬뽕을 시켜 먹은 것까지는 기억에 있었다. 하지만 어떻게 하다 이런 자세로 잠이 들었는지 설명할 수 없었다. 두 팔로 그를 껴안고 양쪽 손으로 깍지까지 낀 채였다.

'미쳤어. 반소은. 네가 논개냐?'

나는 슬며시 팔을 풀었다. 그런데 이불 밖으로 나갈 용기가 나지 않았다. 도대체 어떻게 할 것인가. 어설프게 빠져나가다가 이 남자가 깨기라도 하면 그 민망한 상황을 어떻게 할 것인가.

나는 잠결인 척 으음 짧은 소리를 내며 돌아누웠다. 그리고 다시 눈을 감고 자는 척하기 시작했다.

내가 간절히 바라는 건 그가 깨서 살짝 나가 주는 거다. 그러면 문자메시지로 아무것도 기억이 나지 않는 척 '우리들 술 많이 마셨나 봐요.' 하면서 헤헤거릴 수 있을 텐데. 도저히 뭘 해야 할지 감도 잡히지 않았다.

나는 다시 몸을 돌려 그의 등을 향해 손가락을 뻗었다.

일단은 '저기요.'로 시작해 보자 싶었다.

그 순간 오세준이 휴우 하고 한숨을 쉬며 돌아누웠다.

아주 찰나의 일이라 나는 미처 눈을 감지 못했고, 그와 눈이 마주쳤다.

등을 돌린 채 그냥 죽은 듯 있을걸! 하지만 후회는 늦다. 허둥대다 보면 더 엉망이 된다.

"안녕하세요."

손까지 들어 보이는 내 인사에 그가 웃었다.

"네. 안녕하세요."

다른 사건 사고가 일어나지 않은 것만도 다행이라 생각하며 나는 씩 웃었다. 술에 취하면 순진해지는, 귀여운 구석이 있는 여자로 보였기를 간절히 바라며.

어색한 인사를 주고받고 오세준이 돌아간 후 나는 창가에 서서 그가 골목 끝으로 사라지는 것을 확인한 후 전화기를 꺼내 들었다.

나른한 목소리의 신이 불통하게 대답했다.

―지금이 몇 시인 줄 알아? 나는 지금 밤새 작업하고 이제 자려는 시간이야.

신이는 그림을 그린다. 만화가가 꿈이지만 아직은 이런저런 삽화 아르바이트를 하고 있다.

"미안한데, 나 남자랑 자고 싶어."

어! 이 말을 하려던 게 아니었다.

아무리 친구라지만 친하지도 않은 남자와 꼭 끌어안은 채 밤을 보냈다는 이야기를 할 수 없어서 잠시 멈칫했는데 더 이상한 말이 나와 버렸다.

―그걸 디저트로는 티라미수가 먹고 싶다는 듯, 자연스럽게 말하는구나. 늙었다지만 부끄러움도 모르고.

"아니. 그런 의미로 말고."

―요즘은 남자랑 자고 싶다는 말을 다른 의미로 쓰냐?

"똑바로 누워 자면 자꾸 가위가 눌려서 베개를 안고 잤는데 말이야. 사람이 더, 뭐랄까 단단하고, 따뜻하고, 든직한 거 같아."

—오늘 누구랑 잔 거야?

나는 놀라서 침을 꼴깍 삼켰다. 어떻게 알았지?

—이봐. 딱 한 번에 걸리지. 단단하고, 따뜻하고, 든직할 거 같아라고 말하면 예상이지만, 이건 경험이지. 아무튼 어떤 남자와 하지는 않고 잠만 잤는데 그게 너무 좋았다면 넌 역시 문제가 있어.

그건 아니었다. 좋은 사람이라는 생각이 들었지만, 그리고 뭔가 경계하지 않게 된다는 생각은 들었지만 그게 다였다. 게다가 그는 박볶음의 친구, 그것도 같이 살 정도로 아주 가까운 친구 아닌가?

—일단 나는 좀 자야겠다. 그러니 자세한 이야기는 나중에 해.

전화를 끊고 나서 생각했다. 사고를 쳤다 표현하는, 남자와 여자가 술을 미시고 함께 자는 일에 대해. 그저 안고 잠만 잔 것뿐인데도 이렇게 묘하고 이상한 기분에 난감하다면, 정말 사고를 친 사람들은 도대체 얼마나 강심장인 걸까?

나는 그러고 나서 결혼을 하거나 연애를 하는 이야기들을 진부하다고 생각했다. 그런데 어쩐지 그것에 내가 모르는 무언가가 있을지도 모른다는 생각이 든다.

"오세준 씨는 안 하겠다는군. 담당자를 봐서는 하고 싶은데 도저히 그럴 여력이 아니라고. 혹시 다음에 맘이 변하면 꼭 우리랑

하겠대."

출근하자마자 부장은 별다른 감정이 없는 얼굴로 내게 사실을 통보했다.

왜 내가 아닌 부장에게 거절했을까 찜찜했지만, 차라리 그 편이 내게는 편했다. 내 무능이 아닌, 필자의 사정 탓이니까.

그러나 순간 부장의 말이 내 오금을 저리게 만들었다.

"저쪽 '남자 한 마리' 같은 게 있어야 하는데. 그건 진짜 꾸준해. 내가 그걸 킬하는 게 아닌데. 미안해, 반 대리."

나는 얼른 전화기를 들고 밖으로 나왔다.

저쪽이란 경쟁 포털사를 의미하는 거고, '남자 한 마리'는 인기리에 연재 중인 칼럼이다. 그리고 오금이 저린 이유는 그 칼럼의 필자 '한마리'가 바로 나 반소은이기 때문이다. 하지만 그 기획안을 킬한 건 부장이고 그건 어디까지나 회사 업무에 지장을 주지 않는 저술 활동일 뿐이니까.

그리고 어차피 나와 신이만 아는 비밀이다. 나는 신이의 명의를 빌려 경쟁사에 칼럼을 연재하고 있다. 그 칼럼은 칼럼의 질과 상관없이 논란을 던지는 데 능했다. 딱히 글솜씨가 필요하지 않았다. 전형적으로 페이지 뷰를 늘리는 콘텐츠에 목적을 둔 거였으니까.

거기엔 섹스 이야기도 없었고, 오로지 남자들을 씹는 이야기뿐이었다. 그것이 꼭 연애 상대에 한정되어 있지도 않아서 때로는 남자들이 남자들을 씹기도 했다. 이를테면 무능한 직장 상사나 고지식한 아버지까지.

문자메시지로 의례적인 인사 정도만 할까 전화기를 만지작거리는 순간 전화벨이 울렸다.

—어디냐?

자신이 누군지도 밝히지 않고 용건으로 돌입하는 건 아버지뿐이다.

"사무실이죠."

—서울에 왔는데.

"아, 그러세요?"

나는 뭔가 핑곗거리를 찾기 시작했다. 여기가 지방이라고 할까? 아니면 거래처에 회의 중이라고 할까.

—너, 오빠 집에 자주 안 가 본다면서?

휴우 하고 숨을 내쉰다. 다행히 오늘 보자는 이야기는 아닌 것 같다.

—너희 언니 직장 다니면서 애들 키우느라 힘든데 주말에 가서 청소도 좀 해 주고, 조카들 과자도 좀 사다 주고 그래야지.

"네."

아버지는 첫째 새언니를 어려워한다. 물론 그걸 드러내지는 않지만 그 앞에서 뭔가 위신을 세우는 일을 즐거워한다. 지금도 나는 며느리를 이렇게 위한다는 생색을 내고 싶은 것이다.

첫째 새언니네가 좋은 집안이라거나, 오빠가 결혼할 때 졸부집 개천에서 난 용 취급을 받았던 것 때문이기도 하지만, 원래 아버지는 거드름과 잘난 척을 즐기는 타입이다. 기회만 있으면 모든 하찮은 일들을 자기 자랑으로 발전시켰다.

아니, 어쩌면 살림에 소홀한 새언니를 에둘러 공격하는 건지도 모른다.

연애
연습

—퇴근하면 바로 강남으로 와라. 다 같이 저녁이나 먹게.

이제 겨우 2시가 넘었는데 지금?

내가 뭐라고 말을 하기도 전에 전화는 끊어졌다. 뭐 말을 했다고 해도 달라질 건 없었지만.

『어린 왕자』에 나오는 여우가 말했다. 네가 오후 4시에 오기로 했다면 3시부터 행복할 거라고.

아버지와 7시 약속을 잡았으니 나는 5시간 동안 괴로워하고 2시간쯤 불행하겠구나 생각하니 맥이 빠졌다.

그나마 위안이 되는 건, 아직은 내가 아버지에게 길들여지지 않았다는 사실이었다.

"아가씨도 얼른 결혼해야죠."

새언니는 아버지가 좋아할 화두를 던졌다. 아니, 그건 자신에게 올 화살을 다른 이에게 돌리고 느긋한, 게다가 즐거운 식사를 즐기겠다는 전략이기도 하다. 남편도 없이 시누이에 괴팍한 시아버지를 모시고 하는 식사가 그녀도 힘들긴 할 테니 이해가 가기도 한다.

"보통 사람 많이 만나니까 연애를 해도 좋을 텐데."

아버지의 반응이 없자 새언니는 무리하게 한 수 더 나왔다.

그러나 그녀는 지금 자신이 무슨 실수를 했는지조차 모른다.

우리 아버지가 제일 싫어하는 건 '연애'라는 말이다. 결혼도 하지 않을 남녀가 만나다니, 그런 건 아버지 사전에 있을 수도 없고, 있어서도 안 되는 일이다.

아버지가 좋은 집안에도 불구하고 새언니를 은근히 무시하는 단 한 가지 근거는 그녀가 당신의 아들과 연애했다는 것이다.

"연애는 무슨? 그런 건 배워 먹지 못한 애들이나 하는 거지. 뭐 너희 직장에는 좋은 사람 없나? 너희들도 동기간에 그러면 못 쓴다."

순간 새언니의 낯빛이 노래졌다.

아버지는 바로 공무원 남자가 남편감으로 좋은 이유에 대해, 그리고 당신이 생각하는 기준을 떠들기 시작했다.

나는 묵묵히 밥을 먹었다. 먹고 또 먹었다. 이 상에 있는 음식을 다 먹어도 이 지겨운 자리는 끝나지 않을 테지만, 시간을 보내려면 할 일이 그것뿐이었다.

하지만 틈틈이 새언니의 노란 낯빛이 하얗게 혹은 빨갛게 변하는 걸 관찰하는 건 잊지 않았다.

'아무튼 올해 안에는 꼭 가라. 서른 살 넘기는 꼴은 못 본다.'

밥 먹는 내내 나는 내 나이가 몇 살인지 백 번쯤 들은 것 같다.

연어알 샐러드의 연어알이 214개나 되는데 스물아홉, 그것도 만으로 스물여덟인 내 나이가 그렇게 큰일일까?

헤어지는 순간까지 아버지는 내 뒤통수에 대고 절규하듯 외쳤다.

'서른은 넘기면 안 된다.'

택시 대신 버스를 타고 버스에서도 빈자리를 두고 내내 서서 왔는데도 소화가 되기는커녕 가슴이 답답했다.

편의점에 가서 콜라라도 사 마실까 나는 계단을 나와 두리번거렸다.

하지만 얼마 가지도 못해 그 자리에 주저앉았다.

연애
연습

가슴에 뭔가 커다란 돌이 하나 콕 하고 박힌 것처럼 숨이 안 쉬어졌다.

"왜 이러고 있어요? 어디 아파요? 안색이 안 좋은데."

이건 또 뭐지? 오지랖 넓은 누군가가 내 앞에 쪼그리고 앉아 말을 걸어온다. 나는 괜찮다는 듯 손을 저으며 고개를 들었다.

그런데 오지랖 넓은 행인이 나를 보며 웃는다.

오세준이다.

"괜찮아요. 가세요."

나는 도망치듯 일어나 걸음을 빨리했다. 얼마나 걸었을까? 돌아보니 그는 보이지 않았고 나는 다시 쪼그리고 앉았다. 하지만 괜찮아지기는커녕 당장이라도 바닥에 드러누울 것처럼 어지러웠다.

"자요."

다시 들리는 오세준의 목소리에 고개를 들었다. 거짓말처럼 그가 또 앞에 서서 허리를 숙인 채 손을 내밀고 있다.

하지만 선뜻 손을 잡게 되지 않는다. 순간 그가 양손으로 내 손목을 잡아 일으키더니 내 팔을 감싸고 어디론가 걷기 시작했다.

괜찮다고, 혼자 걸어갈 수 있다고 뿌리치고 싶었지만 그건 마음뿐이었다. 아니 그가 놓는다면 오히려 내 쪽에서 꽉 붙들고 싶은 마음이었다.

"이제 좀 괜찮아요?"

놀이터 벤치에 나를 두고 사라졌던 그는 어디서 가져온 건지 종이컵에 담긴 따뜻한 물 한 모금을 건넸다.

"술 마셨어요?"

"네?"

"소은 씨는 어떤 사람들이랑 친해요? 궁금하네. 누구랑 술을 마셨을까?"

"없어요. 그런 사람. 제 평판 들으셨잖아요. 이상하다는 소문만 넘쳐 나."

"조금, 아니 많이 이상하긴 해."

슬쩍 기분이 꿈틀했지만 나는 그냥 넘어갔다.

당신이 뭘 아느냐고 묻거나 싸움을 걸 기력이 없다. 아니, 그러고 싶지 않았다.

"왜 반말하냐고 안 따져요?"

"놀리고 싶으세요?"

"그냥. 그럼 좀 반소은 씨답게 힘이 팍! 들어갈 것 같아서. 싸울 때는 기운이 나지 않나?"

나는 잠깐 발끝에 힘을 줬다. 하지만 기운이 아닌 쥐가 났다.

"왜요?"

반사적으로 손가락을 입에 가져가려는 순간 오세준이 웃으며 말했다.

"힘주라니까 발가락에 힘줬구나? 설마 코에 침 바르려고?"

"그럴 리가요."

나는 딴청을 피우며 말을 돌렸다.

"일은 안 한다고 하셨다면서요?"

"네. 자신이 없어요."

혹시나 하고 다시 물은 질문에 그는 깔끔하게 거절을 확인시켜 줬다.

"집이 부자예요?"

"네?"

"4년 동안 아무것도 안 하고 여행만 다녀도 살 수 있고, 이런 제안도 거절하고. 부모님이 부자인 경우 가능하죠. 물려받을 가업이 있거나."

그는 가만히 나를 보다 말했다.

"소은 씨 말이 맞네. 물려받을 가업이 있긴 하네. 고향에서 작은 여관을 하세요, 부모님이. 그런데 그걸 믿고 그러는 건 아니고, 그 동안 쉬지 않고 열심히 살았으니까 1년쯤 더 쉬어도 되지 않을까?"

그 순간 그가 손을 내밀어 내 손을 잡으며 말했다.

당황하는 것도 잠시, 그는 손가락으로 손바닥의 한 지점을 꾹 눌렀다.

"체했을 땐 여기를 눌러 주면 좋아요."

나는 나오는 비명을 참으며 한참을 견뎠다. 그리고 조금 속이 편해진 것도 같았다.

그는 양손으로 내 손을 쫙 펴고 주무르기 시작했다.

한참 내 손을 만지작거리는 그 남자를 보자 기분이 이상했다.

세 번을 만나서 한 번은 싫어하는 밥을 먹었고, 한 번은 술을 마시고 같이 잤고, 세 번째는 손을 내줬다.

나는 정성이 들어간, 그리고 분명 호감이 담긴 그의 동작을 관찰하다 물었다.

"박정우 씨가 그 말은 안 했어요?"

"무슨 말?"

"이런 날은 반소은을 더 조심하라고."

내 말에 오세준이 얼굴을 들이대며 물었다.

"이런 날요?"

나는 몸을 조금 뒤로 빼며 오른손으로 하늘을 가리켰다.

여전히 둥근 달에 오늘은 선명하게 붉기까지 했다.

내 말에 오세준은 하늘을 한 번, 그리고 내 얼굴을 한 번 번갈아 보고 또 봤다.

침착한 마음과 별개로 심장이 쿵쾅거리기 시작했다. 어디선가 신이의 애창곡이 들려오는 것도 같았다.

신이는 누군가에게 반할 때마다 술에 취해, 또 반한 자기 자신을 탓하며 멀쩡한 심장이 고장 났다며 노래를 불러 대곤 했다.

나는 얼른 손을 뺐다.

뭐 이런 두근거림이 처음은 아니니 당황할 필요는 없다.

나의 문제는 이런 것들이 하룻밤만 자고 나면 꿈처럼 사라진다는 데 있다.

"우리, 내일 만나요."

오세준의 말에 나는 그를 다시 바라봤다.

"이런 말도 싫어할 거 같지만, 그래도 돌려서 말하고 간 보는 것보다는."

"네?"

"정식으로 데이트 신청하는 거예요."

데이트라니. 나는 찡그려지는 얼굴을 얼른 폈다.

언제였더라? 버스에서 발을 밟는 여자에게 한 번만 더 밟으면 데이트 신청할 겁니다 하는 유치한 공익 광고가 생각났다.

그런데 가슴은 더 두근거리기 시작했다.

"안 돼요."

재빠른 거절에 그의 얼굴에 실망의 빛이 스쳐 갔다.

아, 저렇게 잘생긴 얼굴에 저런 표정을 짓게 하다니. 죄책감이
밀려온다.

나는 얼른 말해 버렸다.

"내일은 안 되고. 모레?"

그가 환하게 웃었고, 나는 아주 착한 일을 한 기분이 들었다.

아니, 착한 일도 안 했는데 상을 받는 기분이었다.

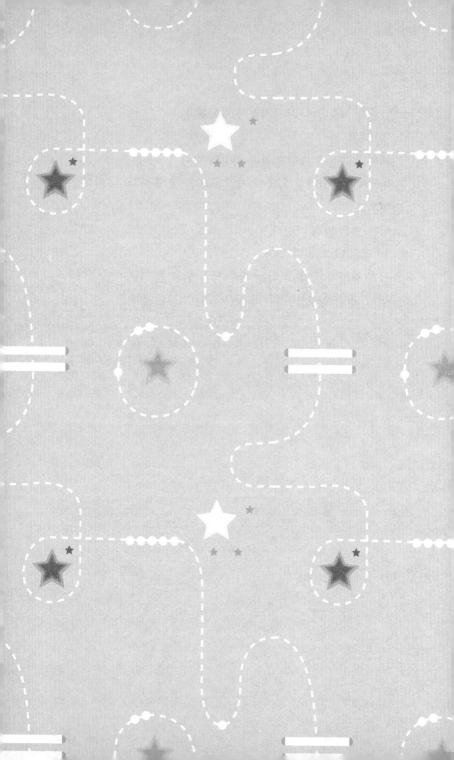

언제나 여름인 곳의 비밀

6시간의 비행에 너무 피곤했다.

공항에 내린 나는 사람들을 따라 비틀비틀 걸음을 옮겼다.

한 파워 블로거가 가기로 되어 있었으나 갑자기 펑크를 낸 여행이었다. 싱가포르 관광청과 디아이까지 제휴한 일이라 일정을 미룰 수가 없었고 결국 내 차지가 되었다.

주제는 '휴가 없이 홀로 떠나는 해외여행'이었고 이번 콘텐츠가 잘 나오면 교토, 홍콩, 대만으로 특집이 이어질 예정이었다.

신이는 좋겠다고, 부럽다고 난리를 쳤지만, 나는 출장이 정말 싫다. 특히 이렇게 돌아다녀야 하는 출장이라면. 게다가 습한 날씨는 딱 질색이다.

아직 공항을 빠져나가지도 않았는데 벌써 공기가 텁텁하게 느껴졌다.

"어? 반소은 씨."

내 앞을 가로막고 선 건 오세준이었다.

구미호와 하룻밤을 보내고도 살아남은 인내와 정절의 화신.

1년 만에 만나고도 한눈에 알아봤으면서 나는 여전히 당신이 누구더라 하는 표정으로 그를 바라봤다.

"나 오세준요."

"어머, 안녕하세요."

지난날의 유감 같은 건 다 잊었다는 듯, 아니 애초 그런 것은 없는 듯 나는 반갑게 웃으며 인사했다.

"여긴 어쩐 일이에요."

"아, 출장 왔어요. 여행 중이세요?"

"네. 한국으로 가는 길. 여기서 스톱오버."

"아. 그럼 안녕히 가세요."

나는 다시 한 번 공손하게 인사한 후 입국 심사대를 향해 걸었다.

하지만 그는 뒷걸음질로 내게 속도를 맞춰 가며 말했다.

"지금 가는 게 아니라, 주말에 가요. 소은 씨 토요일 밤 12시 비행기로 돌아가죠?"

"네? 네."

"저도 그 비행기로 돌아가요. 아, 알고 있는 게 아니라 여기 항공 일정이 뻔해서."

"네. 그럼. 즐거운 여행 되세요."

작별의 인사를 건네고 돌아선 나는 얼른 입국 심사를 받았다.

그리고 심사가 끝나자마자 달려 공항을 빠져나왔다.

관광청에서 제공하는, 버스를 타는 방법이 적힌 메모지를 들고도 택시를 세운 후 올라탔다. 그리고 쫓기는 사람처럼 일단 'GO.'를 외쳤다.

심호흡을 하고 1년 전 그 봄, 내가 오세준이 말하는 첫 번째 데이트를 하기로 한 날을 떠올렸다. 잊을 수 없는 그날, 그 금요일을.

"오랜만이에요."

오세준과 데이트를 하기로 한 날이라 나는 박볶음에게 상냥하게 인사했다.

"아, 반 대리님 오랜만."

역시 말꼬리가 없는 걸 봐서 여전히 유감 모드인 거군. 하지만 나는 너그럽게 그를 이해하기로 했고, 별 싸움 없이 다시 모니터로 눈길을 돌렸다.

그 순간 갑자기 박볶음이 다가와 책상 앞에서 90도로 허리를 숙여 인사했다.

"왜요?"

"사과하려고요."

"네?"

"구미호라고 했던 거, 간잡이라고 했던 것 모두. 아, 맞다. 연실이도 포함해서."

역시 오세준은 사람을 알아볼 줄 아는 사람이었던 거군. 그리고 그 남자는 나를 좋아하는 게 분명했다.

아마도 사과를 종용했을지도 모른다고 생각하니 갑자기 믿음과 뿌듯함이 동시에 밀려왔다.

"뭐, 서로 모를 때는 오해할 수도 있죠. 저도 박볶음이라고 했던 거 사과할게요."

나는 살짝 고개를 숙여 사과에 적당히 응했다.

하지만 이내 들려오는 박정우, 아니 박볶음의 말에 그 자리에 얼어붙었다.

"같이 자고도 아무 일도 안 일어나는 구미호가 세상에 어디 있어. 아, 구미호가 아니라 꽃뱀인가? 근데 진짜 여우는 아니어도 강아지쯤은 되나 봐? 냄새 칼같이 맡네. 킹카 냄새."

이겼다는 듯, 그는 오른쪽 입술을 살짝 치켜세우며 웃었다.

물론 '그게 무슨 소리냐?', '오세준 씨가 그랬어요?'라는 어리석은 질문은 하지 않았다. 하지만 침착하고 태연한 척하는 바로 그 순간 눈물이 뚝 하고 구두 위로 떨어졌다.

손등으로 쓱쓱 눈물을 닦아 내고 나는 아무 일 없었다는 고개를 들었다.

그러나 안타깝게도 멋지게 한 방 먹여 줄 말이 생각나지 않았다. 박볶음과 그의 친구 오세준의 완승이자, 나의 완패였다.

패배의 원인은 물론, 세상의 모든 패배의 절반의 이유가 될 방심이었다.

그리고 그 패배를 추스르는 데는 꼬박 1년이 걸렸다.

그러나 오늘 그를 다시 마주치고 보니, 나는 그걸 추스른 게 아니었다. 분명 뭔가 다른 해결이 필요했다.

"어! 소은 씨."

나는 놀라는 척, 프런트 앞에 선 오세준을 바라봤다.

택시 안에서 이미 박봊음과 연관된 모종의 음모를 예감했다.

키싱구라미처럼 입술, 아니 주둥이를 마주 붙이고 떠들어 대는 두 사람의 모습을 상상하니 얼굴이 저절로 찡그려졌다. 나는 그 얼굴 그대로 고개를 까딱했다.

이건 예의에 어긋나는 것이 아니다.

학교 다닐 때 배운 인사법을 떠올려 보면, 선생님을 두 번째 마주쳤을 때는 가볍게 목례하라고 하지 않았던가.

"같은 호텔이네요. 벌써 점심 먹고 올라가는 거예요?"

"네."

"잠깐 이야기 좀 할 수 있어요?"

"아뇨. 피곤해서요. 저는 이만."

"소은 씨."

그가 엘리베이터 앞을 막아섰다.

"우리 오늘 우연히 만난 거 아니에요. 그리고 사과하고 싶어요."

사과라는 말에 나는 평정심을 잃었다.

"오늘 밤도 술 마시고 같이 자 드릴까요? 그래도 아무 일도 안 일어날 텐데."

"소은 씨."

나는 복수를 시시해하는 쪽이다.

당한 일은 빨리 잊어버리는 게 최고라고 생각한다.

하지만 착한 척 억울하다는 표정을 짓는 오세준을 보자 마치 어제 일어난 일처럼 감정이 끓어올랐다.

"뭐, 친구, 아니 끼리끼리 무슨 이야기를 하시든 상관없어요. 그리고 없는 사실을 말하신 것도 아니니까요. 그런데 그거 아세요? 구미호는 썩은 간을 안 먹어요. 그날 밤 아무 일도 안 일어난 건 피차 마찬가지 이유였다고요."

바보 같은 얼굴로 나를 보는 오세준을 두고 엘리베이터에 올라 탄 나는 문이 닫히자마자 만세를 불렀다.

이 얼마나 속 시원한 말인가?

나는 거울 속에 비친 나를 째려보며 한 번 더 말했다.

"구미호는 썩은 간을 먹지 않아. 아! 반소은 천재! 천재!"

"좋은 아침이에요."

조식도 포기한 채 일찌감치 나섰는데 이미 오세준이 버스 정류장에서 손을 흔들고 있다.

"네. 엄청 좋은 아침이네요."

"오전엔 어디 가요?"

"다 아실 거 아니에요."

그는 물론이라는 듯 천천히 고개를 끄덕이고는 말했다.

"그런데 좀 억울해요. 그때 나는 유도신문에 넘어간 거였어요. 물론 그것도 내 잘못이지만. 그리고 나 간 안 썩었는데. 건강해요, 내 간."

"상관없어요."

"난 상관있죠. 두 번, 아니 세 번이나 전화했는데 찬바람 쌩쌩 돌기에 아, 이 여자 진짜 간잡이구나 하고 오해했거든."

"오해를 풀어 드려야 해요? 죄송합니다. 간만 봐서."

"그런데 소은 씨도 잘못한 게 있죠."

이제는 너도 잘못했다니.

기가 막혀 하는 나를 향해 그가 웃었다.

"반소은 씨는 수많은 관계들을 조금만 맘에 안 들어도 킬하거나, 아니거나 이렇게 하나? 따져서 잘못된 건 바로 잡아야죠. 나한테 사과를 받았어야지."

"글쎄요. 이미 킬한 인간에 대해서는 생각하지 않는 편이라."

나는 지도를 꺼내 버스 시간을 확인한 후 아이팟을 꺼내 이어폰을 끼고 선글라스를 썼다.

"센토사 섬으로 갈 거죠?"

"어제 갔어요."

"네?"

"그냥 밤에 가서 보고 왔어요."

나는 어젯밤 일정을 뒤죽박죽 뽑아서 센토사 섬에 갔고, 'Song of the sea'를 즐겁게 관람했다.

내 말에 당황한 눈빛으로 그가 말했다.

"어젯밤에? 그럼 지금은 어디 가는 거예요?"

"플라이어 타러."

"그럼 내가 가지고 있는 일정표는 소용없는 거네요?"

"네."

"알았어요. 그럼 일 잘 보고 돌아가요. 그리고 1년 전 일은 미안했습니다, 진심으로."

내게 한 번 더 비꼴 기회도 주지 않고 오세준은 그대로 고개를 숙여 인사하고는 사라졌다.

나는 어젯밤 섞어 놓은 일정표를 페이지대로 다시 정리했다.

그리고 도착한 홉온 버스에 올라탔다.

싱가포르는 상하의 도시라 불린다. 언제나 여름이라는 뜻이다.
여름은 싫으면서 나는 그 말이 맘에 들었다.

언제나 여름인, 변덕 같은 건 없는 고집 있는 이 도시도 맘에
들었다. 지구의 어딘가에는 북극이나 남극 말고도 언제나 겨울인
도시가 있을까 궁금해졌다.

그런 도시가 있다면 오세준과 박볶음을 그리로 보내 평생 경박
하게 달달 떨면서 살게 하고 싶었다.

　　반소은 씨.

　　걸어도 걸어도 끝이 보이지 않는 길을 걸을 때와 비슷한 기분
입니다.

저는 소은 씨가 조금 안타까웠고, 좋은 사람, 귀여운 사람이라
는 게 반가웠어요.

어울리지 않는 별명을 달고 있는 것도 싫었고, 정직하게 말하면
반했던 것 같고, 다른 맘을 먹기도 했어요.

그래서 그런 감정을 인정하자마자 소은 씨 회사에서 제안한 일
을 거절했어요.

그런데 누군가에게 호감을 품었다고 해서 그것이 남녀 간의 감
정으로 이어지는 것의 전제냐에 대해 나 역시 동의하지 않아요.
친구가 되고 싶었어요. 그다음도 생각했겠지만.

그리고 정우 역시 마찬가지였을 거예요. 미숙하고, 서툴고, 경
박했지만, 그 바닥에는 소은 씨가 좋았고, 잘해 보고 싶고, 좋
은 친구가 되고 싶은 마음이 있었을 거라고 생각해요.

상대가 품은 마음을 어떤 것으로 만드느냐는 100퍼센트 그 사람만의 책임은 아니에요.

소은 씨는 웃는 게 참 예쁜 사람인데 간혹 정색을 하고 상대를 무안하게 해요.

내게 그렇게 웃어 주길 바랐지만 지은 죄가 있으니 무리겠지요?

서울에 가서 마주치면 반갑게, 아니 거기까지는 아니더라도 기분 좋게 인사해요, 우리.

다시 한 번 미안합니다. 변명을 길게 늘어놓았지만 여전히 부끄럽게 생각합니다.

나는 프랑지파니꽃 귀걸이와 함께 프런트에 맡겨진 편지를 다 읽었다.

지나치게 화를 내고 태연하지 못했던 마음의 바닥을 오세준이 다 들여다보고 있는 게 더 짜증이 났다.

누군가 잘못을 하고 그 상대가 사과를 시작하면, 그다음은 사과를 받아 주지 않는 사람이 옹졸한 사람이 된다.

반소은이 매정한 년으로 소문난 데 일조하는, 잘못된 시스템이었다.

습하고 더운 공기와 따가운 햇볕 아래, 그리고 도심 한가운데 있다고는 믿기지 않는 밀림, 보타닉 가든 잔디밭에 누워 나는 다시 오세준의 편지를 떠올렸다.

그리고 언젠가 누군가 술자리에서 했던 충고를 떠올렸다.

'너는 웃자고 한 소리에 죽자고 덤비더라.'

기분 나쁘다는 듯 눈을 치켜떴지만, 사실이었다.

오랜 습관이어서 고쳐지지 않았다. 누군가를 믿고 같이 바보처럼 웃다 당하는 것보다는 날을 세우고 공격 자세를 취해 상대와 친해지지 않는 편이 낫다고 생각했다.

나는 주위를 한 번 둘러본 후 몸에 힘을 뺐다. 그리고 나무 벤치에서 한참을 무방비 자세로 누워 있었다.

서른이 됐는데 연애 한 번 못 해 본 구미호라니. 어쩐지 억울했다.

그렇게 얼마를 누워 있었을까? 잔디밭 한가운데 가만히 앉은 고양이가 눈에 들어왔다.

그 고양이는 마치 관찰하듯 한참을 빤히, 나를 향해 시선을 두고 있다.

"왜? 내가 한심해?"

대답이라도 하듯 고양이가 쩍 하고 하품을 했다.

"우리 죽이 보고 싶네. 신이랑 안 싸우고 잘 지내고 있어야 하는데."

고양이는 손을 뻗으면 닿을 만큼 한 발 다가왔다.

"너 여기 살아? 아님 너도 관광 온 거야?"

고양이는 다가오는 것과 곁을 주는 건 별개라는 듯 고개를 돌렸다.

나는 가져온 신문지를 바닥에 폈다.

그리고 가방에서 쇼핑백 하나를 꺼내 머리 위에 뒤집어쓰고 누워 버렸다.

그냥 호텔에 가서 낮잠을 잘까 싶었지만 등이 따뜻하니 모든 게 귀찮아졌다. 그러나 그 귀찮은 와중에도 오세준의 편지가 맘에 걸렸다.

아직도 자신이 한 잘못에 대해 모르고 있다. 그저 실수라고 생각하는, 남자들끼리의 그 경박한 낄낄거림. 그건 분명 고쳐야 하는 나쁜 습관이었다.

선물과 충고 감사합니다. 저녁에 한잔해요.

프런트에 오세준에게 쪽지를 남긴 후 방으로 돌아와 나는 공들여 샤워를 한 후 얼굴에 마스크 팩을 붙이고 로드 숍에서 산 꽃무늬 원피스에 향수를 뿌려 걸어 두고 잠을 청했다.

밤은 길고 복수는 더 길어질지어다!

"선물 고맙습니다."

나는 허리를 깊이 숙여 인사했다. 당신의 충고를 깊이 받아들이고 지난날의 앙금 따윈 모두 잊었다는 용서의 자세였다. 아니, 한발 더 나아가 나의 속 좁음을 사과하는 거였다.

"아니에요. 우리 정말 그 일은 이제 잊어요."

가끔, 잘생긴 사람은 다 괜찮아 보일 때가 있다. 그 사람이 나쁜 일을 해도 곧 뉘우칠 것 같고, 뭔가 이해하지 못할 행동을 한다고 해도 깊은 뜻이 있어서 그랬을 것 같다.

그의 얼굴을 보자 문득 그런 생각이 들었다.

"싱가포르 슬링 마셔 봤어요?"

오세준이 물었다.

"아뇨."

"나도 안 마셔 봤어요. 유명하대요."

"네. 그런데 여행기들 보니까, 바닥에 버리는 땅콩 껍질 때문에 비둘기들이 모여든대요."

"아, 새 싫어하죠?"

"네."

"그럼 주롱새 공원은 안 갔겠네요?"

"네."

미쳤어라고 생각했다. 길에서 가끔 마주치는 새도 싫은데 새를 모아 놓은 공원이라니. 도대체 그런 공원을 누가 만들었을까?

거기서 팔고 있을 새 기념품을 생각하니 더 끔찍했다.

"싱가포르 와서 좋은 건 뭐였어요?"

플라이어가 좋았다고 말하려다 고개를 저었다.

그런데 순간, 그가 말했다.

"플라이어, 낮에 탔죠?"

"네."

"그건 밤에 타야죠."

독심술이라도 하는 건가? 모른 척 그러냐는 표정을 지었다.

"갑시다."

"네?"

그는 내 손을 끌고 호텔을 빠져나갔다. 그리고 택시를 잡았다.

그가 지도에서 어떤 지점을 표시해 주자, 기사는 오케이라고 말했고 나는 실망했다.

단둘이 플라이어에 타자는 거군.

나쁘지 않았다. 어차피 한 번 더 타고 싶었고 야경도 궁금했다. 그리고 오늘 밤의 복수를 하려면, 조금 더 친한 척해 두는 편이 나을 것도 같았다.

"오길 잘했죠?"

단둘이 플라이어의 한 칸에 타고, 그는 물었다.

"네. 그런데 이거 올라갈 때까지 너무 지루해요."

"이야기를 하면 되죠. 소은 씨 이야기 좀 해 봐요."

"무슨 이야기요?"

"그날 밤 말 많이 했잖아요. 맥주가 있어야 이야기하나?"

나는 씩 웃으며 말했다.

"그날 밤이라면, 제가 꽃뱀의 마음으로 오세준 씨를 유혹하다 실패했던 그 밤요?"

"아, 또 그러시네."

나는 말없이 바닥에 앉아 시내 쪽을 내려다봤다.

밤이 되니, 낮과는 다른 풍경이다.

반짝반짝 빛나는 도시를 내려다보니 두고 보자라던 마음도 스르르 사라졌다.

"소은 씨 첫사랑은 어떤 사람이었어요?"

왜, 남자들은 저런 걸 그렇게 궁금할까?

하긴, 사람들은 모두 궁금해한다. 학교 다닐 때, 선생님들에게 우리들은 늘 첫사랑 이야기를 해 달라며 목청을 높였다.

"그런 거 없어요."

"정말?"

"네. 소문대로, 보시는 것처럼 대충 그래요. 남자 싫어해요."

내가 남자를 싫어하게 된 데는 아버지와 오빠들이 한몫했다. 하지만 그런 이야기까지 할 필요를 느끼지는 못한다.

"왜요?"

"안 좋으니까."

"왜 안 좋은데?"

제법 리듬까지 넣어 그가 대꾸한다. 뭔가 점점 뻔뻔해지고 있다.

"싫으니까."

"좋아하는 노래는?"

"뭐 조사하세요?"

"궁금해서."

누군가와 나에 대한 이야기를 하는 것에 나는 익숙하지 않다. 나는 모르는 사람에게 자신에 대해 주절주절 이야기하는 사람들을 싫어한다. 이해할 수 없다.

"좋아하는 게 별로 없어요. 까칠한 척하는 게 아니라 그냥 그래요. 욕망도 없어요."

"욕망이 없어요?"

"그냥요. 변비 없으면 행복하고, 여름엔 모기 없으면 좋고. 특별히 갖고 싶은 것도 없어요."

"현재를 사는 사람이군요."

"그렇게 미화하지 마세요. 그냥 무기력하게 살아가고 있어요."

"꿈이 있을 거 아니에요."

"꿈이란 이뤄지지 않아서 꿈이라는 걸 알 만큼 나이를 먹었죠."

내 말에 오세준은 피식 웃었다.

그건 아주 어른이 아주 어린아이의 이야기를 듣다 '짜식, 귀여운데.' 하고 짓는 웃음이었다.

분명 재수 없어야 하는데, 이상하게 웃음이 났다.

하지만 나는 너그럽게 마주 웃어 주었다. 복수를 하기 전 마지막 술잔을 들게 하는 관용을 베풀던, 중국 영화의 사형 같은 마음인지도 몰랐다.

"그냥 편의점 가서 맥주 사다 제 방에서 마셔요, 그때처럼."

나의 다정한 제안에 오세준은 이제 드디어 용서받은 것이냐는 감격스러운 표정으로 물었다.

"정말요?"

나는 갸륵한 웃음을 지으며 고개를 끄덕여 주었다.

"정우랑 나는 고등학교 동창이에요."

산처럼 쌓아 둔 맥주 캔을 두고 마주 앉아 그가 말했다.

"아, 그래요?"

'그게 나랑 무슨 상관?'이지만 나는 파인애플 나무를 처음 봤을 때처럼 놀란 표정으로 그를 보며 대답했다.

"그런데 고등학교 땐 서로 별로였어요."

지금도 너희들 둘은 별로란다. 아니, 별로 이하.

내 마음을 알 리 없는 그는 신이 났고, 나는 오세준을 따라 지구를 돌았다. 그리고 어지러움을 느꼈다. 경비행기가 추락 위기에 처했을 때의 이야기에서 그는 비행기가 기류에 뒤집어지는 장면을 실감 나게 침대 위에서 보여 줬고, 그 모습이 내 오빠들이

군대 훈련에 대해 이야기할 때와 너무 닮아서 나는 그가 더 싫어졌다.

그리고 잠깐 졸았던 것도 같았다.

내가 눈을 떴을 땐, 이미 밖이 환해지는 중이었고 나는 복수를 다짐했던 오세준의 허리를 끌어안은 채 누워 있었다.

1년 전 그 밤과 똑같은 자세였다.

'정말 전생에 논개였나?'

스스로를 몹시 한심하다 여기며 나는 애써 정신을 차렸다. 그리고 오세준 씨의 품에 베개를 안겨 주고는 작업을 시작했다.

바늘을 꺼내 실을 꿰기 위해 두 눈이 몰리도록 집중하는 순간, 나는 나 자신에게 다시 물었다.

과연 이런 짓을 저지를 만큼 상처 받았는가?

하지만 상처의 문제가 아니었다.

이것은 주고받는 것의 문제였다.

"으하하하하하하하하."

신이는 숨이 넘어갈 듯 웃으며 모니터에 얼굴을 박을 기세였다.

"어떻게 이럴 수가 있어. 이 금자 같은 계집애."

나는 금자 씨처럼 무심한 얼굴로 모니터를 슬쩍 봤다.

세 컷의 사진에는 신이의 글씨로 제목이 붙었다.

친절한 구미호.

배드 보이, 반성은 너의 것.

연애
연습

딱히 제목을 정하고 연출한 것은 아니었으나, 완성작은 그랬다.

그날 밤, 나는 오세준 씨의 바지 자락과 셔츠의 모든 자락을 침대 시트에 꿰매 버렸다. 시트에 꿰매는 걸로 부족해 매트리스의 테두리를 중간중간 엮어 주는 걸 잊지 않았다. 그리고 전화기는 손이 닿지 않는 곳에 옮겨 놓았으며 객실 문에는 방해하지 말아 달라는 표시를 달았다.

그리고 TV 화면에는 커다란 종이를 붙였다.

물론 오세준 씨를 향한 메시지였다.

반성의 시간.

"너 그 남자가 복수하면 어떻게 하려고 그래?"

신이의 말에 나는 무섭다는 듯 두 손을 모았다. 그리고 깔깔거리며 비웃었다.

"그럼 나도 또 복수하지."

"그런데 원래의 너는 복수조차 아까워하는 쪽 아니었냐?"

"내가?"

"그런 거 가치 없다 생각했잖아."

"그래도 꾸준히 돌려주긴 했어. 복수라고 할 것까지 없지만."

복수를 위해 인생을 걸거나 전신 성형수술을 하는 건 어리석은 일이다. 차라리 그 노력으로 뭔가 다른 걸 한다면 복수를 넘어선 성공이 있을 거라고 생각한다.

하지만 그것 역시 제삼자의 입장에서 관찰할 때의 이야기였다.

내가 주고받는 것이라고 말하는 것도 결국 다를 게 없었다.

"이 사진 박정우한테 보내."

나는 잠시 이 사진을 보는 박정우의 표정을 떠올리며 짜릿해했다.

하지만 그걸로 됐다는 생각이 들었다.

"에이, 나 그렇게 나쁜 애는 아니야."

신은 기가 막힌다는 얼굴이었지만 사실이었다. 나는 그렇게까지 나쁜 애는 아니다. 이 주고받기에서 박볶음은 삼자였다. 철저하게!

나는 여행기를 싫어한다.

여행을 하는 사람들이 지나치게 모든 것에 의미를 부여하는 것도, 모든 것을 버리고 떠나는 자의 허세를 감추지 않는 것도 싫다.

낯선 사람들과 만나 인사를 나누는 것도 싫고, 문고리가 잘 잠겨 있을까 걱정해야 하는 허술한 숙소도 싫다.

그러고 보면 나는 여행을 싫어하는 것도 같다.

싱가포르 여행에서 내가 제일 좋았던 건 와코루의 다양한 사이즈와 저렴한 가격의 속옷. 그리고 톱숍에서 맘에 드는 청치마를 샀다는 것이다. 또 언젠가 잡지에서 본 파스타 제면기를 한국에서의 반도 안 되는 가격에 샀다는 것. '내게 필요한 물건이었는가?'에는 확신이 없다.

카야 토스트와 진한 커피도 맛있었다.

그것은 홍콩과 다를 바가 없었다. 그런데 이번엔 아주 잠깐씩 낯선 곳에서 혼자가 되는 느낌. 그리고 그 외로운 순간에 지나치는 사람들과 나누는 눈인사가 꽤 큰 위안이 되었다.

함께 플라이어에 탔던 낯선 영국인 남자.

"내 이름은 마틴이야. 우리 둘이 여기 탄 건 아마도 인연이겠지. 그런데 너는 낯선 사람과 말하는 걸 좋아하는 것 같지 않아. 그래서 말을 걸지 않을 거야. 하지만 어색한 건 아니야. 이 여행이 너에게 특별하길 바라."

나는 그에게 '생큐!'라고밖에 대답하지 못했다. 그리고 솔직히 내리는 순간까지도 나는 그가 무서웠다.

보타닉 가든의 나무 아래에서 잠든 내내 내 곁을 지켜 준 낯선 고양이에게도 나는 손 내밀어 등 한 번 쓰다듬어 주지 못했다.

여행자의 고단함과 외로움을 아는 것은 아마도 진짜 여행자가 아닐까, 내가 만났던 진짜 여행자들에게 이제야 수줍게 인사를 건넨다.

"안녕."

나는 여행의 에필로그를 올리고 흐뭇하게 여행기를 다시 읽었다.

여행기 중 유일하게 내 마음을 이야기한 대목이었다.

마음에 관해 쓰는 건 부끄럽게 느껴져서 나는 정보에 집착했다. 싼 것을 살 수 있는 곳, 공짜 교통편, 호텔의 제공 서비스.

차라리 이 길로 나설까 고민하는 사이 주방에서 신이 소리를 질렀다.

"반손. 비빔면 먹을 거야? 나 비빌 건데. 한 젓가락은 허용되지 않으니 의사를 밝혀."

"응. 나도 콜!"

나는 길게 대답을 하고 낯선 주소에서 온 '소은 씨에게'라는 메일을 클릭했다.

나한테도 안녕이라고 인사해 줘요.

본문은 단 한 줄뿐이었다.

발신인의 이름도 보이지 않는다.

이런 경우 불길하다.

방심하는 사이 살색 가득한 그것으로도 부족해서 마구 움직이는 사진이 뜰지도 모른다.

하지만 사진의 상단은 아주 싱그러운 초록색이었다.

"우리 인터넷 바꿀까? 요즘 막 돈 주더라. 얘, 너무 느려."

나는 혹시나 밥맛이 떨어질 사진이 뜰 것을 대비해 그대로 주방으로 가 식탁에 앉았다. 하지만 비빔면이 아닌, 뜨거운 국물에 김까지 모락모락 나는 빨간 라면이다.

"어? 비빔면 먹자더니."

"없더라. 있는 줄 알았는데."

"찬밥 있어?"

"뜨거운 걸 못 먹어서 네가 어른이 못 되나 봐."

나는 웃으며 냉장고에서 찬밥을 꺼냈다.

그리고 이미 한 김 식은 라면에서 면을 건져 내고 찬밥을 말고, 찬물을 면발에 부었다.

"그런데 인터넷은 왜 바꾸자고?"

"사진이 안 떠. 메일에 대용량 사진을 넣은 모양인데."

"촌스럽게 그걸 본문에 넣었단 말이야? 누군데?"

"몰라."

나는 알맞게 식은 면발을 먹으며 건성으로 대답했다.

"이제 여름 되면 넌 또 냉면 죽게 먹겠구나?"

"겨울에도 먹었어."

"난 네가 이해가 안 가. 솔직히 울화병 걸릴 이유가 없잖아? 직장 탄탄하겠다, 예쁘겠다, 날씬하겠다. 또 집에서 이런 집도 얻어 주고."

신이의 말이 틀린 건 아니었다.

한 달 전, 홍대 앞 원룸에 도둑이 들고 나서 아버지는 마포에 30평짜리 아파트를 얻어 줬다. 그리고 신이와 함께 살고 싶다는 내 말에도 별말 없이 동의했다. 늘 나와 신이를 두고 대결을 일삼는 우리 엄마와 신이 엄마는 누가 누구를 돌보는 것인가를 두고 다퉈 댔지만 우리들의 관계는 그렇게 시시한 것이 아니었다.

새 아파트에 와서 좋은 건 17층이라 창문을 열어 놓아도 된다는 것과 또 죽이가 아주 여유롭고 온순한 고양이가 되었다는 것이다. 그것이 하루 종일 드는 햇볕 때문인지, 아니면 죽과 나의 관계가 이제 더 이상 임시가 아닌, 고정되어서인지 궁금했다.

"손! 사진 다 떴다."

나는 후다닥 모니터 앞으로 다가갔다.

"어?"

"왜?"

"이거 난데?"

옆에 놓인 컴퓨터 앞에 앉은 신이 의자를 돌려 사진을 들여다봤다. 사진 속에는 보타닉 가든 벤치에 누워 잠을 자는 나와 그 앞에서 나를 바라보는 고양이가 있었다

"여기 누워 있는 이 미친년이 너라고?"

'미친'에다가 '년'이라니. 나는 발끈하다 뭔가 무서워졌다. 도대체 이걸 누가 찍어서 게다가 내게 보낸 걸까?

사진 아래, 메일 서명을 확인했다. 오세준이라는 이름 석 자와 그의 메일 주소였다.

나는 얼른 창을 내려 닫았다.

"뭐야? 으하하. 이거 대땅 무서워. 너는 복수했지만 나는 여전히 너를 지켜보고 있다."

"복수 이전이야."

신이 난 신이와 달리 나는 마음이 이상해졌다. 방금 전까지 나를 즐겁게 했던 복수는 뭔가 커다란 인연을 망친 몹쓸 짓으로 느껴졌다.

이상하게 가슴이 두근거렸다.

"신아, 너 최근에 가슴 뛰는 거 언제 느껴 봤냐?"

"난 만날 느껴서 문제. 부정맥인가? 왜? 넌 언제 느꼈는데?"

"막차 버스 타려고 달릴 때, 부장이 나 부를 때, 커피 너무 마셨을 때, 또 카드 고지서가 이메일로 도착해서 첨부 파일을 열고 주민 번호 뒷자리를 넣을 때?"

"넌 운동이 부족해. 아마 네가 마른 비만? 그런 거에 해당될지도 몰라. 아, 참 너 원고 7개밖에 안 남았다고 김 대리한테 전화 왔더라."

"7개면 됐지. 걘 진짜 편하게 일하는 거야. 내가 관리하는 필자들은 매일매일 내 피를 말려. 7개씩 여유분 두고 시기에 맞게 조절해서 올리면서 무슨."

"그리고 단행본 내는 거 생각해 보래서 난 싫다고 했어. 그래야 하는 거지?"

"응."

계약한 기간이 끝나면 '고등어 반손', 그러니까 한마리는 사라져야 하는데 단행본이라니!

나는 누가 보고 있지도 않은데 고개를 절레절레 흔들었다. 신이 방으로 들어가고 나는 다시 메일을 열었다.

도대체 어쩌라는 거지? 안녕이라고 말해 달라니.

그리고 도대체 이 사진은 언제 찍은 걸까? 자고 있는 모습도, 또 그 옆에서 자신을 지켜 주고 있는 그 고양이도.

나는 베란다에 늘어져 있는 죽이를 억지로 안고 와 사진을 보여 주며 말했다.

"야, 죽! 주인님을 향해 저 정도의 충성은 보여 줘야 하는 거 아니야?"

죽은 휙 하고 몸을 날려 내려가 버렸고 나는 그 고양이의 안부를 걱정하며 오세준에게 답장을 썼다.

안녕.
됐나요?

이건 시비조인데? 슬쩍 이모티콘을 추가해 본다.

안녕.
됐나요? ^^

이건 시비를 걸고 비웃는 건데.
나는 한참 고민하다 다시 메일을 썼다.

Bye.

이건 허세로 보일까? 고민하다 나는 결국 브라우저 창을 닫았다.
이럴 때 가장 좋은 건 그냥 통과하는 것이다. 하지만 브라우저 창은 닫았으면서 나는 사진을 계속 쳐다봤다.
사진이 맘에 들었다. 피사체를 향한 애정 같은 게 느껴진다는 건 오버라 하더라도 기분이 나쁘지 않았다.
하지만 나는 나약해지는 내 자신을 향해 말했다.
'반소은, 정신 차려. 이 사진이 이미 박볶음의 손에 들어갔을지도 몰라.'
사진을 닫고, 나는 한마리의 칼럼 블로그를 열었다.
오늘도 수많은 사람들이 댓글로 서로 이야기 중이었다. 지난번 칼럼의 '피임하지 않는 남자, 한 마리' 때문에 댓글은 벌써 6,000개를 넘어가는 중이었다.
"부장님, 미안."
나는 죄책감을 느끼며 댓글들을 살폈다.
피임하지 않는 남자는 신이가 아는 어떤 사람이다.
신이는 물론 자신의 이야기는 아니라고 했다.
댓글은 주로 자신의 남자 친구도 그렇다거나, 옛날에 만나던 남자가 그렇다는 이야기였다. 거기엔 또 뻔한 남자들의 댓글도 있었다.

나는 저장되어 있는 7개의 글을 보다 다음 회기의 주제를 정했다.

너네 엄마 & 울 엄마.

이건 우리 아버지의 이야기였다.

아버지에게 할머니는 절대적인 존재였다. 할머니는 놀기 좋아하는 남편 때문에 오래 맘고생을 했고, 작은 부인까지 참아 준 사람이었다.

그래서 아버지에겐 할머니가 절대적인 기준이다. 엄마가 아무리 힘들어도 당신의 어머니에 비하면 호강한다는 게 아버지의 절대 카드였다.

'당신이, 추운 겨울날 얼음을 깨고 터진 손에 피를 줄줄 흘려 가며 빨래해 봤어?'

어찌 보면 「개그 콘서트」의 한 장면 같기도 한 순간이었다.

나는 여행지에서 참견하는 사람이다.

누군가 의사소통이 안 되어 서로 다른 말을 주고받고 있으면 그들 사이에 끼어 통역을 해 주기도 한다.

규슈에서는 튀김집을 찾는 한국인 관광객과 호텔 식당은 문을 닫았노라 말하는 프런트 직원 사이에 끼어들어서, 세 사람이 함께 튀김집에 가서 맥주를 한잔하기까지 했다.

그것이 외로움 때문이었다는 걸 나는 그 많은 여행을 하고도 알지 못했다. 나는 친절한 사람이 아니라 외로운 사람이었던 거였다.

싱가포르에서 나는 많이 외로웠다.

내내 웃는 얼굴로 '안녕' 인사를 건네줄 누군가를 기다렸다.

그리고 많이 반성했다.

어떤 시간에 대해서.

"사람 남자가 누구야? 박정우야?"

오세준과 나의 여행기가 나란히 실린 여행 카테고리와 잡지를 본 팀장은 만족과 동시에 궁금해했다.

신 기자는 싱가포르 여행의 테마를 아예 사람 남자의 여행과 사람 여자의 여행으로 바꿔서 기사를 만들었다.

팀장의 말에 나는 어깨를 으쓱해 보였다. 여기서 알은척을 했다가는 스캔들에 휘말릴 게 분명했다.

"오늘 디아이 사람들이랑 술 마신다 그랬지?"

"네."

"내일 다시 이야기하자. 사람 남자, 사람 여자. 그거 되게 재미난 거 같아. 테마도 다양하게 잡을 수 있겠네. 매번 다른 남자, 여자 필자를 섭외해서 같은 테마로 뭔가를 하는 거야. 공연도 좋고 영화도 좋고 또 맛집도 좋다. 한마리를 이기는 거지."

팀장의 반짝이는 눈을 보자 몸이 저절로 휘청했다. 뭔가 죄책감이 느껴지는 것도 같았다. 나는 적당한 표정으로 얼버무리는 대답을 했다.

연애
연습

여기서 '예.'라고 하거나, '아니 그건 별로.'라고 하는 것. 둘 다 어리석은 일이라는 걸 너무나 잘 알았다.

"어? 왔어?"

신 기자에게 손을 흔들어 인사를 하고는 재빠르게 목포집의 내부를 파악했다. 빨리 빠져나갈 수 있고 재수 없는 사람들과 이야기를 나누지 않아도 되는 자리를 찾기 위해서였다.

그러나 그 순간, 박볶음과 그 뒤로 오세준이 보였다.

사람 남자도 당연히 올 거라고 왜 생각 못 했을까?

나는 더 가릴 것도 없이 가까운 자리에 일단 앉았다.

"안녕하세요. 반 대리님."

"네."

나는 시비를 묻혀 인사를 하는 정우에게 대답했다. 정우의 말투는 뭐랄까, 너는 혼자지만 나는 개념 없는 친구 하나를 포함 둘이다로 보였다.

아니, 어쩌면 내가 저지른 그날 밤, 아니 그 아침의 복수를 그가 알고 있는 건지도 모른다.

"안녕하세요."

나는 이어 인사를 하는 세준에게도 억지로 웃으며 인사했다.

"소은 씨, 그 마틴이랑 어떻게 됐어? 진짜야? 그걸로 끝이 아닌 거 같은데."

이름을 기억 못 하는 기자의 말에 나는 마틴? 하고 생각했다가 웃으며 대답했다.

사실 마틴은 나와 함께 플라이어에 탔던 사람이었다. 단둘이 타고 내가 얼굴이 노래져서 경계하기 시작하자, 내게 겁먹지 말라고, 자신이 움직이는 건 도시의 다양한 모습을 보기 위해서라고 친절하게 설명했던. 그리고 기념하고 싶다며 내게 사진을 찍자고 했던.

셀프 숏이었다.

"그걸로 끝이겠어요?"

"어?"

그걸로 끝인데 도대체 무슨 말을 만들어 내나, 짧은 순간 수많은 생각이 지나갔다. 그리고 사람들을 보다 피식하고 비웃는 오세준과 눈이 마주쳤다.

단순히 양심이 아닌, 무시가 가득한 눈빛이었다.

그 순간 나도 모르게 말해 버렸다.

"다 여러분 덕분입니다. 감사합니다."

'뭥미?'라는 요즘 말이 내 머릿속을 맴돌았다.

하지만 또 묘해진 오세준의 표정을 보자 갑자기 어디선가 여전히 여행 중일 마틴이 그리워지기까지 했다.

우우 하는 사람들의 소리에 대답 대신 소주잔을 들어 보였다. 리고 수습할 수 없는 말을 해 버리고 말았다.

"음. 제가 싱가포르에 가서 「Before sunrise」를 찍었죠."

뻥이야! 외쳐야 한다고 생각했다. 하지만 사람들은 박수를 치기 시작했고 오세준의 얼굴에는 아까와는 다른, 뭔가 복잡한 표정이 지나갔다.

뭐, 그럼 된 거지.

나는 소주를 단숨에 마셨다. 그러자 갑자기 모든 게 편안해졌다. 이제 왜 연애를 안 하냐 하는 질문도, 간 보는 여자라는 별명도 사라질 거다.

나는 여행에 가서 만난 사람과 인종과 국경을 초월한, 영화 같은 사랑을 하고 있는 인간이 되는 것이다.

이렇게 좋은 걸 왜 진작 생각 못했을까? 나는 기쁨에 다시 친하지도 않은 사람들에게 잔을 돌렸다.

없던 사회성까지 생겨나는 순간이었다.

"왜 웃어요? 반 대리."

박정우의 말에 나는 불판을 가리켰다.

모두 삼겹살 불판인데 오세준과 박정우가 앉은 테이블에는 볶음용 프라이팬이 있었다.

"뭐가? 난 삼겹살 안 좋아해. 제육볶음…… 아, 그것 때문에 웃는 거야? 너무하네. 반 대리."

내 손가락을 한참 보던 박정우가 발끈해서 외쳤지만 오세준은 여전히 어색한 얼굴로 불판을 바라보고 있었다.

나는 오세준에게 잔을 내밀었다.

"네?"

"뭐, 그간의 오해나 서로 좋지 않았던 건 이제 잊죠? 여자 사람, 남자 사람이 되어 나란히 여행기도 썼는데요."

"네."

여전히 뭔가 뿌연 얼굴로 오세준이 잔을 들었다. 그리고 어김없이 박볶음이 끼어들어 말했다.

"구미호, 그동안 까칠했던 건 역시 욕구불만이었구나?"

오세준이 말리는 척, 매너 있는 척 박정우의 팔을 잡았지만 나는 상냥한 얼굴로 말했다.

"그랬겠죠. 볶음, 아니, 정우 씨도 얼른 좋은 사람 만나세요. 괜히 이 아가씨, 저 아가씨 데리고 산 넘어 다니면서 기름만 낭비하지 말고."

내 말에 사람들이 와 하고 웃었다.

나는 그 웃음을 놓치지 않고 덧붙였다.

"박정우 씨가 TV 프로그램에 나오는 간판 없는 맛집 이런 데 진짜 좋아하잖아요."

와 하고 웃던 시선들이 일제히 나를 향한다. 나는 씩 웃어 보이고는 한마디 덧붙였다.

"그런 집일수록 산골짜기에 있거든요."

사람들이 비난과 놀림을 섞어 박정우를 향해 한 마디씩 하는 사이 잔을 비운 오세준이 내게 잔을 건넸다.

"네. 고맙습니다."

단숨에 술을 마시고 나는 박정우에게 잔을 건네고 말했다.

"이제 우리 별명 청산하죠? 박 기자님."

"그러죠. 반 대리님."

그 순간 오세준이 잔을 들고 끼어들어 말했다.

"나도 취소해 줘요."

"뭘요?"

"썩은 간."

그게 뭐냐는 듯 박정우의 표정이 꿈틀댔고 나는 얼른 웃으며 말했다.

"예. 물론이죠."

세 개의 잔이 짠 소리를 내며 부딪쳤다.

박정우는 여전히 볶음이라는 자신의 별명이 내 탓이라 생각할 테고, 오세준은 이런 여자애는 건드려 봐야 무서운 꼴만 당한다 생각할 것이다. 둘은 집에 가자마자 머리를 맞대고 저런 여자를 건드려 봐야 골 아프다는 이야기로 밤을 보낼 게 분명했다.

하지만 일단 나도, 오세준도, 또 박정우까지 웃었다. 앙금이나 앙심 같은 것들은 바닥에 묻어 둔 채로.

"싱가포르에서 어디가 젤 좋았어요?"

사람들이 대충 갈라지고, 이상하게도 테이블에는 오세준과 나만 남았다. 어색하게 잔을 만지작거리다 그가 물은 말은 또 싱가포르 이야기였다.

"전 사실 여행 가면 호텔이 젤 좋아요. 시원하고 로비에서 공짜 커피 제공하는 호텔이면 더 좋고."

"네. 좋죠."

잠시, 나는 그날 밤 일에 대해 사과해야 하나 생각했다.

단둘이 마주하니 내가 너무했던 것 같기도 했다.

"소은 씨."

"네?"

"나 진짜 그때 소은 씨한테 반했어요."

그때도, 반했어요도 과거형이다. 뭐, 그런 사람은 많고. 나는 대수롭지 않다는 듯 대답했다.

"원래 사람들이 저에게 잘 반해요. 유지가 힘들어서 그렇지."

"소은 씨가 단칼에 자르잖아요."

님, 지금 시비 거는 것임? 나는 그를 빤히 쳐다봤다.

"아니, 시비 거는 게 아니라."

이 남자는 정말, 독심술 같은 걸 배웠을지도 모른다.

"근데 소은 씨, 나요."

그는 잠시 머뭇거렸다.

그런데 그 순간 오 편집장의 고함 소리가 들려왔다.

"아, 내가 이 나이 먹도록 남자 없는 것도 서러운데, 동태탕까지 여자 탕을 먹어야겠냐고. 남자 동태탕 가져와."

남자 탕? 나는 놀라 일어나 소란이 난 테이블을 건너다봤다.

박정우가 테이블로 돌아오며 킥킥댔다.

"지금 동태탕 추가해 놓고 왜 이리가 없냐? 알만 있냐고 강짜 부리는 중이야. 자긴 남자 탕 먹고 싶대. 근데 요샌 여자 동태 철이래, 아줌마 말이. 아, 오 선배 진짜 처절하지 않냐?"

같이 웃을 수 없는 분위기였다. 왜 여자 망신을 시킬까 얼굴이 찌푸려졌다.

"반 대리."

박정우는 여전히 킥킥거리며 말했다.

"왜요?"

"남자 친구한테 잘해. 안 그러면 늙어서 남자 동태 찾는다."

"뭐, 여자 동태 찾을 누구 모습도 보이네. 동태도 볶을 수 있나?"

"어어, 이 사람이."

박정우가 흥분하려는 순간 오세준이 마시던 술잔을 박정우에게 건넸다.

"내가 진 거지?"

연애
연습

갑자기 슬픈 눈으로 볶음 박이 썩은 간에게 물었다.

"응. 그냥 포기해."

오세준은 박정우의 등까지 토닥토닥했고, 나는 슬쩍 기분이 나빴지만 그냥 자리에 앉았다.

이제 나는 구미호도 아니고, 간잡이도 아닌 데다 금자 씨도 아니다.

술에 취하면 여행지에서의 달콤했던 연애를 떠올리며 볼이 빨개져야 하는 그런 여자다.

"반 대리님 우리랑 같은 방향 아니야?"

나는 갑자기 친한 척 바래다주겠노라 덤비는 박 기자를 향해 두 손을 내저었다. 그리고 택시를 잡기 위해 길가로 나왔다.

"소은 씨."

진지하고 착한 얼굴의 오세준이 순하게 부르는지라 나는 순하게 대꾸했다.

"네?"

"보기 좋아요."

"네?"

뭐가 보기 좋냐고 다시 물으려는데 택시가 와서 섰다.

뒤에서 손을 흔드는 잡지사 사람들에게 손을 한 번 더 흔들어주고 나는 택시에 올라탔다. 그리고 오세준 씨에게도 손을 흔들었다.

그리고 속으로 중얼, 그가 듣고 싶다던 말을 건넸다.

'안녕.'

이상했다. 애인도 생기고, 칭찬도 듣고, 화해도 한 그런 밤의 기분치고는 너무 쓸쓸했다.

기분 탓이겠지.

가방을 뒤졌지만 아이팟이 보이지 않는다.

나는 신이에게 전화를 걸었다.

—죽고 싶냐?

"신이시여."

—왜? 택시비 없어? 그냥 편의점에서 찾아. 찾으면서 아저씨에게 피로회복제 하나 사 드리면 별말 안 해.

"나, 지금 그 노래 듣고 싶어."

—무슨 노래?

"그거 있잖아. 롱 굿바이 하는 노래."

한참을 투덜거리던 신은 쿵쾅거리더니 이어 윈도우의 부팅 음이 들려왔다.

—듣다가 끊어.

전화기 건너편에서 흘러나오는 익숙한 멜로디를 들으며 나는 지금의 허전한 마음에 대해 생각했다.

나는 욕망이 없다고 늘 투덜거렸지만, 사실 확신은 없다. 내 마음 깊은 바닥에 어떤 것이 있는지 나도 모르는 일이니까.

만약 그가 박볶음에게 떠들지만 않았다면 그날 밤은 내 기억에 참 좋은 밤이었을 거고, 내 손을 잡았던 그 남자의 호의도 좋은 기억이 될 수 있었을지 모른다. 알 수 없는 두근거림이 욕망으로 이어졌을지도 모른다.

"이게 다 박볶음 때문이지."

연애
연습

무언가 망친 기분이 들 때, 그걸 빨리 잊으려면 남의 탓을 하면 된다.

좋아하는 건 아니더라도 분명 가슴이 두근거렸는데. 나는 왼쪽 가슴에 손을 대 보았다. 술을 마셔서 조금 빨라진 것 같긴 했지만 심장은 정상이었다.

문득 평생을 이렇게 혼자라면 어떻게 되는 걸까라는 걱정이 밀려왔다.

음악을 다 듣고 전화를 끊고 난 후 엄마에게 전화를 걸었다.

하지만 전화기가 꺼져 있다는 메시지가 들려왔다.

뭔가 억울한데, 이 억울함을 호소할 상대 하나 없다니.

초등학교 때 유행하던, 700으로 시작하던 수많은 번호들의 근황이 궁금했다. 그 번호들은 노래도 들려주고 유머도 들려줬는데. 공중전화에서 신이와 그 번호에 전화를 걸어 별자리 운세를 보기도 했다.

그 순간 문자메시지가 도착했다.

이제 소은 씨 말대로 여자 사람, 남자 사람으로 친구하죠.
오세준.

나는 그 문자메시지를 읽고 또 읽었다.

하지만 답장을 보낼 순 없었다.

어쩐지 여기서 오세준이나 박정우와는 마침표를 찍어야 할 것 같았다.

내일 남미로 떠나요. 친구 해 달라 안 할 테니 가기 전에 얼굴 봐요.

며칠 만에 다시 온 문자메시지였다.

남미로 떠난다니. 갑자기 마음이 조급해졌다.

그러다 또 내가 왜? 하는 맘이 들기도 했고, 남미 여행이 위험하지 않은지 인터넷으로 검색까지 했다.

가기 전에 꼭 할 말이 있어요. 꼭요.

이렇게까지 간절히 할 말이 있다는데. 나는 못 이기는 척 집 앞으로 나갔다.

"드디어 만났네요."

오세준보다 먼저 눈에 들어온 건 그가 타고 온 연두색 스쿠터였다.

"어."

촌스럽게 놀라는 것은 물론 손가락질까지 해 버렸다.

"아, 정우 거예요."

"네."

사과는 이미 받을 만큼 받았고, 복수도 했고. 나는 최대한 앙금 없는 표정으로 담담하게 그를 바라봤다.

"소은 씨."

"네."

"나 석 달간 여행 가는데 다녀와서 밥 먹어요. 차도 마시고."

"네."

"아, 그리고 저 이사했어요. 이제 박볶음이랑 룸메이트 아니에요."

"네."

건성으로 대답하면서도 내 눈은 반짝거리는 스쿠터에 멈춰 있었다.

"타 볼래요?"

"네?"

시크하게 거절해야 하는데. 대답보다 먼저 팔과 발이 스쿠터를 향해 다가갔다.

"탈 줄 알아요?"

티브이에서 봤다, 어떤 남자가 여자에게 스쿠터를 가르쳐 주는 걸.

"그럼, 자요."

오세준이 비켜서고, 나는 그대로 스쿠터 위에 올라탔다.

그리고 더듬어 손잡이를 힘껏 돌렸다. 어차피 시동도 꺼진 거 폼만 재 볼 생각이었다.

하지만 손잡이를 돌리는 순간, 우르르르르르! 지구가 흔들렸다. 어, 이게 아닌데 하는 순간, 스쿠터는 이미 하늘로 날아오르는 중이었다.

나는 눈을 질끈 감았다.

이건 분명히 꿈이다.

빨리 잠을 마저 자고 깨어나야 하는 꿈.

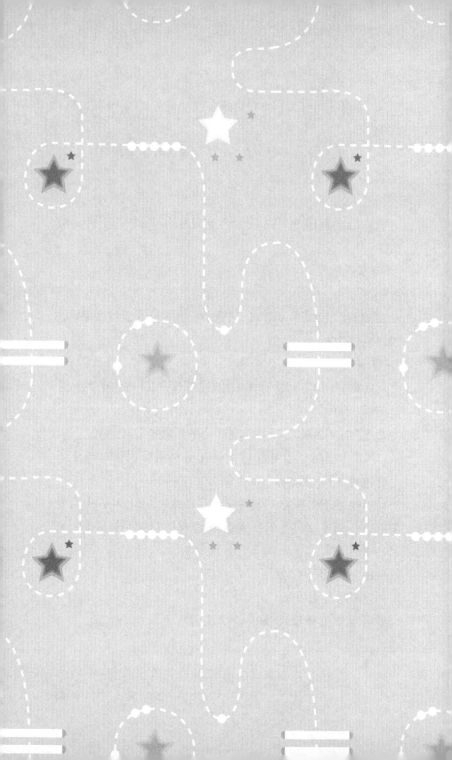

있을 수도 없는 일이 일어나고 있을 수도

"반소은 이러기야? 아무리 앙심을 품었다고 스쿠터로 돌진하다니. 이걸 신문에서는 '살인 질주!'라 낸다고."

깁스를 하고 나오자마자 박정우는 기다렸다는 듯 떠들어 댔다. 하지만 아직도 귀에서 윙윙거리는 소리가 나서 뭐라고 대답을 할 수 없었다.

"오세준 씨는?"

"뭐?"

"계속 안 보이던데."

"에에에? 지금 제정신이십니까? 세준이 지금 수술 중이야."

"어?"

나는 잠시 멍해졌다.

스쿠터가 하늘로 솟아오르고, 쿵 하는 소리가 나고, 어디론가

떨어졌다. 하지만 생각보다 아프지 않아서 죽은 게 아닐까 생각
했다. 이어서 오세준 씨의 괜찮냐는 질문이 이어졌고 구급차 오
는 소리까지 들었다.

그리고 깨어 보니 깁스 중이었고 살았구나! 안심했다. 기절한
건 나였고 괜찮은지 물은 건 오세준이었는데?

"다쳤어?"

"온몸으로 반소은을 받아 냈지. 다리를 다쳤어."

나는 반사적으로 내 두 발을 굴러 보았다. 괜찮았다.

팔이 부러지긴 했지만 잘 맞춰져서 수술은 필요 없다고 했다.

"뭐야? 지금 오세준이 얼마나 다쳤는지는 안 묻고 자기의 신체
를 점검하다니."

"아, 그게 아니라."

"이를 거야. 세준이 나오면."

"많이 다쳤어요?"

걱정이 되면서도 나는 순간 박볶음이 나를 놀리고 있는 거라
믿고 싶었다. 하지만 심각한 얼굴에 책망하는 표정까지 곁들여
박볶음이 나를 노려본다.

"다리가 찢어지고 부러진 모양. 소은 씨는 입원하란 소리 없
어요?"

"며칠 있으라던데. 근데 오세준 씨 내일 여행 가지 않아요?"

"장난해? 무슨 수로 여행을 가."

미안하다는 말을 하려고 박정우의 손을 잡았다.

하지만 그 순간 갑자기 속이 울렁거리기 시작했고, 나는 그대
로 기절해 버렸다.

연애
연습

"일어났어? 여기가 어딘지는 알아?"

나는 고개를 끄덕였다. 여기는 병원이고 지금 나를 보는 사람은 우리 엄마 구 여사님이다.

"별거로 다 놀래켜. 교통사고래서 식겁했잖아."

"얼마 안 다쳤어."

"너 토해서 CT 찍었는데 이상 없단다. 그리고 너 빈혈이 심하대. 아버지가 난리야. 회사고 뭐고, 대전으로 내려와서 아버지 사무실 나오다가 시집이나 가라고."

나는 다시 눈을 감았다.

차라리 안 깨어나는 편이 나았을 것 같다. 아니, 그 오토바이를 타고 저 멀리 안드로메다로 날아가는 건데.

"아버지는?"

"갔어. 많이 안 다쳤으니 가라고 그랬지. 있어 봐야 너 힘들잖아."

엄마는 갑자기 주변을 살피더니 낮은 소리로 말했다.

"근데 같이 사고 난 남자는 누구야?"

나는 잠시 생각했다. 그러다 얼른 대답했다.

"일로 만난 사람인데 기분 나빠서 내가 스쿠터로 받았어. 경찰은 안 왔어?"

엄마의 얼굴이 하얗게 질리는 걸 보고 나는 그대로 이불을 뒤집어쓰고 말했다.

"엄마도 가."

"변호사 필요 없겠어? 얼른 알아봐야지."

"아마, 저쪽도 한 일이 있어서 고소 안 할 거야."

엄마의 깊은 한숨 소리가 몇 차례 이어졌다.

"엄마, 나 그냥 좀 쉬게 가라."

"알았어."

"아, 참 엄마 휴대폰 좀 줘 봐."

전화기를 들었지만 오세준이든, 박정우든, 번호가 생각날 리 없다.

"나 잠깐만."

온몸이 쑤시긴 했지만 그래도 움직이니 좀 나아진 것 같았다.

전화기를 다시 엄마에게 건네주고 밖으로 나와 더듬더듬 나는 간호사들이 있는 데스크로 향했다.

멀리 칠판에 환자들의 이름이 적혀 있다.

오세준 702호.

나는 더듬더듬 복도를 걸어 702호를 찾았다. 배가 고파서인지, 아니면 정말 빈혈인 건지. 바닥을 내딛는 느낌이 과히 좋지 않았다.

"소은 씨."

병실 문을 열자 침대에 누워 있던 그가 웃으며 손을 흔들었다. 머리부터 발끝까지 쭉 훑어 내려오다 깁스한 다리에 시선이 멈췄다. 그가 급히 손을 뻗어 글자를 가리려고 했지만, 이미 눈에 들어온 다음이었다.

누가 썼는지도 뻔한.

살인 면허, 반소은.

나는 그대로 90도로 허리를 숙여 인사했다. 하지만 원래 하려던 죄송합니다가 아닌, 비명 소리가 터져 나왔다. 허리가 끊어질 것 같았다.

"괜찮아요?"

"네."

"여기저기 쑤시고 아플 거예요. 타박상 무서워요."

"죄송합니다."

"뭐가요. 내 잘못인데. 거기 스쿠터를 몰고 가서. 그리고 시동을 껐어야 하는데. 내가 끈 줄 알았죠?"

나는 고개를 끄덕였다.

"안 어울려요, 소은 씨."

"그래도."

나는 다시 살인 면허라고 쓰인 깁스를 쳐다봤다. 박정우의 과장이 아니었다. 그리고 아무리 생각해 봐도 나다운 일이 아니었다.

"여행 못 가서 어떻게 해요?"

"소은 씨가 책임져야죠. 뭐."

"네. 보상은 얼마든지 하겠습니다."

"나 두 달이나 병원에 있어야 한대요."

"죄송합니다. 그리고 스쿠터도."

"스쿠터는 많이 안 망가졌어요. 그건 정우한테 내가 물어 주면 되고. 소은 씨랑 나는 이걸로 서로 잊어요."

"네?"

"내가 실수한 거, 용서해요. 그냥 자꾸 얼렁뚱땅 넘어가서 미안해요. 그런데 정말 나쁜 의도를 가져서 그렇게 된 게 아니라, 내가 외박한 걸 안 정우가 넘겨짚기에 아무 일이 없다고 말한다는 게 그렇게 됐어요."

"네."

뭔가 억울한 기분이 들었지만 지금은 내가 억울해할 타이밍이 아니다.

나는 천천히 고개를 끄덕였다.

"좀 앉아요. 배 안 고파요? 이제 일어난 거 같은데."

"배는 고프고 조금 전에 일어난 거 맞아요."

"소은 씨, 빈혈 있다던데."

"네."

"밥 잘 먹고, 커피 적게 마시고, 운동도 좀 하고."

"네."

그는 기회를 얻었다는 듯 맘 놓고 잔소리를 늘어놓았다.

"지금 속으로 저 자식, 건수 잡았구나! 재수 없어 하죠?"

"네."

"악수합시다. 그리고 친구하죠."

"네. 그럼 잘 부탁드립니다."

인사를 하고 병실을 나와 나는 역전의 기회에 대해 생각했다. 하지만 그런 게 오지 않을 거라는 걸 잘 알았다.

박정우의 스쿠터로 오세준을 받았으니 돌이킬 수 없는 자폭이었다.

연애
연습

"진짜 일부러 받은 거 아냐?"

깔깔거리고 웃던 신이 정색을 하고 말했다.

"일부러 받으려면 박정우를 받았겠지."

솔직히 사고를 치려면 그게 맞았다. 엉뚱하게 오세준을 받아 버리다니.

"그런데 진짜 잘생기긴 했더라. 실물을 보게 되다니 너무 기뻤어. 보는 순간, 나도 모르게 영광입니다라고 말할 뻔했어."

신이는 언젠가 호텔 엘리베이터에서 장동건을 마주치고는 백골난망이라 인사했다고 한다. 그리고 장동건이 그 순간을 절대 잊지 못할 거라며 기뻐했다.

"근데 남자 여자는 같은 병실 안 돼?"

"왜?"

"너랑 같은 병실이면 내가 드나들면서 챙겨 주고 사랑이 싹트는 건데."

이미 두 번이나 그 병실에 초콜릿 케이크까지 가지고 찾아가 친구의 잘못을 용서하라는 등, 부탁할 게 있으면 언제든 연락하시라고 전화번호까지 남기고 온 걸 안다는 말을 하고 싶었지만

지금은 때가 아니다. 머리도 감고 샤워도 하려면 신의 손이 필요했다.

"반소은 씨 자꾸 돌아다니시면 곤란해요."

수간호사의 잔소리에 슬쩍 어깨를 움츠려 보이고 나는 맥주 캔

과 꾸이맨이 담긴 봉지를 뒤로 감추고 병실로 돌아왔다.

이제 사흘 차인 병원 생활의 문제점은 심심하다는 거였다.

2인실이지만 다른 환자가 없어 1인실처럼 쓰고 있었고 텔레비전도 없었다. 노트북을 가져왔지만 무선 랜이 안 잡히고 책은 조명 때문에 잘 집중이 안 됐다.

복도 끝에 있는 유료 인터넷 컴퓨터는 앉기만 하면 그 층의 사람들이 다 같이 모여들어 어깨 너머 공유를 시도했다.

병실로 돌아와 억지로 잠을 청하고, 나는 「캐리비안의 해적」 2편 분량의 꿈을 꿨다. 그런데 눈을 뜨니 아직 12시도 되지 않았다.

소은 씨 안 자면 놀러 와요. 정우가 영화 DVD 가져왔어요.

아, 물론 정우는 갔어요.

"어서 와요."

나는 쭈뼛거리며 오세준의 침대에 걸터앉았다. 식사용 테이블 위에 놓인 노트북의 각도상 그 자리가 적당했다.

"어? 소은 씨."

"네?"

순간 오세준의 얼굴이 내 코앞으로 다가왔다. 그리고 그가 흡 하고 숨을 들이켰다.

반사적으로 손이 올라가려는데 그가 손을 잡으며 물었다.

"술 마셨어요?"

"네? 네."

잠이 안 와서 맥주 한 캔을 마시긴 했지만 바로 양치했는데.

"불량 환잔데?"

"괴로워서 마셨어요."

"뭐가요?"

"앞길 창창한 도보 여행가의 다리를 부러트렸다는 죄책감, 백년 원수 박정우의 스쿠터를 박살 냈다는 자괴감, 뭐 그런 거죠."

"진짜 그래서 마셨어요?"

"잠도 안 오고, 시간도 안 가고. 전 약 먹는 거 없어서 술 마셔도 돼요."

"나도 마시고 싶은데."

"아, 이거라도 드세요."

나는 주머니에서 꾸이맨과 맥스봉을 꺼내 오세준에게 건넸다.

"밤마다 이런 거 사다 먹고 날 새우고, 낮에는 자고 그러는구나?"

"네."

"오늘 밤엔 영화 보면 되겠네. 심심하니까 같이 봅시다."

"네."

"로맨틱 코미디 좋아해요?"

로맨틱 코미디라니. 나는 언젠가 맞선 본 남자와 할 일이 없어서 봤던 영화 「연애의 목적」을 떠올렸다.

식은땀이 등줄기를 서늘하게 타고 내렸다. 세상의 모든 로맨틱 코미디에는 내가 견딜 수 없는 장면들이 나온다.

"아뇨. 액션. 막 피 나고, 배 가르고 이런 거요."

"거짓말. 어색한 장면 나올까 봐 그러죠?"

"진짜로 별로 안 좋아해요. 주성치 영화 좋아하고 뭐 그래요."

"어, 그런 거 유치하다고 짜증 낼 거 같은데."

"뭐 우리가 특별히 신뢰를 쌓은 건 아니지만, 그래도 박정우 씨의 정보를 기초로 저를 생각하시면……. 그건 되게 많이 왜곡된 거예요."

"연애 안 해 봤죠?"

예상 못 한 질문이었다.

이런 질문을 이런 순간에 이렇게 단정적으로 하다니.

"그럴 리가요. 구미호에 간잡이에 금자가. 지금 하고 있는데? 못 들었어요? 내 남자 친구 마틴."

"아니. 못 해 봤어, 한번도."

그는 제법 단호하게 말했고, 나는 지지 않기 위해 최대한 껄렁거리며 말했다.

"그렇다 쳐요."

"소은 씨는요. 남자랑 있는 게 불편하죠?"

"네."

"그거 남자가 싫어서 그런 거라 생각해요?"

"네."

"아니. 그거 긴장하는 거야. 잘 보이고 싶어서."

뭔가 살짝 약 올리는 말투다.

결국 사람들은 너무 단순하다. 남자가 싫어요라는 말에, 그건 네가 남자를 몰라서 그래 하는 무책임한 남자들이 있고, 내가 너에게 남자를 알려 줄게라고 한 발짝 나서는, 오지랖 넓은 남자들이 있다. 아, 나도 당신 같은 여자는 싫어요! 하는 복수형 남자도 있지만, '아, 그래요?'라고 말하는 정상의 남자는 지극히 드물다.

"그런데 막상 누군가 자길 잘 보고 나면 그다음을 걱정해. 그냥 상대는 가볍게 만나고 싶은 것뿐인데, 만나면 사귀어야 할 것 같고, 사귀면 결혼해야 할 것 같고. 결혼하면 행복할 거 같지 않고."

"네."

"그런데 그거 알아요? 연애는 은근히 재미있고, 나쁘게 끝난다고 해도 그렇게 깊게 상처가 남는 게 아니에요. 그리고 그 상처를 상쇄시킬 만한 큰 기쁨이, 또 감정의 격랑이 있지."

'격랑'씩이나.

저 인간이 여행기를 쓰면 온갖 잘난 척하는 말들로 허세가 가득한 여행기가 나올 게 분명하다.

"쇼핑이랑 비슷한 거야. 진짜 고수들은 좋은 물건이 출시되면 사요. 그리고 자기 것이 아니다 싶으면 팔아 버려. 그리고 새로운 걸 사지. 그런데 하수들은 값이 내리고 저 물건에 대한 좋은 평판이 나오길 기다려. 그러다가 세일을 기다리고. 언제나 유행 지난 물건을 쓰게 되죠. 얼리 어댑터가 아니라 슬로 팔로어."

인간관계를 쇼핑에 비유하다니 점점 더 실망스러워진다. 저 인간이 박정우보다 더 이상할지도 모른다는 불길함이 밀려왔다.

"지금 속으로 어떻게 인간관계를 물건 사는 것에 비유하나? 하고 생각하죠? 근데 다를 게 없어요. 오히려 더 계산적이고 더 잔인해. 버려지는 물건이나 팔려 가는 물건은 감정이 없지만 거절당하는 사람은 감정이 있으니까."

"지금 하는 말 앞뒤가 안 맞는 거 알아요?"

"알죠."

"그런데요?"

"일단 막 던지면서 반소은 씨의 반응을 보는 거죠."

"원래 이런 캐릭터셨어요?"

나는 정중한 사과 편지에서의 오세준을 떠올리며 물었다.

"병원에 누워서 내내 생각해 봤어요. 정중하고 젠틀한 내 캐릭터로는 반소은 씨랑 친해지기 힘들다는 걸 알았지. 어쩌면 지구에서 반소은이랑 젤 가까운 남자는 박정우인 거 같아서."

"에에?"

"생각해 봐요. 반소은 씨에게 어떤 반응을, 그게 부정적이든 긍정적이든 받아 내는 건 걔뿐이야."

"아! 좋으시겠어요."

"안 치근대고, 사귀자고 안 하고, 결혼하자고도 안 하고, 뒤통수도 안 칠 테니 친구 합시다."

"전 친구 별로 필요 없는데. 그리고 아, 몇 번이나 말해요. 전이미 연애하고 있다고요. 원거리 연애는 연애가 아닌 줄 아세요?"

"외롭잖아요."

"그런 거 몰라요."

"외로움을 모른다는 건 외로움을 잘 견디는 사람이 된 거고, 그건 슬픈 거예요."

"아, 그 이상한 말 좀 안 할 수 없어요?"

"뭐가?"

"싸이월드에 이상한 셀프 사진 아래나 박을 말들을 하는 거."

"그게 어때서?"

"싫어요. 진짜 싫어, 남자도 여자도."

"그럼 이런 건 어때요?"

뭔가 꿈을 꾸는 듯 오세준이 45도 각도로 허공을 바라봤다.

누가 하든 받아들일 수 없는 셀프 숏, 그것도 남자의 셀프 숏이었다.

"진심이에요?"

"그럼 소은 씨는 이런 거 한 번도 안 찍어 봤나? 집에서 샤워하고 얼굴 뽀송뽀송할 때 찍어서 비공개 폴더에 올렸을걸? 거기에 있는 수많은 필터를 사용해서 잡티도 제거하고, 스티커 붙여서. 못 나온 사진은 적당히 고치고."

"안 했거든요."

"일생에 단 한 번도 그런 적 없다고는 못할걸."

일생까지 갈 것도 없었다. 환자복을 입은 기념으로 조금 전에도 한 장 찍었으니까.

"난 남에게 안 보여 줘라고 말하고 싶겠지만, 결국 같은 거예요. 난 달라라고 말하지만 결국 다 같아. 소은 씨한테 끝도 없이 이기고 싶어 하는 정우도, 절대 안 지려고 시작했지만 지금은 정우랑 비슷한 소은 씨도."

"그래서 결론이 뭐예요?"

"소은 씨가 재미있다는 것."

"계속 재미있어하세요."

"나 퇴원하고 나면 우리 만나죠."

"네?"

"어차피 남미 여행도 무산됐고 내 올해 계획은 엉망이 됐는데."

"그건 그쪽 사정이죠."

"책임이 있잖아요."

"사나이가 한 입으로 두말을. 아까 분명 서로……."

"연습 삼아 한 번 만나 봐요."

"연습요? 아니, 내가 왜 연습을 해요? 남자 친구 있다니까. 생겼다고요. 싱가포르에서. 아, 진짜 안 믿으시네."

나는 이 인간이 내가 거짓말한 것을 이미 알고 있는 건가 불안함을 감추느라 다리를 떨며 말했다.

"반소은 씨가 연애를 안 하고 남자를 싫어하는 이유를 알아요. 우선 좋은 남자를 만난 적이 없어. 그리고 가끔 대시하는 남자들이 대부분 소은 씨의 절대적인 기준을 못 넘어선 거죠. 그 기준이 세속적이냐, 그건 또 아닐걸? 아마 반소은이 싫어하는 것들을 잘 통과해 내는 것. 그런데 그게 어렵지. 통과했다고 칩시다. 박정우처럼 접근 방법이 세련되지 못했다거나, 뭐. 또 그럭저럭 맘에 드는 남자를 만난다고 해도, 혹시 조금 만나다 그 남자가 내게 빠져서 결혼하자고 하면 어떻게 하지? 만나다 싫어져서 상대에게 상처를 주면 어떻게 하나? 또 결혼을 한다 치고 그 남자가 바람을 피우면 어떻게 하지? 시어머니가 사이코면 어떻게 하나."

뭔가 반박해야 한다고 생각했지만 사실 틀린 말은 아니었다. 저런 수많은 걱정들이 있긴 했다.

"그런데 저 수많은 이유 중에 가장 큰 이유는 소은 씨는 자기 맘대로 안 되는 상황을 싫어해서예요. 인간은 그리고 관계는 마음대로 안 되는 거라는 걸 아니까."

"저에 대해 오래 분석하셨나 봐요."

"그런데 외로움을 인정하는 날이 올 텐데 그땐 너무 늦어요. 골드 미스라는 말로 위로하면서 해외여행 맘대로 다니네, 시댁이 없네 자랑하고 싶겠지만, 밤마다 외로워서 잠도 안 올걸? 그리고 그땐 지금처럼 누구도 소은 씨에게 관심 없을걸요."

"본인 걱정이나 하세요. 여행 다니느라 연애할 시간은 있어요?"

"내가 여행을 왜 하는지 몰라요?"

그런 걸 내가 알 리 없지 않은가. 나는 어디 말해 보라는 듯 그를 빤히 바라봤다.

"딱 좋은 직업이거든요. 당신을 좋아하지만, 나는 또 떠나야 하는 사람. 그러니 약속 같은 건 해 줄 수 없어. 여행을 연애처럼, 연애를 여행처럼."

"좋으시겠어요. 이상적인 삶을 살고 계시다니."

최대한 빈정거리는 말투로 나는 뭔가 계속 상하고 있는 자존심을 지키려고 안간힘을 썼다.

"그러니까 소은 씨도 한번 해 봐요."

"그런 거 좋아하는 여자들이랑 하세요."

"그런 거 안 좋아하는 여자랑 하는 게 더 성취감이 있지 않을까?"

"저기요. 내일 머리 사진 꼭 찍어 보세요. 그리고 치료비 청구하세요."

뭐라 뭐라 떠들어 대는 오세준을 두고 나는 그대로 병실을 나왔다.

처음 만나고 지금 바로 이 순간까지 수많은 순간들이 있었다. 가장 아찔했던 건 스쿠터를 타고 날아오른 그때보다 놀이터에서 다정하게 내 손을 만져 주던 그에게 잠시 두근두근했던 그 순간이었다. 넘어갔더라면 자다가 수십 번 하이킥을 하고도 남을 위기의 시간을 어쩌면 박정우의 입방정 때문에 무사히 넘긴 것이다.

나는 병실로 돌아와 침대에 누웠다. 그리고 오세준에 대해 생각했다.

순간 휴대폰으로 사진 메시지가 도착했다.

스팸인가 보다 다시 휴대폰을 던지려던 나는 발신자 '오세준'을 확인하고는 다운로드를 선택하고 사진이 뜨는 걸 가만히 지켜봤다.

남자의 셀프 숏. 아니, 두 남자의 셀프 숏이었다.

오세준과 그리고 한 남자.

이 남자를 어디서 봤더라. 나는 한참 동안 뚫어지게 그 남자의 얼굴을 들여다봤다.

마틴이었다. 내가 플라이어에서 만나 인사를 나눈. 나와도 같은 각도의 사진을 찍었던…….

이어 오세준의 문자메시지가 도착했다.

이름은 마틴, 지금은 한국 여행 중. 애인 소식은 알고 있는 거죠?

순간 머릿속이 하얘지고 나는 이미 다 정리된 상황을 애써 부정했다.

연애가 싫으면 연습으로 합시다. 운전면허 연수처럼, 조수석에 숙련된 운전자가 앉으면 연습 면허로도 운전할 수 있잖아요? 어때요?

사느냐 죽느냐까지는 아니더라도, 나는 제법 심각하게 고민했다. 처음엔 뻔뻔하게 나갈 것인가, 아니면 이제 오세준을 보지 말 것인가의 고민이었다.

그 고민의 사이에서 나에게 새로운 별명을 붙이려고 고민 중인 박볶음의 모습도 보였다. 그런데 점점 고민이 바뀌고 있었다.

슬쩍 알았다고 할 것인가, 아니면 미쳤냐고 할 것인가.

나는 다시 오세준의 병실로 향했다. 슬쩍 병실 문을 열어 오세준의 동태를 살폈다.

그 순간 내 눈에 들어온 건 머리를 흔들며 괴로워하는 오세준이었다.

"미쳤어, 오세준. 진짜 미쳤어."

나는 몸을 낮춘 채 그의 나머지 말들을 들었다.

"그러다 완전히 킬당하면 어쩌려고. 미쳤지. 여행을 연애처럼? 연애를 여행처럼? 에라이. 연습처럼 만나 봐요? 미친 거지. 근데? 그렇게 안 하면 날 만나겠어? 박볶음이 모든 걸 망쳤는데?"

나는 슬쩍 문을 닫았다. 어쩐지 자꾸 웃음이 났다.

생각해 보면, 남자나 여자나 다를 건 없었다.

내가 어느 순간 자꾸 생각나는 남자를 두고 이런저런 궁리를 하는 것처럼, 그 역시 나를 두고 이런저런 궁리를 하고 있을 게 분명했다.

다른 건, 내가 오세준이 자꾸 생각나는 이유를 고민하고 있는 상태라면, 오세준은 이미 이유도 알았고 모든 걸 인정했으며 대책과 작전의 단계라는 거였다.

"운동하십니까?"

한심하다는 듯, 쪼그리고 앉은 나를 보고 있는 수간호사를 향해 나는 제법 심각하게 물었다.

"오세준 씨요."

"네."

"머리는 안 다친 거죠?"

"네. 검사 결과 이상 없었습니다."

나는 주머니에서 휴대폰을 꺼냈다.

쿨하게 OK라고 보내면 어떤 일이 일어날지 잠시 생각해 보았다.

하지만 쿨하게라는 말은 실상 나와 어울리지 않았다.

내가 쿨했다면 벌써 수많은 연애의 제안들을 연습 삼아, 아니 뭐 그런 고민의 단계도 없이 받아들이고, 구미호나 간잡이에 걸맞은 화려한 인생을 살았을 것이다.

나는 늘 이 단계에서 결국 내 자신이 너무 소중해지고, 또 만사가 귀찮아지고, 남자를 믿을 수 없어서 상대를 킬했다. 박볶음이 내게 붙여 준 '킬반'이라는 별명처럼.

생각해 보죠. 마틴은 비밀로 해 줄 거죠?

긴 밤을 고민하고, 나는 아침에 일어나 드디어 맘에 드는 적당한 대답을 완성했다.

일단은 제안을 저장해 두고, 그것이 적극적인 내 의사라기보다는 비신사적인 너의 협박 때문이라는 여운을 남겨 두는 것.

　OK.

　이어 날아온 오세준의 답장를 보고 나는 어! 하고 벌떡 자리에서 일어났다.
　이건 내가 보내려던 건데. 어떤 것에 대한 오케이일까? 생각해 보라는 걸까, 아니면 비밀을 지키겠다는?
　그런데 이상했다.
　심장이 두근거리고 맥박이 빨라지기 시작했다.
　두려움보다는 설렘 쪽인 것 같아서, 나는 그대로 반듯하게 다시 침대에 누웠다.
　그리고 눈을 감았다. 고민은 일단 한숨 자고 나서 다시 하기로 하고.

　계약 연예.
　언제부터인가 수많은 드라마, 수많은 책 수많은 영화에 '계약 연예'가 나온다. 대충의 사정은 그렇다. 주로 집에서 결혼하라고 닦달을 당하는 남자들과, 그 남자가 슬쩍 좋으나 자신과는 처지가 맞지 않아 포기한 여자들이 계약으로 엮이는 경우가 많은데, 물론 영화 속 계약 연애는 사랑에 빠지기 위한 수단일 뿐이다.
　그러나 현실에 계약 연애가 있다면 어떨까? 한동안 저런 관계를 주선해 주는 사이트들이 뉴스에 나온 걸 보면, 뭔가 긍정적이고 아름답지만은 않은 것 같은데.

연습 삼아 연애를 해 보자는 제안을 거절하고 퇴원한 후, 내 머릿속에는 온통 저런 테마들이 떠 다녔다. 뭔가 나름의 긍정적인 결론을 내고 싶었다. 하지만 글부터 대번에 막혔다.

그냥 연애도 싫은데 하물며 계약 연예라니.

나는 결국 전문가 이신 님을 치킨과 맥주로 꼬드겨 거실 테이블로 소환했다.

"잘될 수가 없어."

"왜?"

"여자에겐 꼬리표가 되겠지."

"남자에겐?"

"훈장?"

신이의 계약 연예는 대학 때였다. 나는 그때 오빠들과 살고 있었고, 이모 집에 살던 신이는 여고생인 사촌 여동생의 히스테리를 견디다 못해 독립했다. 하지만 집에서 보내 주는 돈으로 방세를 내고 나면 학교 식당 두 끼도 먹기가 힘들었다.

"솔직히 이건 눈물 없이는 못 듣는 이야기 아니더냐."

"어?"

"내가 학생 식당 밥을 하루 딱 한 번 먹었는데. 2시쯤 가서 정말 밥을 고봉으로 퍼서 먹어. 아줌마가 밥 푸는 나를 보면서 이런 표정을 짓지. 저러니까 살이 찌지."

"에이."

"나는 그때 당시 신기하기도 했어. 하루 한 끼만 먹는데 내가 왜 살이 찌는 건가. 어느 날 티브이에서 스모 선수들의 비밀이 나오는데, 거기서 내가 무릎을 쳤잖아!"

"왜?"

"스모 선수들이 굶다가 나베를 끓여서 고봉밥으로 한 솥을 먹고 잔대. 그게 몸 불리는 전통적인 방법이래. 나도 그렇게 밥을 몰아 먹고 나면 졸려서 빈 강의실 찾아서 잤거든."

"눈물 나려고 해."

"그래서 가끔 네 집에 가서 밥 먹었는데. 그치?"

"응. 근데 너무 멀어서 차비가 더 든다고 안 왔잖아."

"그런데 어떤 선배가 나한테 자꾸 저녁을 사 주는 거야. 그러더니 어느 날부터인가 저녁을 해 먹자네? 아, 그럽시다 그랬지. 그러다 잤어."

그러다 잤어가 나올 거라고 생각했지만, 너무 빨라서 나는 침을 꼴깍 삼켰다.

"그리고 그 선배는 집이 멀었는데 집에 안 가는 날이 많아지고, 그러다 어느 날 되게 진지하게 나에게 제안을 하시더라고."

"뭐라고?"

"방세는 신이 네가 내라. 생활비는 내가 댈게."

"아하."

"그런데 시간이 지날수록 치사해지더라. 방세는 안 보는 데서 한 달에 한 번 내 버리니까 생색이 안 나. 근데 그 인간은 너무 생색을 내는 거지. 한우 불고기를 딱 한 번 먹었는데, 우린 불고기도 해 먹고 그러라는 말을 백 번쯤 했을 거야. 개자식."

"왜 헤어졌어?"

"시간이 지나 익숙해지고 긴장감이 없어지니 치사해졌어. 물론 서로가."

뭔지 알 것도 같다. 사랑이 생겨나지 않는 계약 연애는 어느 순간부터 서로 손해 보지 않으려고 기를 쓸 거다.

"자, 뭔가 풀렸느냐?"

"역시 계약 연애 같은 건 식상해. 계산하는 남자 한 마리. 어때?"

"계산하는 남자? 돈을 잘 내?"

"그것도 있겠지. 남자의 돈을 내야지에는 다른 것으로 돌려받겠다는 심리도 있는 것 같아."

"그렇지."

좀 쓸쓸해진 얼굴로 신이 방으로 들어가고 나는 칼럼의 제목을 썼다.

계산하는 남자 한 마리.

그 순간 문자메시지가 들어왔다.

병원비 계산은 어떻게 할 거야.

박볶음의 문자메시지였다.

역시, 그는 이 칼럼에 너무나 어울리는 남자다.

계산하는 남자는 예상대로 논쟁에 불을 댕겼다. 3,200개의 댓글이 달리고 나서, 화가 난 남자들은 한마리의 신상을 털기 위해 분주했다.

하지만 신이와 내가 그 아이디를 만들 때 참고한 건 '신상 터는

연애
연습

법'이라는, 신상 털기 귀재의 글이었다.

한마리의 실체를 아는 건 오로지 D사의 담당자뿐이었다.

"이번 건 좀 심하긴 했어. 계산하는 강박증에 시달리는 남자들이 모두 뭔가를 노리고 그러는 건 아니지. 아니다. 더 정직하게 말하면 우리들도 계산을 하잖아?"

"응."

"세상이 남자, 여자로 나뉘어 있는 게 시시한 출발이긴 해. 정말 수많은 사람이 있고, 생김새도 다르고. 그런데 남자 여자로 나눠서 남자는 어떻게 하면 여자랑 잘해 볼까 궁리하는, 여자는 남자에게 잘 보이고 싶어 안달 난 존재."

그렇긴 했다. '남자 한 마리'의 출발은 다른 포털의, '여자 까기'라는 노골적인 이름의 카페 때문이었다. 그 카페는 폐쇄되었고 운영자가 여자라는 사실이 밝혀져서 또 한동안 시끄럽기는 했지만, 이상한 여자의 케이스들을 모아 정리하는 카페였다.

하지만 팀장은 오케이 한 기획안을 남자인 부장은 드롭했다.

그래서 일단 블로그로 운영해 본 후 다시 진행하려고 했다. 하지만 부장은 두 번째 제안서도 드롭했다.

'여자들은 하여튼' 이라는 기분 나쁜 말까지 붙여서.

그러다 타사에서 연락이 왔고, 신이의 이름으로 계약을 하고 정식 콘텐츠를 공급하게 된 거였다.

'3대 1로 남자들의 편을 들어 주는 이야기도 있어야 해요.'

조건은 그뿐이었다.

그러나 내가 바랐던 대로 사실 양질의 칼럼을 제공한다기보다는, 사람들이 싸울 만한 이야기를 던져 주고 댓글로, 또 그러다 기사로, 또 전해지는 이야기로 확대되기를 바랐다.

"넌, 오세준 씨 문병 안 가? 네가 가기 미안하면 내가 갈까?"

신이에게 연습 연애에 대해 말할까 생각했지만 나는 결국 한마디도 꺼내지 못했다.

분명, 그 제안에 대해 고민하고 있다면, 대번에 내 마음을 알아채고 날 놀려 대거나 아니면 오세준과 사귀라고 푸시할 게 분명했다.

아니, 나는 그 말도 안 되는 제안을 받아들일까 두려웠다.

"연애는 잘돼 가시나?"

박볶음을 아침부터, 그것도 공복인 날 보게 되다니. 나는 들고 있던 커피를 얼른 벌컥벌컥 마셨다.

"세준이가 안부 묻더라. 가해자가 그러면 쓰나?"

"뭐가?"

"가해자는 피해자에게 자주 찾아가서 수발도 들고 그래야지."

"수발?"

이런 구시대적인 단어를 듣게 되다니, 하긴 박볶음에겐 어울리는 말인 것도 같다.

"세준이가 얼마나 착한지 알아?"

"볶음이랑 친구하는 것만으로 그건 알겠어. 초월과 희생의 존재. 유니세프쯤 되겠구나. 전생에 덕을 많이 쌓았나 봐. 그런 친구도 있고."

"걔네 부모님이 올라오셨는데 걔가 그냥 자기가 타다 그랬다고 말했어. 나 같으면 부모님한테 이를 텐데. 어떤 성질 나쁜 여자애가 1년도 넘은 일을 가지고 앙심을 품고 받아 버렸다고. 사실 그게 고솟감인데 말이야."

"하시든가."

"근데 세준이가 연락 안 된다고 그러던데. 너무한 거 아냐?"

"병원비 중간 정산은 지난번에 했어."

"사람의 도리가 그게……."

나는 내가 그간 했던 고민이 얼마나 어리석었는지 깨달았다. 오세준과의 연습이 불가능한 결정적인 이유에는 박볶음이 있었다.

그건 건널 수 없는 강이고 넘지 말아야 할 산이다.

"왜 그런 눈으로 사람을 봐."

"뭐가?"

"넘지 못할 존재로 보는 거 같잖아. 혹시 날 사랑하게 된 거야?"

사랑이라는 말에, 내내 관심 없던 사람들의 시선이 박볶음과 나에게로 향했다.

"그래. 결혼해."

내 말에 '와아!' 하고 사람들이 웃었다.

박볶음의 얼굴에는 패배의 낭패감이 스쳐 갔다.

"에이, 난 안 돼."

박볶음이 뛰어 나가고, 나는 혼자 중얼거렸다.

"그래, 너 때문에 안 돼."

"아아악!"

신이의 비명 소리에 나는 무심하게 휴지를 들고 나왔다.

하지만 이어 신이보다 더 크게 비명을 지르며 주저앉았다.

신이의 모니터 안에서 뭔가 일어나고 있었다.

나는 눈을 감은 채 물었다.

"저게 뭐야?"

"몰라 공포 영화 광고 같은데 안 꺼져."

"그냥 본체를 꺼."

"아냐, 저장 안 한 작업이 있어."

나는 도망치듯 방으로 기어들어 와 문을 닫았다. 안 그러면 그 모니터 속의 남자가 당장이라도 튀어나와 신이부터 잡아먹고는 이 방문을 열 것 같았다.

"으아아악."

갑자기 울린 전화벨 소리에 나는 누군지 확인하지도 않고 비명으로 여보세요를 대신했다.

—왜 그래요? 무슨 일 있어요?

오세준의 목소리에 망했다 싶었지만 나는 태연하게 대답했다.

"포털 메인에 공포 영화 광고가 떠서요. 나, 진짜 얘네 고소할까 봐."

수화기 반대편에서 피식하는, 바람 빠지는 웃음소리가 들려왔다.

"웃으셨어요? 지금? 이 심각한 상황에?"

—그 얘네가 혹시, 소은 씨네 회사 아닐까 해서.

아, 그렇다.

나는 무안해져서 입을 닫았고 그는 웃으며 말했다.

—저 어디게요오?

"어디 달나라에라도 가셨어요?"

질문을 해 놓고 나는 얼굴을 찌푸렸다.

연습 제안을 거절하고 난 후 처음 몇 번 걸려 오던 전화에 '왜?'

라고 반응하다 전화의 횟수가 늘어나면서 그게 자연스러워졌다 지만 내가 그 오세준과 이런 식으로 농담을 주고받을 사이인가? 그는 그때의 제안은 잊은 척 가끔 이런 전화를 해 왔다.

—집에 내려왔어요.

"네."

어디게요오오의 말에는 설렘 같은 게 있었고 나는 그가 달나라 는 아니더라도 어디 여행을 갔을 거라 생각했다. 그는 지난주에 깁스를 풀었고 마지막 병원비는 받지 않았다. 아니, 나의 중간 정 산에 관해서도 불같이 화를 냈다. 하지만 그가 모르는 사이 박볶 음의 스쿠터 수리비로 72만 원이 들어갔다.

박볶음은 오세준의 너그러움을 두고 일주일째 생색을 내는 중 이었다.

—왜 내려왔냐고 안 물어봐요?

그래서 어쩌라고라는 맘이 드는 전화들이 있다. 용건 없는 전 화를 해 본 일이 없어서, 나는 용건 없이 이런 전화를 하는 걸 이 해하지 못한다.

그러나 뭔가 잔뜩 불쌍하기도 한 목소리여서 나는 선뜻 내 식 대로 대답하지 못하고 멍하게 그의 말을 들었다.

—반 대리님 부탁이 하나 있어요.

뭔가 부탁할 게 있는 거군. 나는 오히려 긴장을 풀고 너그럽게 대답했다.

"네에."

—이따 밤에 전화해도 받아 줄 수 있어요?

"운전하세요? 졸까 봐서요?"

─그건 아니고. 비슷해요.

"네. 하세요. 주말이라 어차피."

어차피 한가했다는 말은 실례일까? 나는 뒷말을 얼버무렸다.

─고마워요.

전화를 끊고 나니 방문은 열려 있고 그 앞에 눈물이 그렁그렁한 눈으로 신이 나를 내려다보았다.

나는 얼른 놀란 척 살짝 비명을 질렀다.

"야아. 깜짝 놀랐잖아."

"누구야, 이 야심한 시간에."

"오세준."

오세준이라는 말에 눈이 동그래진 신이 물러섰다.

"둘이 이상해."

"아냐."

신이 의심을 거두지 않고 나를 흘겨보며 말했다.

"내일은 절에나 가야겠다."

"절에는 왜?"

내 말에 신이 허공에 만卍 자를 그렸다.

신이는 다이어트로 88 사이즈와 66 사이즈를 넘나들었다.

최근의 신의 운동은 절하기였다. 욕 안 하는 운동이라 좋긴 했지만, 방해하기도, 또 뭐라 평가하기도 어려운 오라가 있었다.

"가서 삼천 배 할 때 반소은에게 착하고, 잘생기고, 돈 많고, 말 잘 듣고 그런 남자를 보내 달라고 좀 빌어 줘."

마음이 복잡할 때 의지할 수 있는 종교가 있다는 건 꽤 위로가 되겠다는 생각이 들었다. 믿는 것이라고는 스스로뿐이면서 그것도 그다지 큰 믿음이 가는 존재가 아니라는 게 슬펐다.

"그런 게 빌어서 되는 거라면 내가 미쳤냐? 네 걸 빌게. 잠재적 경쟁자잖아."

"그래서 그 커피 맨은 시시해졌어?"

아무도 좋아하지 않는 나와 달리, 신은 누군가를 좋아하다가 그 상대가 자신에게 넘어오면 흥미를 잃는다.

최근엔 단지 입구에 생긴 카페의 바리스타에게 반해 매일매일 커피를 사러 나가고 내게 라테와 오늘의 커피 등등 커피를 안겨 주던 걸 그만둔 게 나흘 전이었다.

"응. 너무 빨리 넘어왔잖아. 행복이 너무 짧다. 야, 매일매일 행복한 표정 짓는 사람들, 그거 진짜야? 내 행복은 왜 이렇게 짧아?"

그녀의 말이 맞다. 신이의 행복이 짧은 건 신이의 변덕 탓이지만. 가끔 행복 전도사처럼 두 손을 모으고 갸륵한 표정으로 '난 행복해.' 하는 사람들을 보면 얼굴이 찡그려졌다.

"너도 솔직하게 말해 봐. 네가 왜 그렇게 됐는지. 내가 커피 맨을 단념하다 생각한 건데, 잘 반하고 잘 꺼지는 나도 문제지만 너도 문제잖아."

"뭘?"

"반손이 왜 무성애자가 되었는지."

나는 펄쩍 뛰었다.

"내가 왜?"

"오세준 같은 남자가 그렇게 꾸준히 작업을 해 온다면……. 아니다. 작업을 하기도 전에 눈을 마주친 순간 난 벌써 덮쳤어."

"덮치고 버리게?"

신이는 반박하지 못하고 고개를 끄덕였다. 그리고 뭔가 생각하는 듯하다 주먹을 쥐어 마이크를 삼아 내 앞에 들이밀고는 물었다.

"자, 가장 최근 너를 설레게 했던 이성은?"

"샤이니."

이런 건 망설이지 않고 대답할 수 있다.

"이게……."

"아이돌은 영원하니까. 우리는 늙어도 어리고, 새롭고, 멋진 아이돌은 계속 나오겠지."

"사랑의 상처가 있다거나, 아버지로 인해 트라우마가 있다거나 그런 것도 아니면서."

꼭 물리적인 폭력만이 상처를 주는 건 아니라고 말하고 싶지만, 신이 앞에서 그런 상처를 운운할 수는 없다. 신이의 아버지는 진짜 트라우마를 넘어서는 캐릭터다. 솔직히 말하자면, 아버지를 견디기 힘들 때 나는 신이의 아버지를 떠올리기도 했다.

"음. 꼭 아버지가 바람을 피우거나 아니면 출생의 비밀이 있거나 그래야 결혼이 싫은 건 아니야."

나는 겉보기에 멀쩡한 가장인 아버지나 화목해 보이는 우리 집에 대해 잠시 생각했다.

"세상에 남자가 박정우와 오세준뿐이라면 어떻게 할래?"

"이대로 깨끗하게 살다 죽을래."

"너도 누군가에게 반하기도 하잖아. 그 누구야? 예전에 만난 너네 본부장이었던가."

완벽한 매너의 남자였다. 젠틀했고 적당히 친절했으며 적당한 미모에 알맞은 교양을 가진.

그는 크리스마스이브에 야근하고 있는 나를 보고는 저녁이나 먹읍시다라고 말을 건네 왔다. 그리고 우리는 저녁을 먹었고, 나는 저녁 먹는 내내 조금 설레었다. 그러나 그걸로 끝이었고 그 남자는 지난봄에 결혼을 했다.

"그런 남자는 날 안 좋아하더라. 그런 남자들은 말이야. 귀여운 척 열라 하는 여자애들을 좋아하지. 툭하면 자빠지고, 앞에서 삽질하며, 또 뭐 은근 웃긴 애들 있잖아. 술 취해서 막 헛소리하고 기억 못 하고, 또 지하철에서 처자다가 오이도까지 가고, 막 그런 덜 떨어진 애들. 뭐다냐, 구김살 없다는 말로 모든 것을 표현하는, 로맨틱 코미디 같은 여자. 난 「불만 제로」 같은 여자잖아."

신이가 소리 내어 웃기 전에 나는 얼른 가볍게 웃었다. 그건 신이의 잦은 비웃음으로부터 내 자존심을 보호하기 위한 순발력 같은 거다.

그러고 보면 남자를 싫어한다는 내 말 역시 허세인 것이다.

결국 이것도 선택의 문제인 것이다. 언젠가 오세준이 말한 것처럼 내가 원하는 비싼 남자는 내 몫이 되지 못하고 시시한 남자들만 집적거리고. 저런 것들과 엮이느니 그냥 남자를 싫어하는 고고한 여자로 남고 싶은 걸지도.

—잤어요?

"아뇨."

나는 테이블 앞에 놓인 커피 주전자를 보며 대답했다. 전화를 받아 줄 거냐 물었는데, 잠에서 깨서 받을 수는 없어서 커피를 세 잔이나 마셨고, 심장이 벌렁거렸다.

─주말을 어떻게 보내는 중인데요? 뭐 특별한 일 있어요?

"없어요. 신이가 가져온 원두가 있어서 그거 갈아서 커피 만들었어요."

─그랬구나.

"집에는 다니러 가신 거예요?"

─네.

"근데 왜 안 주무세요?"

─낯선 데서 자려니까 잠이 안 와서.

"매일 낯선 곳에서 주무시는 분이 이상하네."

이상하게 착 가라앉은 목소리였다.

─소은 씨.

"네."

─고마워요. 전화받아 줘서.

"네. 들어가세요."

전화를 끊고 나는 뭔가 슬픈 고민을 들은 것처럼 마음이 무거워졌다. 분명 그 남자는 별말 하지 않았는데 슬프고 안된 기분이 들었다.

오토바이 사고 이후 박정우의 친구임이 분명했던 오세준과는 다른, 처음 만났을 때의 오세준 같았다.

커피 잔을 치우러 가려고 방문을 연 순간, 나는 또 꺅! 하고 비명을 질렀다. 오늘 밤만 해도 세 번째였다.

하지만 내 비명 따위는 우습다는 듯 신이는 날 막아서며 말했다.

"너, 오세준이랑 뭐 있지."

"있긴 뭐가 있어?"

"난 어쩐지 너희들이 사귈 거 같다. 내가 그런 건 좀 잘 맞추는데."

"웃기시네. 남자, 여자 만나기만 하면 사귈 거 같다 그래서 그 중에 얻어걸리는 거지. 적중률 10퍼센트도 안 돼. 네가 오세준을 짝사랑하는 게 빠르겠다."

"좋아. 둘이 사귀면 치킨 백 마리. 양념 오십, 후라이드 오십."

"안 사귀면 뭐 해 줄래? 그리고 후라이드가 뭐냐, 발음이?"

"평생 너의 노예."

"너같이 많이 먹고 게으른 노예 따위."

나는 콧방귀를 끼고 커피 주전자와 컵을 예비 노예에게 건네고 방으로 들어갔다.

밖에서 신이의 소리가 들려왔다.

"봐, 수상해. 대답을 안 하잖아."

"콜!"

나는 시끄러운 소리를 잠재우고 침대에 잠이 든 죽이의 등을 만지고는 자리를 잡고 누웠다. 그리고 뜬금없이 오세준을 안고 잠들었던 밤을 떠올렸다.

가끔 실수로 하룻밤 자고 난 후 서로를 사랑하게 되는 이야기를 본 적이 있다. '그게 말이 돼?'라고 생각했지만 어쩌면 그것은 성적인 무엇을 넘어서 사람과 사람이 어떤 큰 경계를 허물고 다가선다는 의미가 있을지도 모른다.

신이가 좋아하는 '처음이야' 시리즈로 말한다면 나와 하룻밤을 보낸 사람, 그것도 남자는 오세준이 처음이었다.

그리고 이상하게 자꾸 생각나는 남자도 오세준이 처음이었다.

싫은데도 자꾸 상대하게 되는 것도 오세준이 처음이었고, 하루 이상 가슴이 두근거리는 남자도 오세준이 처음이었다.

갑자기, 정말 뜬금없이 첫사랑이라는 단어가 떠올랐다 사라졌다.

말도 안 돼!

나는 헛웃음까지 웃어 가며 현실을 부정했다.

구미호 소리까지 들었던 반소은이 나이 서른에, 그것도 원수의 친구에게 첫사랑이라니!

이건 있을 수도 없고, 있어서도 안 되는 일이었다.

그때 딩동 소리를 내며 문자메시지가 도착했다.

잘 자요. ^^

오세준.

"이 시간에 문자메시지를!"

나는 혀까지 차며 전화기를 내려놓고는 눈을 감았다. 하지만 갑자기 스르르 온몸이 녹아내리는 기분이 들었다.

그리고 인정했다.

이미 있을 수도 없는 일이 일어나고 있을 수도 있다는 걸.

연습의 범위

반 대리님, 저 서울에 왔어요.

네.

언제 만나서 커피라도 한잔해요.

네. 그러죠.

지금은 바쁘세요?

집에 가는 길이에요.

아, 그래요? 저도 길인데 어디세요? 우리 또 마주치는 거 아니에요?

저녁 먹으려고 햄버거 주문하고 기다려요. 집에 가서 먹으려고.

기술적으로 문자메시지를 주고받으며 버스 정류장을 향해 걷기 시작했다.

그런데 누군가 앞을 가로막으며 헉헉댔다. 달려왔는지 얼굴이 벌게서 숨을 몰아쉬는 오세준이었다.

"이 근처 아니셨죠?"

"예?"

"숨부터 돌리세요."

나는 종이 백을 열어 꽁꽁 테이프를 붙인 오렌지 주스를 꺼내 빨대를 꽂아 그에게 건넸다.

"반갑죠?"

한 모금 주스를 마시고 난 그가 말했다.

"저녁 안 드실래요?"

나는 가만히 그를 빤히 바라봤다. 상기된 얼굴과 아직 고르게 쉬어지지 않는 숨, 그리고 반짝거리는 눈빛.

이건 좋지 않다.

조금만 더 보면 가슴이 또 두근거릴 게 분명하다.

"이건요?"

어쩐지 알은척하면 안 될 것 같은 눈빛이었다. 못 본 척 무심한 얼굴로 햄버거가 든 봉투를 들고 말했다.

"이건 식사 주문하고 기다리는 동안 먹으면 돼요."

"네?"

"아, 맞다. 여수에서 맛있는 거 많이 왔어요, 지난주에."

"예?"

"우리 집 가요. 밥 줄게요."

"오 작가님."

"네?"

"죄송한데요. 밥은 먹은 걸로 할게요."

"네?"

"그럼 전 가 보겠습니다."

나는 꾸벅 인사를 하고 돌아섰다. 맨발에 고리 레깅스를 입고, 게다가 발바닥의 각질 제거를 언제 했는지 기억도 없었다.

아무리 여자 사람과 남자 사람이어도 분명 더러운 게 분명한 발바닥을 보여 주고 싶지 않았다.

"낮에 목이 아파서 이비인후과에 갔는데."

"응."

그림을 그리는 신은 여전히 모니터에 얼굴을 붙인 채 건성으로 대답했다.

"잘생긴 의사가 내 얼굴을 빤히 보더니 그랬어."

"뭐? 이렇게 큰 콧구멍은 첨입니다. 연구합시다. 그랬냐?"

큭큭거리며 웃는 순간 툭! 소리를 내며 손에 있던 폴더형 휴대폰이 부러졌다.

사색이 된 내게 신이 웃으며 말했다.

"이런 건 요즘 아무도 안 써. 이제 버려. 아니다, 되나 보자."

신이 전화를 걸자 신호가 가고, 문제없이 전화가 받아졌다.

"모양은 좀 빠지겠지만 수술을 해야지. 뜨리 엠 스칼치 테이흐로. 근데 폴더형인데 못 접어. 하하하."

"그건 뭔 발음이야?"

"저번에 네가 후라이드 놀려서 나 요새 영어 공부 중이야."

"뭐?"

"내 블로그 새 이웃이 영어 학원 강사인데 완전 잘생겼어. 오세준은 비교도 안 돼."

"언제부터 잘생긴 남자의 기준이 오세준이었냐?"

"최근 우리가 보고 있거나 본 남자 중에는 최고잖아."

나는 잠시, 뭘 이야기하던 중이었나 생각했다. 하지만 오세준의 얼굴이 맴돌았다.

그 순간, 신이 테이블을 톡 치며 말했다.

"이비인후과 의사 이야기하다 말았다."

"아. 맞다. 나더러 비염이래."

"비염이었어?"

"나도 몰랐다니까. 얼굴만 보고 나한테 이러는 거야. 비염인데 아세요? 그래서 아니요? 그랬더니 머리도 아프고, 눈도 시리고, 다크서클 있고, 재채기도……."

"근데 몰랐냐?"

"그래서 내가 눈을 이렇게 가늘게 뜨고 속으로는 그래, 나한테 돈 좀 우려내겠다는 것이냐? 하고 생각했거든."

"그렇지."

"근데. 내가 치료받아야 하나요? 했더니 못 고친대."

"장난해?"

"근데 너무 웃긴 거야. 불치병인데 콧구멍이야. 너무 없어 보이잖아."

"불치병이네. 콧구멍 염증. 근데 오세준은?"

오세준이라는 말에 나는 또 휴대폰을 잡은 손에 힘을 줬다. 그 순간 정말 이상한 소리와 함께 전원이 꺼졌다.

가망이 없다는 듯 천천히 고개를 젓던 신이 말했다.

"너 좀 이상해졌어."

"뭐가?"

"멍……해졌어."

신이의 말에 내내 이상했던 내 기분이 이제야 설명이 되는 것 같았다. 그래! 이상한 게 아니라 멍해진 거였어.

하지만 그렇다고 해서 질문이 끝난 건 아니었다.

왜 멍해졌느냐가 남아 있었다.

나는 다시 휴대폰의 전원을 힘껏 눌렀다.

"우와, 들어왔다."

전원이 들어오는 걸 기뻐하는 순간, 문자메시지가 들어왔다.

소은 씨 잠깐 볼 수 있어요?

하필 이런 타이밍이라니. 나는 문자메시지가 온 휴대폰을 감추고 말했다.

"멍해지긴. 나 잠깐 나갔다 올게."

"너 나 빼놓고 오세준 만나면 배신자."

현관문을 닫고 나와 나는 양심에 손을 얹고 생각했다. 신에게는 잡아뗄 수 있어도 스스로에게 그럴 순 없을 것 같았다.

그렇다고 어쩌라고.

박정우의 장난만 아니었으면 뭔가 자연스러울 수 있었을까? 유치하게 복수 같은 걸 하지 않았다면, 그날 교통사고를 내지 않았다면?

나쁜 징조가 너무 많은 사이였다.

엘리베이터 안에서 나는 눈을 감고 모든 것이 지나가기를 바랐다. 어색한 시간도, 또 도대체 가라앉을 줄 모르는 이 멀미 같은 감정도.

"대답은 언제 할 거예요?"

혹시나 마음을 들킨 걸까 나는 당황스러웠다. 오세준이 안 보일 때 동네를 몇 바퀴 돌았다거나 일부러 세준이 자주 간다는 카페에서 일을 하고 있다거나. 속 보이는 짓을 두루 해 놓고 집까지 찾아온 그의 말에 정말 난 아무것도 모른다는 얼굴로 그를 바라봤다.

무슨 대답이냐고 하려다 그건 내 스스로도 너무나 가증스러워서 나는 한 발 물러서서 그를 보기만 했다. 하지만 오세준이 손을 내밀며 말했다.

"한 번쯤 해 볼 수도 있잖아. 연습해 봐요. 나랑, 나랑 해요."

나는 잠시 눈을 감았다.

한 번쯤 해 볼 수 있는 거기도 했다. 그렇다면 오세준은 그 상대로 적합할 것도 같았다. 여행을 떠날 테고, 자연스럽게 헤어질 수도, 친구가 될 수 있을지도 모른다.

"나는 한 번쯤 해 본다 치고. 오세준 씨는 왜요?"

나는 슬쩍, 긍정의 의미를 담은 질문을 던졌다.

"바보 아냐?"

"뭐가요?"

"남자가 여자한테 연애하자는 건, 좋아해서지."

"전 안 좋아하는데?"

"싫어하지는 않잖아요. 그걸로 난 충분해요."

"뭐요?"

"만나 보고 연애를 할 것인지 말 것인지 결정해요. 소은 씨가 아니다 하면 깨끗하게 물러날게."

내가 대답을 하기도 전에 그는 손을 내밀었다. 뭔가 계약을 하는 사람처럼 거리를 두고, 나는 그의 손을 잡았다. 무슨 소리냐고 정색을 해야 하는데 나는 멍하게 오세준을 보기만 했다.

그 순간, 아주 잠깐 세준의 입술이 이마를 스치고 지나갔다.

"어!"

"타지크족은 남자와 여자가 사귀기로 한 첫날 꼭 이마에 뽀뽀를 해요. 평생 사랑할 수밖에 없게 하는 주문."

"진짜요?"

아, 뭔가 타이밍을 놓쳐 버렸다. 이게 무슨 짓이냐고 했어야 하는데, 진짜냐니.

"아니. 그런 게 어디 있어."

긴장감이 사라지고 피식 웃음이 나는 순간, 다리에도 힘이 풀린다.

"뭐예요? 타지크족은 진짜 있지 않나?"

"있어요. 그리고 손등에 손바닥에 이마에 키스하는 걸로 인사해. 남자와 여자, 어른과 아이, 부모와 자식. 각각 다르게."

"아."

"사람 남자와 사람 여자는 어떻게 인사하는지 알아요?"

나는 알고 싶지 않다는 듯 뒤로 물러섰다. 하지만 그는 어느새 다가왔다.

"이렇게."

주춤 물러서려는 순간 오세준의 입술이 다가왔다. 어! 하는 순간 나는 나도 모르게 눈을 감아 버렸다.

얕은, 하지만 긴 입맞춤이었다.

내가 잠시 아! 하는 사이 입술을 뗀 오세준은 "안녕" 하고는 그대로 가 버렸다.

언젠가 한참 유행했던 말처럼, 너무 순식간에 일어난 일이었다. 내가 어떻게 보일까? 할까, 말까, 엎을까 하는 성격이라는 걸 알고 있는 걸까.

그는 입술로 계약을 성사시킨 후 그대로 가 버렸다.

어쩌면 무서운 놈일지도 모른다는 생각이 들었지만, 나는 최대한 긍정적으로 생각하기로 했다. 내가 빤한 내 속을 보게 되는, 참 얄궂은 순간이었다. 그리고 이건 세상이 믿어 주거나 말거나, 구미호 인생 첫 번째 입맞춤이었다. 나는 인간을 포함해 그 어떤 생물과도 입맞춤해 본 적이 없었다.

치킨 백 마리.

연애
연습

신이의 문자메시지에 나는 아파트 위를 올려다봤다.

베란다 난간에 서서 신이 날갯짓을 하는 중이었다.

문득, 나는 내가 거절한 남자들에 대해 생각했다.

내가 거절한 남자들 중에는 괜찮지만 사귈 만큼은 아니어서, 혹은 미치지 않고는 사귈 만한 상대가 아니어서 등등 여러 가지 이유가 있었지만, 다시 생각해 보면 나는 누구와도 연애를 하고 싶지 않았던 것 같다.

연애를 하는 순간 시작되는 일들에 대해 나는 너무나 부정적인 정보들을 가지고 있었다. 그리고 그 정보들을 조합하다 내리는 결론은 남자는 다 똑같다는 만고의 진리였다.

그건 어쩌면 연애에 관한 온갖 정보와, 심지어는 책까지 넘쳐 나는 이 시대가 낳은 비극인지도 모른다. 엄마나 엄마의 친구들은 소개를 받고 그 사람이 마음에 들면 만나다 결혼을 했다. 아니, 심하게는 얼굴 한 번 보고 결혼하기도 했단다.

우리들에게는 초등학교 시절부터 온갖 교본이 존재했다. 나쁜 남자가 버리고 좋은 남자가 나타나 구원해 주는 주말 연속극이 그랬고, 중학생이 되면서는 심리 테스트에 분석까지 해 낸 잡지들이 있었다. 그리고 어른이 되고 난 후에는 인터넷에서 모든 일들이 해부됐다.

철벽녀, 동굴남. 많은 분류가 시작됐으며 전략들이 짜였다.

그는 어떤 남자일까? 나는 그가 사라진 길 쪽을 다시 내려다보았다. 미친 짓이라고 기억하게 될지도 모르지만, 적어도 지금 이 순간은 웃음이 났다.

어쩌면 나는 연애를 기다리고 있었던 건 아닐까.

나는 쌀쌀한 밤바람에 몸서리를 치며 인정했다. 내가 연실이가 아니었다는 걸.

내일 점심 먹읍시다.

새 휴대폰의 첫 문자메시지는 오세준 것이었다.

간단했다. 하지만 저 안에 이 관계의 주도권이 모두 들어 있는 것처럼 뭔가 카리스마가 있었다.

잠시 갈등이 시작됐다.

한 번쯤은 튕긴다거나, 씹는다거나, 아니면 왜요? 하고 묻는 것으로 지난밤의 악수를 없던 일로 만드는 것.

그러고 보면 삼십 대 우리들의 연애가 이십 대, 심지어 이제는 '초딩'들의 그 찬란하고 화려한 공력에까지 밀리는 것은 우리들이 연애 코치니 전문가니 하는 사람들에게 휘둘린 첫 세대이기 때문인지도 모른다. 연애를 글로 배우고 눈으로 익힌 후 상상으로 극한을 체험해서 그것이 모두 내가 겪은 일인 것처럼 착각하는 것이다.

'연락을 먼저 하지 마라', '애를 태워라', '동굴에 들어간 남자를 기다려라.', '그는 당신을 좋아하는 것이 아니다.' 등의 충고에 「Sex and the city」의 캐리나 「Friends」의 레이철, 그리고 수많은 예쁜 그녀들에게 우리들의 인생을 대입했기 때문은 아닐까?

같은 커피를 마시고, 같은 컵케이크를 먹는다고 해서 그것까지 같으리라는 법은 없는데 말이지. 게다가 결정적으로 미국 남자와 한국 남자는 다른데!

지금 연습이라는 안전장치를 걸어 놓은 첫 연애 앞에서 나는 백치였다. 뭔가 실전에 강한 누군가의 조언이 필요했다. 신이처럼 비아냥거리지 않고 진심을 다해 함께 이야기해 줄 수 있는 누군가.

"그러니까 네 말은 네가 오세준이랑 하려는 연애가 진짜 연애는 아니란 말이지?"

민재는 이해가 안 간다는 듯 고개를 갸웃했다. 사실 나도 이해할 수 없는 일이긴 했다. 그것이 타인의 일일 경우엔 더구나.

하지만 이런 상담엔 민재가 적합했다. 민재는 신이의 아주아주 오래전 애인이고, 나와는 친구였다. 두 사람은 헤어지고 연락도 하지 않지만 나는 그 사이에 있었다.

민재는 번역 일을 하고 있어서 24시간 집에 있었다. 아니 민재는 언제부터인가 '히키코모리'다. 장도 인터넷으로 보고, 심지어 햄버거도 웃돈을 주고 배달시켜 먹었다. 그리고 언제든 내가 하는 모든 질문에 진심으로 고민하고 대답해 줬다.

"만나 보고 다음 단계, 그러니까 사랑을 할지 말지를 네가 결정하는 거고?"

"응."

나는 부끄러움에 겨우 대답했다. 하지만 민재는 진지한 얼굴로 또 물었다.

"그런데 그 애인의 범위는 무엇이냐?"

"범위?"

내 반문에 답답하다는 듯 민재가 테이블을 손바닥으로 치며 말했다.

"좋다. 처음부터 정리해 줄게. 이 관계의 제안은 오세준이 한 거지?"

"응."

"너는 받아들였어."

"응."

"오세준이 왜 그 제안을 했느냐. 너는 그 의중을 알고 있냐?"

의중이라니, 이제 겨우 하루가 지났는데 그런 걸 알 리가 없지 않은가? 그리고 당연히 내가 좋으니까 한 제안일 거였다.

하지만 민재에게 그렇게 대답할 수는 없어서 나는 고개를 갸웃했다. 정말 모르겠다는 듯.

"그럼 넌 그 제안을 왜 받아들였냐? 결국 얼굴 때문이냐? 얼빠."

"뭐?"

"10년을 넘게 저 좋다는 수많은 남자들을 거절한 네가, 찌질하게 계약 연애라니."

"아아아아악, 찌질? 그리고 계약?"

나는 비명을 지르며 뒤로 물러앉았다. 남의 입을 통해 듣는 진실은 더 적나라하다.

"아니야?"

"내가 그런 걸 할 리가 없잖아. 이건 연습이라니까."

나는 고개까지 세차게 저으며 부인했다. 하지만 슬슬 어지럽기 시작했고 자신도 없어졌다.

연애의 기회가 없었던 것은 아니었다. 하지만 상대가 진심일 때 그저 만나 볼 수는 없었다. 나는 진심이 아니었으므로. 또 진심이 아닌 상대는 만날 이유가 없었다.

그렇다고 평생 아무도 만나 보지 않은 채, 이렇게 늙어 갈 수 없지 않은가.

한참 뭔가 골똘히 생각하던 민재가 말했다.

"그런데 계약 연애보다 연습 연애가 더 찌질한 거 같지 않아? 계약은 적어도 그 기간에 서로가 정한 규칙이나 의무를 따르고 서로에게 이익이 되는 게 있겠지."

민재의 말이 맞았다. 그래서 나는 가만히 민재를 보다 솔직하게 말했다.

"그냥 부끄럽지 않게, 또 상대의 위치를 너무 크게 인정하지 않고 시작하는 거에 끌렸던 거 같아."

"그래. 그렇게 솔직해야 반소은이지."

"그리고 더 솔직히 말하자면 조건이 맞았어."

"조건?"

"오세준이 가지고 있는 조건."

"어떤 의미로?"

"우선 첫 느낌은 나쁘지 않았어. 우선 잘생겼잖아."

"또?"

"그리고 여행자잖아. 끝을 낼 기회가 많은. 그리고 그렇게 정식으로 제안을 받은 건 처음이었단 말이지. 모두 간을 보기만 했지. 나의 입장과 까다로움을 고려해서 연애 전 단계를 청하는, 뭐 그런 성의를 보여 주지 않았다고."

내 말에 민재는 이제야 이해가 간다는 듯 고개를 크게 한 번 끄덕했다.

"근데 반손."

"응?"

"그 사람이 널 좋아하는 거면 어떻게 할래?"

"뭣이라?"

"너를 너무 좋아해서 그렇게라도 너와 친해지고 싶고, 네 가까이 있고 싶은 거라면 말이야. 연습 상대라도 좋다는 마음과 거기에 시작은 이렇지만 결국 잘될 거라는 기대까지 있다면 말이야."

"역시 난 치명적인 매력이."

"농담이 아니라 그런 거면 어떻게 할래?"

누군가를 거절할 때, 그 상대방이 진지할 경우 나는 더 정중하고 분명하게 말했다. 나는 정말 이상한 사람이고, 당신에게 상처를 주지 않을 자신이 없다고. 그런데 솔직히 상처 받지 않을 자신이 없었다.

"사랑을 기다린다고 했잖아."

민재의 말에 내가? 하는 표정으로 민재를 쳐다봤다. 어색한 연기라는 걸 알면서도.

"내가 소은이 너에게 다른 사람들처럼 누군가를 만나 보라고 잔소리하지 않은 건 말이야. 네가 했던 그 말 때문이었어. 네가 사랑을 거부하는 애가 아니라 기다리고 있다는 걸 믿었기 땜에."

나 역시 분명히 기억하고 있다, 내가 그런 말을 했다는 걸. 나에게도 그런 때가 있었다.

"너무 늦었어. 안 될 거야."

"왜?"

"너무 늙었거든. 육체와 정신이 모두. 그래서 그냥 모든 게 너무 뻔하게 느껴지는 거지. 남자도 연애도."

"그럼 그 가짜, 아니 연습 연애의 범위는 정했어?"

"범위?"

범위라는 말에 나는 얼굴을 찡그리며 고개를 뒤로 쭉 뺐다. 아니, 어쩌면 가짜라는 말에 찡그려진 건지도 몰랐다.

뭔가 엄청난 이야기를 들을 것 같았다.

"어디까지 만질 수 있고 얼마나 간섭할 수 있어? 잘 수 있기도 해? 그리고 미래를 기약하는 말은 금지라든지. 각자의 이성 교제는 허락한다든지. 언제든 한쪽이 원하면 헤어질 수 있냐든지."

"아, 그런 거 아닌데. 그런 거 너무 싫잖아."

그것이 지금 네가 하는 거라는 눈빛으로 민재는 나를 노려봤다.

어쩌다가라는 생각이 들었다.

좋아하는까지는 아니더라도 오세준을 계속 보고 싶다거나, 친하게 지내고 싶다는 생각이 있어서였다. 그 감정의 근거는 알 수 없지만.

"반소은이 연차를 이틀이나."

팀장의 말에 나는 손가락으로 하늘을 가리켰다.

팀장은 까칠한 반소은이 아버지에겐 꼼짝 못한다며 내 아버지를 주님이라 불렀다.

하늘을 가리키는 건 아버지의 부름을 의미했다.

"애인이 있는데 왜 선을 보니?"

애인이 있다는 말에 잠깐 덜컹했던 나는 공식적인 애인 마틴 씨를 사실을 떠올리고 웃었다.

"결혼할 때까지는 저희 아버지에겐 별 의미 없는 놈인 거죠."

"그래도 계실 때 잘해. 난 울 아버지한테 면사포 쓴 모습도 못 보여 드려서."

얼른 인사를 하고 사무실을 나왔다. 팀장이 아버지 이야기를 하거나 결혼 이야기를 할 땐 조심해야 한다. 그런데 아버지와 결혼 두 가지를 한꺼번에 이야기하다니 얼른 피해야 한다.

"선배, 어디 가요?"

팀원들의 소리에 쉿 하는 시늉을 하고 허공에 팀장 공습경보를 알리는 '13'을 썼다. 그리고 함께 우르르 복도를 빠져나갔다.

그렇게 첫 번째 재앙을 피했지만 이제 나는 피할 수 없는 재난 영화를 찍기 위해 대전에 가야 했다.

"왜요? 내 얼굴에 뭐 묻었어요?"

대전으로 내려가기 전 잠시 만나 연애의 범위와 비밀에 대해 이야기하려고 했는데 푹 자고 난 듯한 뽀얀 피부의 오세준을 보자 나는 할 말을 잃고 멍해졌다.

민재의 말대로 첫 번째 조건은 외모였을지도 모른다.

그리고 그는 이미, 내가 어떤 기분으로 자신의 얼굴을 훑는지 다 알고 있는 것도 같다.

"근데, 어디 가요?"

"집에서 호출."

나는 얼굴을 억지로 펴며 말했다.

"호출이면 좋은 건 아닌 건가?"

"음, 난 집이 싫어요."

이런 말까지 해 버리다니. 연애의 범위가 예상보다 넓어지고
있다.

"저는 좀 감정 표현이 인색한 집에서 자랐어요. 드라마 같은 데
서 아버지가 딸한테 사랑한다! 이런 말 하는 거 난 색안경 끼고
봐. 이해가 안 가거든. 딸이랑 아버지랑 문자메시지 주고받고, 하
트 이런 거 오가면 난 정말 막 소름 돋아요."

"그냥 아버지들은 원래 표현을 잘 안 하니까."

"아버지랑 나는 모든 게 반대예요. 아버지는 내가 결혼을 못 해
서 창피해해요."

"그냥 걱정하시는 거겠죠."

"음, 우리 또래에 말이에요."

"응."

"대학을 서울로 온 이유가 오빠들 밥해 주고, 빨래해 주라는 거
면, 그거 웃긴 거 맞죠?"

내 말에 오세준은 당황한 표정을 감추지 못했다.

"나 그랬어요. 혼자 살면서 밥 안 해 먹고 그러는 거 사실 지겨
워서예요. 오빠 둘이 툭하면 반손 라면, 반손, 김치! 심지어 밤에
담배 심부름까지 시켰어. 자기들은 손이 없나. 플라나리아 같은
놈들이었다니까요."

"응?"

"손발은 없고 입만 있는."

위로받으려던 건 아닌데. 오세준이 손을 내밀어 내 손을 잡았다.

"지금 오세준 씨는 손이 있다고 강조하는 건가?"

"싫으니 안 가면 안 되나?"

"엄마를 괴롭히실 거니까. 아마 가면 맞선 비슷한 거 있을지도 몰라요."

"맞선요?"

"네. 툭하면 동네 아는 사람의 누구를 집에 불러다 마당에서 고기를 구우면서 나한테 상추를 가져와라, 과실주를 가져와라. 그렇게 선보이는 거죠. 상대가 날 맘에 들어 하면 내가 거절하니 사단이 나고, 상대가 날 별로라 생각하면 그런 사람 눈에도 못 드는 못난 애가 되는 거고."

"내가 같이 가 줄까요?"

"네?"

"대전에 데려다 주고 난 거기서 홍성 쪽으로 갔다가……. 올라올 때 같이 와요. 그쪽에 휴양림 가 보고 싶었는데."

나는 정말이냐는 듯 세준을 마주 봤다.

"나 가서 간단하게 챙겨 나올게요. 15분이면 돼요."

"나, 독립적이고 그런 여자로 보이려면 거절해야 하는데 안 그럴래요."

"이미 그렇게 보여요, 독립적이고 그런 여자로."

이게 연습이라면, 누가 연습생이고 누가 선생님일지 나는 잠시 생각했다. 그렇다면 연애의 범위를 굳이 정할 필요가 있을까? 이미 오세준에게는 자신만의 범위가 정해져 있는 것 같았다.

"머리가 그게 뭐냐?"

나는 아차 하며 얼른 머리를 풀었다.

기차에서 묶고 잊었던 똥 머리를 얼른 풀고 얼른 차렷 자세로 섰다. 아버지는 그 머리를 천박하다며 싫어했다.

다른 사람이 그렇게 말했다면 당신의 시선이 더 천박하다고 말해 줬을 텐데.

이 관계에서 나는 늘 불리하고 비겁하다. 다른 이유보다 이길 수 없다는 포기의 마음 때문에.

"가자."

나는 살려 달라는 눈빛으로 아버지 뒤에 있는 엄마를 넘어다봤다.

눈을 질끈 감으며 고개를 빠르게 한 번 흔드는 것. 그건 대들지 말라는 신호였다. 내가 버티자 이번엔 엄마가 두 손을 모았다. 여기서 더 버티면 엄마가 두 손을 비비는 것까지 보게 될 것 같아 나는 눈을 질끈 감고 아버지를 따라나섰다.

"나이보다 어려 보이네."

천박한 화장을 한 여자를 보며, 저런 여자의 며느리가 되느니 차라리 공포의 거래처 송 이사의 내연녀나 박볶음의 애인, 아니 차라리 죽는 게 낫겠다는 생각이 든다.

종업원이 들어와 물 잔을 놓아주고 메뉴판을 준다. 중국집 맞선이라니 창피해 죽을 것 같은데 아버지는 손으로 까딱, 이따 들어오라는 시늉을 한다. 저것도 창피하다!

"오라버니랑 산에서 만났어요. 막걸리도 한잔 하고 그러다가

혼기 찬 자식들이 있다니 하고."

오라버니라니. 나는 욱 하고 올라오는 구역질을 참느라 대답을 못 했다.

"서울서 무슨 회사 다닌다고? 대기업은 아닌 거 같던데."

그 순간 아버지가 재빠르게 끼어들었다.

"대기업보다 조건도 괜찮고 연봉이 좀 되더라고. 별 대단한 일도 아닌 거 같던데."

아버지는 늘 저런 식으로 묘하게 말한다. 자랑 끝에 가차 없이 끌어내려 겸손을 지향한다.

"탄탄하고 복지도 좋은 회사예요. 엄마 치는 고스톱도 저 회사에서 만들어요."

"아, 도박 회사구나."

내내 말이 없던, 그래서 나와 비슷한 심정일 줄 알았던 상대남이 끼어들었다. 얼굴도 못생기고 목소리까지 이상하다니. 이럴 땐 정말 내 친구를 부르고 싶다. '아! 신이시여!'

졸지에 도박업에 종사하는 여자가 된 나는 아예 입을 닫았다.

"그럼 젊은 사람들 이야기하라고 하고 오라버니랑 나는 어디가서 술이나 한잔하죠? 낮술 괜찮나?"

"어른들은 낮술이 약이지."

내 아버지와 그 남자의 어머니는 죽이 척척 맞았다.

그렇게 좋으면 둘이 사귀지. 왜 굳이 오라버니와 사돈을 맺으려는 건가.

나는 인상을 쓰며 최대한 건성으로 인사했다.

그리고 저 여자의 아들이 원빈 같은 외모에 행시, 사시, 외시를 패스하고 추기경의 성품과 유재석 같은 겸손한 유머에 황태자의 재력을 지녔다고 해도 절대로 엮이지 않겠다고 생각했다.

"서른이면 남자랑 자 봤어요? 그쪽 직종이 은근히 개방적이지 않나?"

맛도 없는 맹물을 들이켜며 좀 편해지려던 순간 들려온 소리에 나는 내 귀를 의심했다. 이 상황이 너무 싫은 나머지 좀 더 극적으로 구린 상황을 만들기 위해 나는 왜곡된 상상을 하는 게 분명했다.

하지만 남자는 한마디 더했다.

"피차, 내숭은 생략합시다. 그림도 뻔하고만."

거절하려고 나온 맞선에서 자존심을 다칠 만큼 터무니없는 상대가 나왔다 느낄 때 가끔 막말이 오가긴 했지만, 이것은 도를 넘게 천박한 발언이었다.

"전 나이 많은 여자는 관심 없어요. 어머니가 하도 난리를 쳐서."

"그럼, 애초에 거절하시죠."

"혹시나 예쁜가 해서. 나이 들어도 예쁘면 괜찮지 않나?"

"실망하셨겠네요."

"아뇨. 얼굴은 나쁘지 않은데 가슴이 너무 작네. 하이힐은 그렇게 높은 거 신었으면서 왜 뽕은 안 넣었어요?"

반사적으로 놀란 나는 고개를 숙여 내 가슴을 내려다봤다.

사실, 별로 놀랄 일도 아니었다. 천박함은 대를 물리는 게 분명하다. 내 오빠들이 잘나가는 직업과 사회적 위치에도 내 아버지와 비슷한 것처럼.

"서울 어디 살아요? 나 서울 자주 가는데. 연락하면 재워 주나? 혼자 산다면서요?"

어머, 아니에요. 친구랑 살아요! 하려다 나는 한숨을 한 번 쉬고 말했다.

"미친 새끼."

이런 건 낮고 분명한 소리로 말해야 한다.

예상치 못한 반격이었는지, 남자의 쭉 찢어진 눈이 저절로 커졌다.

두 번째 공격은 더 세고 더 빨라야 한다.

"변태 새끼야. 박봉 지방 하급 공무원 주제에 뭐? 어리고, 예쁘고, 가슴까지 큰 여자를 찾아?"

"네?"

이제 내가 이긴 싸움이다. 그는 무릎을 모으고 그 위에 손을 가지런히 놓고 겁먹은 얼굴로 존댓말로 대답했다.

"너, 내가 아까 너 말하는 거 다 녹음했어."

나는 가방을 뒤져 메모용으로 들고 다니는 보이스 레코더를 들어 보였다.

"무슨."

남자의 낯빛은 창백해지고, 그래서 얼굴의 잡티가 더 도드라져 보인다. 이상한 놈이 못생기기까지 했다.

"여기서 나가면 네가 근무하는 동에 주소 옮길 거야. 그럼 나는 민원인이고 넌 공무원이야. 내가 녹음한 거 들고 너희 동사무소에 가서 이 새끼가 이렇게 나를 성희롱했다! 그럴 거거든."

"아, 저기, 여보세요."

당황해서 얼굴이 벌게진 남자를 보며 나는 그대로 자리에서 일어섰다. 그러고도 분이 안 풀려 조금 전 아버지가 앉았던 의자를 걷어차며 말했다.

"너 집에 가서 참 좋은 분인데 키가 작다, 너는 키 큰 여자가 평생의 소원이라고만 하고 거절해. 다르게 거절하면 죽어. 그리고 너 한 번만 더 마주치면 그땐 죽어."

나는 한 번 더 주먹을 들어 보이고는 별실을 나왔다. 하지만 다리가 후들거렸다.

화장실로 간 나는 물을 내리고는 욕부터 했다. 그리고 내 정신 건강을 위해 한 번 억지로 웃고는 집으로 전화를 걸었다.

―네.

"엄마, 난데."

―응.

"그 남자가 나 보자마자 남자랑 자 봤냐, 가슴이 작네. 서울 올라오면 재워 줄 수 있냐 그랬어."

놀라는 대신 한숨 소리가 들려오고 나는 한 번 더 마음을 다쳤다. 엄마가 펄쩍 뛰거나 쫓아오겠다고 난리를 칠 거라 기대하지 않으면서도 매번 상처 받는다.

"엄마 입장 생각해서, 그 이야기는 아버지한테 안 해도 돼."

―응.

"계속 이러면, 나 정말 아무나랑 결혼해서 아무렇게 이혼할지도 몰라."

―반소은.

"자꾸 이러면 정말로 남들이 말하는 의절 같은 거 하고 싶어져. 난 엄마처럼 살기 싫어."

전화를 끊고서야 나는 들어온 지 한참 된 세준의 문자메시지를 확인했다.

나 용봉산 자연 휴양림에 왔어요. 평일이라 방이 있네요. 내일 대전에서 봐요.

화장실을 나온 나는 다시 다짐을 받기 위해 중식당 별실로 향했다. 아까 그 미친놈이 게걸스럽게 짬뽕을 먹고 있었다.

뭐 저런 인간이 다 있나.

돌아서던 나는 종업원을 불러 세웠다.

"저희 룸에 요리 더 시켜도 되죠?"

"네."

종업원이 들고 있는 메뉴판을 펼쳤다. 그리고 페이지를 뒤로 넘겨 가장 비싼 요리 세 가지를 찍었다.

"아, 두 분이 드시기엔 너무 많은데요?"

"아까 오신 어른 두 분요. 주차장에 잠시 가신 거예요. 그사이를 못 기다리고 저희 남편은 벌써 짬뽕을 먹네요."

이해했다는 듯 종업원이 웃으며 사라지고 나는 얼른 호텔을 빠져나왔다.

그리고 얼른 고무줄을 꺼내 머리부터 묶었다.

위로 바짝 올리고 최대한 동그랗게.

택시가 산책로를 올라가는데 저만치 익숙한 뒷모습이 보였다.

저렇게 반듯하게 걷는 남자라니.

연애
연습

나는 택시를 세우고 차에서 내렸다.

그리고 바닥에 쪼그리고 앉았다.

가슴이 답답했다.

"소은 씨."

오세준이 내 앞에 와 앉아 나를 내려다본다.

"네."

"미안한데, 이상한 거 아니니까."

언제 본 건지, 오세준이 내 옷 속으로 손을 넣었다.

"헉."

"지금 소은 씨 얼굴이 창백해서."

얼굴이 창백해서 너를 덮치겠다니. 나는 놀라 두 손을 모았다. 하지만 그 순간 오세준의 손이 능숙하게 내 브래지어의 호크를 풀었다.

뺨을 때리거나 정강이를 걷어차야 하는데 하는 순간, 오세준이 말했다.

"숨 쉬어요."

내가 반사적으로 후 하고 숨을 내쉬자 이번엔 그가 내 신을 벗겨 냈다. 그리고 길바닥에 나를 눕혔다.

순간 머릿속으로 뭔가 복잡한 생각들이 지나갔다.

아무리 연습하는 사이라고 해도 이건 아니었다.

아무리 인적이 드물다 해도 여긴 길바닥 아닌가?

그리고 이 남자 뭔가 능숙했다. 무서우리만큼. 박볶음과는 차원이 다른, 진짜 선수일지도 모른다.

"저기, 그래도 아직 이건."

내가 손으로 그를 밀어내려는 순간 그가 다시 옆에 누우며 말했다.

"눈 감고 후우 하고 숨 쉬어요, 소은 씨. 그럼 좀 괜찮아질 텐데."

구호救護, 아니 구조의 단계였다 생각하니 순간 민망함이 밀려왔다.

아직이라니, 아직이라니.

복잡한 생각이 지나갔지만, 나는 그가 시키는 대로 숨을 내쉬었다.

"쉬어요. 아무 생각도 하지 말고 1시간만 이렇게 누워 있어요."

나는 눈을 뜨고 옆에 누운 세준을 봤다.

눈을 감은 채 그는 후우 하고 숨을 내쉬는 중이었다.

"눈 감으라니까요."

나는 얼른 눈을 감았다. 그러지 않기엔 너무 단호한 목소리였다.

그 순간 그가 손을 잡으며 말했다.

"길을 걷다가 힘들면요."

"네."

"보통 사람들은 조금 더 가서 쉬자, 쉴 만한 곳이 나오면 쉬자 그렇게 생각하는 것 같아요."

"네."

"그런데 나는 그냥 그 자리에 누워요, 지금처럼."

"에에?"

"사막이든, 도심 한복판이든."

"서울에서도요?"

"서울에선 그렇게 힘들었던 적이 없어서 모르겠는데. 아무튼 여행 중에는 그렇게 해요."

멋진 척, 허세. 뭐 이런 단어들이 떠올랐지만 아주 이해가 가지 않는 말은 아니었다.

문득 어느 사막을 걷다가 픽 주저앉던 낙타가 생각났다.

여행 다큐멘터리였던가? 해설자는 끝내 낙타의 소식을 전해 주지 않았다. 그 낙타가 죽었을 거라 생각하고 우울해했는데, 그냥 오버해서 엄살을 부리고 쉬어 간 거였을까?

나는 다시 걷고 있는 낙타를 떠올렸다. 그리고 마음이 조금 괜찮아졌다.

숨이 좀 골라지고 나는 몸을 일으켰다. 그리고 눈을 감은 채 누운 오세준에게 말했다.

"배고파요."

"아, 맞다. 밥 안 먹었죠? 어떻게 하지? 아무것도 없는데."

"뭐 이래요? 산에 오면 막 고기도 구워 주고, 계곡에서 고기 잡아서 찌개도 끓여 주고 그래야 하는 거 아닌가? 산에는 고기 먹으러 오는 건데."

"산에, 고기 먹으러?"

그가 실망한 얼굴로 물었다.

하지만 할 수 없다. 사실이고 진실이니까.

나는 갑자기 초조해진다. 나를 꾸미거나 감추면 안 될 것 같다.

"술도 같이."

"난 속을 비우고 맑은 공기 넣으러 산에 오는 건데?"

"설정이 아니라 진심이란 말이에요?"

"네."

나는 신발을 신으며 고개를 흔들었다.

배가 고파 쓰러질 것 같았다.

"그럼 산딸기라도 좀 따 줘요."

"하하. 정말? 있을까? 산에 가 볼까?"

"아니, 취소. 산에서 나는 거 싫어. 라면."

"기다려 봐요."

오세준이 일어나 손을 내밀었다.

나는 온전히 그 팔에 매달리듯 일어섰다.

"저 아래 내려가면 뭐 있을 거야. 우리 숙소는 3-2 들꽃방이에요."

'들꽃방'이라니 웃기다고 생각하는 순간, 우리 숙소라는 말이 귓가를 맴돌았다. 그리고 다시 민재가 심각한 목소리로 말했던 '범위'가 생각났다. 어디까지 만질 것인가, 잘 것인가 말 것인가.

갑자기 다시 숨이 차는 것 같았고 나는 언젠가 TV에서 본 '후후 쓥쓥' 호흡을 하며 숨을 골랐다.

그 순간 딩동 소리를 내며 문자메시지가 도착했다.

아버지 기분 괜찮다. 별일 없는 거 같아. 네가 키가 좀 작다 그러더래, 다른 건 다 괜찮은데. 우유 많이 안 먹었다고 한 소리 하고 말더라.

그 남자는 불도장과 기타 요리를 맛있게 먹고 내게 감사하는 마음에 시키는 대로 임무를 수행한 모양이었다.

연애
연습

나는 잔뜩 경계를 하며 숙소의 문을 열었다.

이제야 통나무로 지은 높은 천장이 눈에 들어왔다.

나는 통나무로 만든, 평상 같은 침대에 걸터앉았다.

'사랑하는 사람이란, 그저 감정을 나누는 것이 아니라 자신의 가장 나약한 부분과 추악한 부분도 보여 줄 수 있는 상대여야 해요.'

행사로 만난 어떤 선생님이 내게 말했다.

그녀는 내내 독신주의자에 남자에 관심 없다도 부족해 남자가 싫어 죽겠다는 나를 걱정스러운 눈빛으로 바라봤다. 그러다 헤어지는 날 자신의 근본을 부정하는 사람은 영원히 아무런 답도 찾을 수 없다고 말해서 내 기분을 나쁘게 했다.

왜 이런 타이밍에 그 이야기가 생각나는 걸까 심난했다. 그리고 왜 여기 와서 이러고 있을까, 스스로가 한심하고 이해가 되지 않았다.

또 마음의 한쪽에서는 바람둥이처럼 속삭이던 그 밤의 입맞춤이 생각났다. 다시 그런 목소리로 속삭인다면, 어떤 범위든 다 허락해 버릴지도 모른다는 생각까지 들었다.

정신을 차려야 해.

나는 눈에 힘을 줬다.

차라리 집에 가자고 할까, 아님 다른 숙소를 잡아 달라고 할까.

너무 갑자기 가자고 하면 이해가 안 될 테고, 다른 방을 잡아 달라면 당신을 의심한다고 말하는 게 될 테고. 집에 가 봐야 한다고 택시를 부를까?

나는 가방에서 택시 아저씨에게 받은 명함을 다시 한 번 확인하고는 모로 누워, 오세준 님이 오기를 기다렸다.

"소은 씨 일어나서 밥 먹어요."

나는 태연하게 일어나 탁자 앞으로 가 앉았다.

냄비 밥과 참치 김치찌개 그리고 김, 단무지. 저절로 배시시 웃음이 나왔다.

"다 어디서 났어요?"

"조금 내려가면 가게가 있어요. 자전거 빌려 타고 갔다 왔죠."

"자전거도 타고 싶다."

"밥부터 먹고요. 배고프다면서요."

나는 기도하는 시늉을 하고는 자리에 앉았다.

"교회 다녀요?"

"오세준 님에게 감사하는 기도였어요."

세준이 피식 웃으며 김에 밥을 싸 건넸다.

"우와, 친절하기까지. 다 먹고 백팔 배 해 드릴까요?"

"깍두기가 있으면 사 오려고 했는데 없었어요. 다행히 유통기한 지난, 신 김치가 잔뜩 있어서 찌개를 끓였는데."

"괜찮아요."

뜨거운 찌개를 후후 불어 가며 밥을 먹었다. 나는 원래 참치 김치찌개를 안 좋아한다. 하지만 배가 고파서인지 오세준이 끓여서인지 그냥 맛있다.

가슴이, 배가 아프다고 느꼈던 게 그저 허기짐이었을지도 모른다는 생각이 들었다.

"소은 씨는 밥을 참 맛있게 먹어요."

"네에."

나는 내키지 않는 대답을 길게 하는 버릇이 있다. 하지만 그렇게 해 놓고도 기어이 내 스타일대로 한마디 더하고야 만다.

"누가 나한테 그렇게 말하면 속으로, 지금 게걸스럽게 처먹는다고, 돌려서 욕하는 거니 그러거든요?"

"네."

"근데 오세준 씨는 뭐랄까, 현실의 사람이 아니라 영혼의 지도자 같아요."

"그것도 욕 같은데? 소은 씨 속으로 내 별명도 붙인 거 아니에요? 박볶음처럼?"

"난 먹는 거 너무 좋아해요. 세준 씨는 비스킷 하나, 물 한 모금에 행복한 사람인데. 난 맵고, 짜고, 달고, 시어야 하고, 고기 먹어야 하고, 막 배불러야 하고. 그래서 갑자기 부끄러워지네."

세준이 푸하 하고 웃음을 터트렸다.

"나도 고기 좋아해요. 맵고, 짜고, 달고, 시고 그런 것도 좋아하고. 고기가 있고 비스킷이 있었으면 고기를 먹었겠지."

"아까도 산에서는 속을 비우고 공기를 채운다고 그랬잖아요. 완전 도인."

"점점 심하게 놀리는 것 같은데?"

"아, 소주도 좀 마시고 싶네."

"소은 씨 맥주 좋아하잖아요."

"네. 좋아해요. 그런데 소주도 잘 마시고, 폭탄주도 잘 마시고 뭐 그래요."

"소은 씨는 경계가 분명한 사람이라서 그 경계를 넘기가 힘들죠?"

소주와 맥주의 경계를 말하는 건 아닐 테고. 진지한 질문임에

틀림없어서 나는 슬쩍 비켜섰다.

"몰라요."

"예의 있게 넘어오는 건 부담스럽고 박정우처럼 농담을 섞어서 넘는 건 용서 안 되고."

"그런데요?"

"난 얼렁뚱땅, 아니다. 자연스럽게 넘을게요. 그러니 소은 씨도 슬쩍 경계를 풀어 줘요."

넘는다는 말에, 범위와 선이라는 단어가 다시 떠올랐고 나는 수저를 놓고 어색한 기지개를 켜며 일어섰다. 대사도 어색했다.

"잘 먹었습니다. 아, 배부르다."

"설거지하고 산에 갈래요?"

"산 싫어하는데? 더구나 밤에."

"밤이 더 좋죠, 뭐든. 난 밤이 좋아요. 산도, 바다도, 사람도 모두 밤에 만나는 게 더 좋아."

밤이 더 좋다니. 또 다시 원점으로 돌아가 나는 경계 태세를 취했다.

"아니다. 한숨 자고 나서 새벽 2시쯤 일어나서 올라가면 해돋이 보겠다. 해돋이도 오랜만에 보고 싶긴 해. 본 적 있어요?"

나는 대답 대신 설마, 하는 눈빛으로 세준을 바라봤다. 그리고 한숨 자고와 한 번 자고는 다르다는 걸 스스로에게 확인시켰다.

침착해야 해, 반소은.

"거기서 마시는 커피가 정말 맛있는데."

세상에서 제일 이해 안 가는 것은 늘 똑같은 것들을 장소만 바꿔서 의미를 부여하는 거다.

"커피는 어디서나 맛있어요."

세준이 웃었다. 내 고집 때문에 웃는 웃음이 분명했다.

"박정우 씨랑 첨에 좀 친해졌던 게 둘 다 산을 싫어해서였어요."

"아, 맞다. 정우도 산을 싫어하죠."

"사실 박정우 씨랑 나는 비슷한 점이 많아요."

"까다롭고, 싫어하는 것 많고 그런 것들. 서로 지적하고 비난하는 게 아마 너무 비슷해서일지도 몰라요."

"네. 박정우 씨도 연애 안 해 봤을 걸요."

"네. 반소은 씨에게 거절당한 상처가 너무 커서."

"아뇨. 막상 닭볶음을 먹으러 갔어도 아무 일 없었겠죠. 말로만 뭐든 할 수 있는 사람이니까. 나쁜 건 아니고."

"맞아요. 물건을 고를 때도 까다롭죠."

"알아요. 근데 그건 저도 비슷해요. 100퍼센트 맘에 드는 무엇이 있을 수 있나? 전 솔직히 아직도 맘에 드는 가방을 못 찾았어요."

"응?"

"100퍼센트 맘에 드는 가방요."

세준이 이해가 가지 않는다는 듯 나를 바라봤다.

"아, 가끔 본 적은 있어요. 100퍼센트는 아니지만 90쯤은 근접한."

"그런데 왜 안 샀어요?"

"누군가가 메고 있었거든요. 그거 어디서 사셨어요? 할 용기가 없어서."

"어떤 가방인데요?"

신이도 민재도 그랬었다. 맘에 드는 가방을 30년간 못 찾았는데,

같이 살, 자신의 모든 것을 내보일 남자를 만날 수 있겠느냐고.

"가죽 가방이었나?"

"몰라요."

"어려운 사람인 줄 알긴 했는데, 나한테만 그런 줄 알고 상처 받았는데 안 그래도 되겠다. 전체적으로 어려운 사람이구나. 당신."

당신이라니, 기습 공격에 당황하는 순간 그의 손이 내 볼을 살짝 만지고 지나갔다.

아, 뭔가 완벽한 마무리 동작 같았달까.

나는 순해져서 대답했다.

"네."

내가 밥그릇을 챙겨 일어서자 세준이 일어서며 만류했다.

"손님이니까 내가 할게요."

"나 손님이구나. 아, 맞다."

"설거지하고, 산에는 말고 그냥 좀 걸어요. 요기 소나무 숲이 있어서. 소은 씨는 폐 공기를 좀 걸러 내요."

"폐요? 나 담배 안 피우는데?"

"나도 안 피워요."

오세준의 대답에 저절로 웃음이 나왔다. 절대적인 기준 중에 하나였다.

"어, 왜 웃어요?"

"그냥. 뭐."

"뭔가 의미 있는 웃음이었는데."

"담배 냄새 싫어해요."

하마터면, 당신이 담배를 피우지 않아 좋다고 말할 뻔했다.

"그럼 무슨 냄새 좋아해요?"

"좋아하는 냄새도 있나? 향기가 아니라."

"향기 말고 냄새 중에도 좋은 게 많아요. 아침 냄새. 그리고 여름 냄새. 그리고 바다 내음."

나는 냄새라는 말을 싫어한다. 고등학교 때 제일 싫어했던 선생님의 별명이기도 해서. 하지만 여기서 이러저러해서 나는 냄새라는 단어 자체를 몹시 싫어한다고 말할 수 없다.

문득, 싫어하는 것을 리스트화한 내 자신이 싫어지기까지 한다.

"근데 세준 씨."

"네?"

"라면도 사다 놔야 될지 모르는데."

"라면?"

"네. 나 밤에 잠 안 오면 배고플지도 모르고."

뻔뻔하다 생각하면서 주절거리는 동안 설거지를 마친 세준이 싱크대를 열어 보였다.

컵라면 2개, 라면 2봉지, 그리고 커피 믹스에 소주 1병, 맥주 2캔이 나란히 서 있다. 종이컵에는 칫솔 2개까지.

"치밀하군요."

"밤이 길어요. 벌써 해도 졌고."

나는 슬쩍 전화기를 들고 밖으로 나왔다. 그리고 한참을 걸어 내려와 전화를 걸었다.

밤이 길다는 말이 자꾸만 귓가를 맴돌았다.

—오냐.

"바예바."

오랜만에 신이를 바예바로 부른다. 그건 신이가 좋아하는 별명이다. 미녀새 이신 바예바. 민재와 함께 지어 준 별명이라 부르기 망설여졌었다. 하지만 오늘은 왠지 신이를 그렇게 부르고 싶다.

—응. 선은 잘 봤어?

선이라니 발끈하다 나는 그것이 아까 낮에 본 맞선을 말한다는 걸 알고는 순하게 말했다.

"나, 산에 왔다."

내 말에 신이는 조용했다.

"산에 왔다고."

—아무리 상대가 맘에 안 들어도 그렇게 극단적으로 묻어 버릴 것까진 없잖아. 누군가 고쳐서 살겠지.

"누구랑 왔는지 알면 너 기절할 거야."

—오세준이랑 갔지.

"어, 어떻게 알았어? 에이, 기절 안 하겠네?"

—이미 했어. 아까 1초간.

길가에 털썩 주저앉아 의미 없이 키 작은 나무들을 톡톡 두드리며 나는 드디어 가슴 속에 내내 있던 말을 해 버렸다.

"이거, 좀 웃긴데."

—응.

"나, 저 남자가 좋아."

—처음 만난 날부터 그렇지 않았던가?

"아냐. 그냥 좀 생각난다였어."

—근데. 이제 확실해? 오늘 같이 잘 거야?

연애
연습

같이 잘 거냐는 말에 나는 헉하고 숨을 멈췄다.

—그랬으면 좋겠다. 누군가와 잘 때가 되긴 했어.

나는 얼른 전화를 끊어 버렸다. 그리고 얼른 전원을 끄고 허공을 응시했다.

뭔가 기분이 몹시 이상했다. 어떻게 그럴 수 있냐는 말이 나오지 않고 무언가 감정이 울렁거렸다.

나는 아까처럼 바닥에 누워 하늘을 바라봤다.

뭐, 어떻게든 되겠지라는 맘이 들었다.

다다다 소리를 내며 급히 달려와 나를 내려다보는 세준의 머리에 하늘이 가려졌다.

"왜 달려와요?"

"왜 누워 있어요? 쓰러진 줄 알았네."

"별 보려고."

세준이 웃으며 하늘을 올려다봤다. 보름달이 뜨는 날은 아니었다.

"산에서 자면 이것보다 별이 더 가깝게 보여요."

"그래도 산에 가기 싫어요, 케이블카 타고 올라가는 거 아니면. 그리고 나 구두 신었어요."

"아."

세준이 일어나 하이힐을 벗겨 냈다. 그리고 손가락 2개를 펴서 높이를 가늠하며 말했다.

"또! 9센티."

나는 그냥 고개를 끄덕였다. 아버지가 맞선 볼 땐 네가 가진 것

중에 제일 높은 신을 신고 오라고 했다는 변명은 하지 않았다. 아버지의 말이 아니더라도 이 신을 신었을 테니까.

지기 싫거나 잘 보이고 싶을 때 나는 이 신을 꺼내 신는다.

"이거, 정말 건강에 안 좋은데. 소은 씨 약간 허리가 휘었어요."

세준이 내 허리를 양손으로 잡았다.

숨이 턱 막혔고, 뭔가 화제를 돌려야 한다고 생각했다.

"반말하셔도 돼요."

"편해지면요."

"안 편하구우나."

안 편한데 설마 자자고는 않겠지. 나는 안심했다.

"떨리거든요. 긴장되고."

"왜요? 볶음이가 또 뭐라고 했지. 킬이라든지 뭐 그런 거."

세준이 웃었다. 분명 내가 모르는, 수많은 별명들이 박볶음의 치부책에는 있을 거였다.

"모두에게 그러진 않아요."

내 한숨에 오세준이 손을 내밀었다.

"여행한 나라 중에 어디가 제일 좋았어요?"

"소은 씨는?"

"전 출장으로 여기저기 가 보긴 했는데 어딜 가든 카페에서 커피 마시는 걸로 시간 보냈어요. 그러니 내 기준에 제일 좋았던 곳은 가깝고 편의점이 재미있는 일본. 일본도 오사카, 교토, 이런 덴 싫고 오로지 도쿄!"

그가 고개를 끄덕인다. 하지만 그는 도쿄를 좋아하지 않을 것 같다.

연애
연습

"난 도쿄는 복잡해서 정신없었고. 음. 좋았던 데가 너무 많아서."

행복했던 여행의 순간을 떠올리는지 얼굴에 미소가, 그리고 정말 어딜 골라야 할지 난감해하는지 콧등에 주름이 생긴다.

"힘든 거 같으니 질문을 다시! 마지막 여행을 간다면 어딜 다시 가고 싶어요?"

"새로운 곳을 가겠죠. 이미 가 본 곳 말고."

진짜 여행자다운 대답이라 생각하면서 나는 마음 한 곳이 쓸쓸해졌다.

언제든 어디로든 떠나는 게 일인 사람이라는 걸 왜 잊었을까? 내일이라도 그가 나 다녀올게요 하고 사라질 거 같다.

"매번 혼자였어요?"

"네."

"여행을 떠나시게 된 계기는?"

나는 장난스럽게 주먹을 마이크 삼아 세준의 앞에 댔다.

"그냥."

"나는 여행하는 사람들이 좀 재수 없었어요."

내 거침없는 말에 그의 눈이 동그래진다.

"응?"

"그냥, 좀 허세 같아서. 자기들이 여행을 했으면 했지. 왜 우리가 그런 걸 들어 줘야 해?"

"나한테 여행 블로그 만들자 콘택트했던 업체 직원 아니신가?"

"아니, 사적인 인간으로서의 반소은이 말이에요."

"응."

"자기들이 좋아서 가는 거면서 마치 대단한 것을 위해 세속적인 욕심을 버리고 떠나는 사람들처럼 굴잖아요."

"누가 그랬을까?"

"사는 게 정말 치열한 사람도 많은데, 그걸 현실에 안주한다고 하면 억울하잖아요."

그가 진지하게 고개를 끄덕인다.

어쩌면 나는 이 남자의 이런 진지한 순간을 좋아하는지도 모른다.

"언젠가 누군가 나와서 그러더라. 유럽의 젊은이들은 여행을 하기에 바쁜데 한국 애들은 도서관에서 고시 준비를 한다고. 그게 임용 고시든, 아님 공인중개사 시험이든."

"그렇죠."

"그런데 그 시기를 놓치고 무언가 살아갈 것을 잡지 않으면 낙오되는 곳에서 살고 있잖아요. 모험하는 사람만 용감한 건 아니지. 현실을 살아가고 견디는 사람이 더 용감한 걸지도 몰라."

"맞아요. 이래서 박볶음이 소은 씨한테 지는구나. 옳은 말만 하니까."

칭찬과 인정, 그리고 오세준이 박정우를 박볶음이라 부르는 순간 삼관왕이 된 기분이 든다.

그러고 보면 오세준에게는 여행자들의 우쭐거림이 없었다. 아니, 꼭 그가 아니더라도 진짜 여행자들은 자랑하지 않았다.

"소은 씨는 꿈이 뭐였어요?"

뜬금없는 질문이었다. 하지만 해마다 하나쯤 품어 보고 아버지에게 킬당했던 꿈들이 생각나서 마음이 울컥했지만 나는 담담하게 대답했다.

"독립."

아버지는 내 안티도 아닌데 어릴 적 내가 정한 장래 희망들을 늘 그럴듯한—그때의 내가 듣기에는—이야기로 킬했다.

"만세!"

자연스럽게 장단을 맞추는 것! 이것도 새로 발견한 장점이다.

"대학교 2학년 때 독립했어요. 늦게 들어왔다고 오빠한테 맞았거든."

"오빠가?"

"네. 오빠는 아버지 대신이라는, 웃기는 생각으로. 그런데 콧대가 내려앉았어요. 그래서 경찰서에 가서 앉아 있었어. 진단서도 떼고."

"실수였겠지."

"뭐, 알아요. 그런데 내겐 기회였거든요. 오빠는 고시 준비 중이었으니까 아버지가 합의를 봤어요. 전셋집 얻어 주고. 가정부 생활에서 벗어났죠. 그 대신 엄청난 미운털이 박혔고. 아, 얻은 것도 있어요. 이 코!"

"그래서 소은 씨 코가 예쁘구나."

오세준이 알 수 없는 표정으로 나를 바라봤다. 성형은 싫다는 인생의 원칙을 갖고 있는 걸까? 아니면 내가 불쌍한 걸까?

괜히 말했다 싶은 순간 박볶음의 얼굴이 떠올랐다.

"박볶음에겐 비밀!"

순간 그가 검지를 입술에 가져다 대며 쉿! 하는 시늉을 한다.

갑자기 또 가슴이 두근거렸고 나는 얼른 화제를 돌렸다. 이럴 땐 내가 제일 싫어하는 이야기를 하면 된다.

"우리 집은 대가족이었어요, 내내."

"대가족? 엄마, 아버지, 형제들 말고?"

"할아버지, 할머니. 할머니 돌아가시고는 할아버지의 둘째 부인 그리고 고모 셋. 그 고모의 자식들도 있었고 또 우리 식구."

"아."

"그래서 사생활이라는 게 없었어요. 혼자 방을 쓴 적도 없고. 성적표가 우편으로 오든 아님 엄마에게 건네지든 저기에 나오는 모든 사람들이 그걸 다 돌려 보고 내가 몇 등인지 이야기하고. 2년 전까지만 해도 고모들은 현실에 존재했죠. 근데 한 고모가 미국으로 이민 가면서 우르르 거기로 몰려가서 살아요. 한국엔 안 와요. 아주 추운 지방에 사는데. 아무튼 셋이서 잘 사는 것 같아요. 미국 어느 변두리 동네의 진상 시스터즈가 되어 남의 일에 참견하고 있을지 몰라요. 그 고모들은 길 가다 어떤 여자를 불러 세우고는 아가씨, 아가씨는 얼굴이 길어서 브이넥이 안 어울려. 라운드로 입어라고 했어요."

나는 고모들의 극성맞았던 날들 중 한 순간을 기억하며 얼굴을 찡그렸다. 자동이다.

세준이 웃으며 물었다.

"그 민재 씨랑은 어떻게 친해졌어요? 남자잖아."

"신이의 옛날 애인이에요."

"네?"

그는 잠시 뭔가 생각하는 듯했다. 그러나 여전히 이해할 수 없다는 표정으로 날 봤다.

"그 둘은 헤어져서 안 보는데, 나는 그 둘 사이를 왔다 갔다 해요."

"신이 씨랑은?"

"초등학교, 중학교, 고등학교 때 친구. 서울 와서도 친구, 졸업하고도 친구. 엄마들끼리는 자매나 다름없는."

"하긴 여자들이랑은 잘 지낸다고 그러던데?"

'여자들이랑은'과 '그러던데'는 박볶음의 전언이리라!

"네. 잘 지내요. 예뻐서 사람들이 경계하긴 하지만."

"본인이 예쁜 걸 알아요?"

"네."

이 말이 이상하게 들릴 거라 잠시 생각했지만 그냥 고개까지 끄덕이고 다시 말했다.

"어릴 때부터 알았는데? 자기가 예쁜 걸 모른다는 게 말이 돼요? 안 예쁜데 예쁘다고 착각하는 건 말이 돼도. 내가 굳이 고민해서 결론 내리지 않아도 사람들이 끊임없이 말해 줘요. 긍정적으로든, 부정적으로든."

내 말에 오세준은 또 고개를 끄덕였다. 내가 예쁘다는 데 동의하는 건지, 아님 내 의견에 동의하는 건지 알 수 없다. 아니면 다 맞는다는 건지도.

"소은 씨 문자메시지 오네."

나는 얼른 전화기를 꺼내 문자메시지를 확인했다.

어디야? 속상해하지 말고 집에 와. 찌개 끓여 줄게.

민재였다.

나는 좀 망설이다 슬쩍 웃으며 문자메시지를 찍었다.

괜찮아. 찌개 먹었어.

"뭐 해요?"

내가 막 마지막 밥을 뭉치고 있을 때 잠을 깬 오세준이 일어났다.

"잘 잤어요?"

부스스한 머리에 유난히 창백한 얼굴로 인사하는 그의 뒤로 햇살이 들어왔다.

저건 후광효과일 뿐이야. 나는 고개를 저었다.

잘생긴 남자와 한 방에서 자는 건 너무 힘든 일이라고 농담을 할까 하다 나는 그냥 웃으며 커다란 주먹밥을 들어 보였다.

"만들었어요?"

"네."

어제 먹다 남은 김치와 밥을 함께 볶은 후 꼭꼭 뭉쳐 프라이팬에 다시 한 번 구운 주먹밥이었다.

"어, 소은 씨 잠깐만."

순간 오세준이 손을 내 얼굴을 향해 뻗었다.

나는 반사적으로 눈을 질끈 감았다.

하지만 오세준의 손은 볼에 닿았다가 떨어졌고 동시에 그의 목소리가 들려왔다.

"밥풀이 묻어서."

"네."

"근데 소은 씨."

"네?"

"누가 만지는 거 싫어하죠."

"네?"

"지나치게 몸을 움츠려서."

나는 태연한 척 웃었다. 조금 전 내가 질끈 눈을 감은 건 뭔가를 기대해서가 아니라는 걸 확실히 해야 했다.

"네. 누가 만지는 거 정말 싫어해요."

당신이 만지는 건 괜찮아요라는 말이 머릿속에 번쩍 떠올랐고, 나는 놀라서 한 발 물러섰다.

"아, 미안."

역시 나의 순발력은 정말 최고가 아닐까? 재빠른 판단으로, 나는 눈을 감고 입술을 기대했던 망신을 수습했고, 동시에 이 연애의 범위도 분명하게 정했다. 만지는 건 안 돼! 하고.

"갑시다, 산에. 근데 저 구두 신고 가게?"

내가 그러면 안 되냐는 듯 보자 그는 욕실로 가 슬리퍼를 가져와 신고는 자신의 운동화를 내 앞에 놓아 주며 말했다.

"높은 산 말고, 여기 뒤의 숲에 가요. 산에는 다음에 가요."

나는 잠시 망설이다 오세준의 신발에 발을 넣었다.

타인의 신발을 신는 것, 그것도 내가 가장 싫어하는 일 중의 하나였다.

얼마나 걸었을까. 잘생긴 오세준의 얼굴을 보는 것도 지겹고 슬슬 다리가 아플 무렵 그가 물었다.

"산 여전히 싫어요?"

"네. 숲은 좋아요."

"숲도 산인데?"

"올라가지 않잖아요."

"올라가는 게 왜 싫어요?"

"힘들지. 또 내려와야 되지."

나는 이제 정말 힘들다는 듯, 그만 걸어 달라는 바람을 담아 다리를 두들기며 말했다. 하지만 그는 제법 심각한 표정으로 나를 보며 말했다.

"소은 씨."

"네?"

"그냥 반 박자 쉬지 말고, 하고 싶은 대로 살면 안 되나?"

"무슨 소리예요?"

"소은 씨는 늘 반 박자 쉬고 반대로 결정해. 마음과 다르게."

당신이 뭘 아느냐는 말을 할 타이밍이 아니었다.

그 말이 맞았다.

나는 몸을 돌려 바로 눈앞에 있는 그를 마주 보고 고개를 끄덕였다.

"안아 줘도 돼요."

내 말에 쿡 웃은 그는 그대로 내 어깨를 안았다.

"어떻게 알았어요? 안아 주고 싶은데 어떻게 보일까 망설이고 있던 거."

누가 안아 줬으면 했다는 말 대신 나는 씩 웃었다. 내가 모르는 게 있는 줄 아느냐는 건방진 웃음을.

연애
연습

그 순간 그가 손을 뻗어 내 눈을 가렸다.

나는 반사적으로 입술을 꽉 다물었다.

그가 피식 웃는 소리가 들렸고 눈을 뜨자, 그의 얼굴이 바로 눈 앞에 와 있었다.

다시 짧게 그의 입술이 와서 닿았고 나는 다시 눈을 감았다.

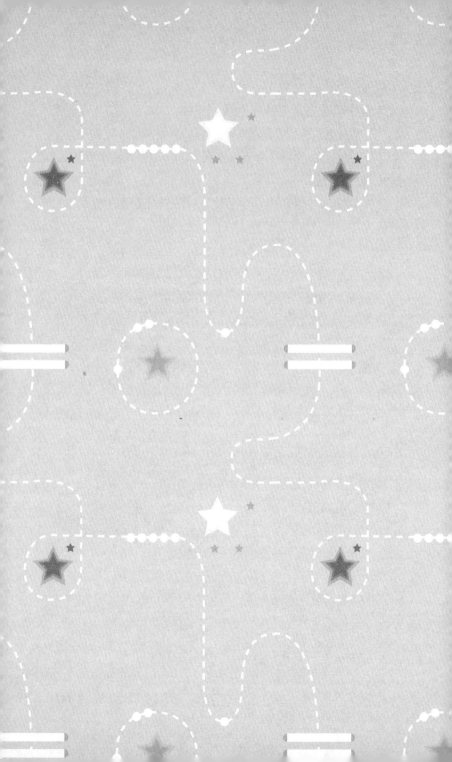

뜨거워질 용기 차가워질 각오

"진짜로 또 한 방에서 같이 잤어?"

민재는 놀랍다는 듯 소파에 기댄 나를 허리까지 숙여 내려다보며 말했다.

"새벽에 깼는데 그 남자가 저만치에서 자고 있더라."

"그럼 그렇지."

"그런데 가서 안고 싶다 그런 생각했어."

언제부터인가 나는 민재를 신부님이나, 아님 게이 친구로 생각하는 것 같다. 아니, 어쩌면 남자로 생각하기 때문에 더 쉽게 말하는 건지도 모른다. 신이에게 말하면 분명 선을 넘을 거고, 그럼 나는 박볶음과 다름없이 경박한 사람이 되는 거다.

하지만 민재에게도 숲속에서의 입맞춤에 대해서는 이야기하지 못했다.

"으하하하하."

"밤새 그 남자를 덮치는 상상을 하면서 잠을 설쳤어."

민재가 피식 웃더니 내 팔뚝을 손가락으로 쿡 찔렀다.

"네 안에 잠자던 욕망이 깨어났구나?"

"그런 거 같아."

"이제 그럼 어쩌나?"

"점잖은 사람이라서 아마 별일 없을 거야. 게다가 이건 진짜도 아닌데."

나는 얼굴로 올라오는 열기를 느끼며 두 손으로 얼굴을 가렸다.

"그럼 그렇지. 반소은이 복수를 하네 마네 난리를 칠 때부터 알아봤어. 너는 첫눈에 반한 거야, 그 남자에게. 너무 오래 걸렸네."

정말 그랬다. 함께 산장에서 하룻밤을 보내고 숲에서 끌어안고 나니 갑자기 뭔가 머릿속에서 바쁘고 터무니없는 이야기가 전개됐다.

"그런데 반작용일지도 몰라."

"무슨 반작용?"

"아버지에 대한 반감, 맞선에서 개자식을 만난 후의 반감."

"그럴지도 몰라."

나는 순순히 인정하고 민재의 쓸쓸한 얼굴을 바라봤다.

그리고 잠시 신이와 민재의 연애사를 떠올렸다.

신이는 연애의 시작이나 끝에 대해서는 지나치게 구체적으로 말해 주는 타입이지만 이상하게 민재와의 연애에서는 조용했다. 나는 그래서 지금도 신이가 진심으로 사랑했던 건 민재뿐이라고 생각한다.

"밥이나 먹자."

나는 벌떡 일어나 앉아 소리쳤다.

"아플 거 같다면서."

"우리 짬뽕, 짜장, 탕수육을 먹자. 그리고 술도 마시자. 그리고 나는 취한 척 전화 걸어서 오세준을 떠볼 거야."

"뭐?"

민재가 인상을 쓰며 나를 바라봤다.

술에 취해 전화를 걸어, 상대의 태도를 통해 나에 대한 마음을 떠보는 것, 아침이면 생각이 안 나는 척, 실수한 척해 버리면 되는 것이다.

"너 지금 살짝 구미호 같았어."

나는 못 들은 척 복성각에 전화를 걸었다.

재빠른 주문과 발 빠른 배달. 이제 빨리 적당히 취해 오세준에게 전화를 걸면 되는 것이다.

"둘이 먹기엔 너무 많다."

"뭐, 남겼다가 내일 먹으면 돼."

"신이도 불러."

가끔 민재는 내게 슬쩍 신이를 불러내라고, 자기 딴에는 자연스럽게 말한다.

민재에게는 친구로라도 지내고 싶은 욕망이 남아 있는 모양이지만, 나는 타인들을 엮는 일을 좋아하지 않는다. 나는 둘이 지금의 거리를 유지하기를 바란다.

다시 만났다가 다시 헤어지면 그때는 이별이 내 탓이 될 것 같다.

"가증스러운 것."

나는 거실 바닥에 엎드린 채 신이의 발을 보며, 한참 동안 신의 욕을 들었다. 거룩한 신과는 어울리지 않는다 생각하며.

"왜?"

"오세준에게 전화를 걸어서 무려 1시간 동안 통화를 하고. 온갖 여우 짓에 혀가 꼬부라져서 노래를 부르고."

"웃기시네."

술을 마시기 전, 정신이 조금 멀쩡했을 때의 나에게는 분명 그런 계획이 있었다. 하지만 얼큰한 짬뽕 국물에 빠져 소주를 과하게 마셨고 그 계획을 잊었다.

신이 가소롭다는 듯 웃으며 전화기를 내밀었다.

나는 통화 기록을 확인했다.

12시 4분에 내가 건 통화.

1시 8분에 오세준이 건 통화.

2시 35분에 내가 건 통화.

무려 세 건에 총 통화 시간은 4시간이 넘었다.

"이럴 리가 없잖아. 술 먹고 필름이 끊어지는 건, 툭하면 길에서 자빠지는 시시한 드라마의 여주인공들이 하는 짓이야."

"그걸 네가 하드라."

나는 한참 동안 오른쪽 뺨을 긁었다. 하지만 눈앞에 뻔히 보이는 사실을 부인할 수도, 또 그렇다고 기억에도 없는 일을 인정할 수도 없었다.

"그럼, 나 집에는 어떻게 왔어?"

"집에는 멀쩡하게 왔어. 심지어 나에게 처먹다 남은 군만두와

탕수육을 건네고 들어가서 샤워를 하고, 옷도 갈아입고 안으로 들어가더라."

"그럴 리가."

"너 관리실 가서 CCTV 확인해 달라고 해?"

나는 고개를 도리도리하며 전화기에 매달린 충전기 줄을 봤다.

"이건 왜?"

"제가 왜 여기 있냐면 통화하다가 끊어졌는데 배터리가 없다며 콘센트에 꽂고 여기 누워서 통화했어. 일하는 나를 두고. 너 진짜 여우 같았어. 어젯밤에 우엑."

신이 휙 하고 바람 소리를 내며 방으로 들어갔다. 나는 기어들어 가는 소리로 '미안.'이라고 말했다. 그리고 조용히 충전이 된 전화기를 빼 들고 일어섰다.

냉장고를 열어 찬물을 꺼내 벌컥벌컥 마시고 나는 침대로 가 누웠다.

그리고 눈을 감고 양을, 아니 양을 잡아먹고 시치미를 떼고 있는 구미호를 세기 시작했다.

─그 집이 돈이 많대.

출근을 해 자리에 앉기도 전에 전화를 걸어온 아버지는 초조함을 감추지 않고 다음 상대의 이력을 읊었다.

대대로 보신탕집을 하는 남자라고 했다. 그리고 남자가 키가 작아서 여자의 키를 타박하지 않을 거라 했다.

"저, 이틀 연차 낸 거 때문에 이번 달엔 주말 출근 해야 해요. 지금도 눈치 보여서요."

누구는 직장 생활 안 해 봤냐는 대답을 각오한 말이었다. 하지만 아버지는 한숨을 한 번 쉬고는 전화를 끊었다.

키도 작고 이제 나이도 서른을 넘겨서 더 처분이 곤란해진 막내에게 직장마저 없다면……을 고려한 후퇴였다.

"집에선 조용해?"

신이 물었고 나는 그런 걸 왜 묻냐는 듯 쳐다보는 걸로 대답을 대신했다.

"아니."

대전에 살고 있어 당장 맞선이 어려운 보신탕집 셋째를 뒤로하고 하루 만에 아버지는 다른 상대를 댔다.

"금요일에 새언니네 회사 사람이랑 선봐."

"너 맞선에 관한 책을 써라. 맞선 보기 좋은 카페, 맞선 볼 때 먹기 좋은 메뉴."

선을 보는 건 어렵지 않았다. 하지만 기필코 거절당해야 하는 어려운 미션이 있었다.

소은 씨 뭐 해요?

그날 이후 첫 문자메시지였다.

둘 중 하나라 생각했다. 나에게 학을 떼었거나, 아니면 내가 부끄러워할까 봐 나를 배려한 것. 아마도 후자인 모양이었다.

하지만 나는 문자메시지를 씹었다.

태연하게 그날 밤에 일어난, 나도 모르는 일에 대해 모른 척할

자신이 없었다. 내가 기억을 못한다고 하든 아니면 대충 기억이
나는 척 연기를 하든, 둘 다 망신스러운 일이었다.

"이번 사람은 정말 괜찮다고. 너희 언니가 소개하는 거니까."
한껏 차려입은 엄마를 보고 나는 자꾸만 주변을 두리번거렸다.
아버지가 올라오지 않은 걸 다행으로 여기고 참으려고 했는데 한
복이라니.
사람들이 다 나를 보는 것 같아 견딜 수가 없었다.
맞선 장소로 이동하는 순간, 오세준에게 전화가 걸려 왔다. 지
금까지 나는 정확히 여섯 번 그의 문자메시지를 먹어 버렸다.
—소은 씨 어디?
"강남요. 엄마가 올라오셔서. 나 지금 시간이 없어서요. 이따
전화할게요."
상대의 말을 자르고 내 용건만 말한 후 전화를 끊는다.
이런 시간이 길어지면, 그는 절대로 농담으로라도 그날 밤에
대해 이야기하지 않을 것이다.
하지만 바로 문자메시지가 들어왔다.

밤에 만나요. 노래방 가도 좋고. 소은 씨랑 노래하고 싶어.

문자메시지를 보자 저절로 한숨이 나온다.
이 남자는 미묘한 선을 아는 사람 같았다.

언젠가 이 정도면 괜찮다 생각했던 남자가 말했다.

'밤에 같이 노래방 가요. 소은 씨 노래 듣고 싶어.'

내가 노래방 도우미냐며 나는 그 남자를 또 킬했다.

"괜찮지? 괜찮지?"

기차표를 끊고 의자에 앉아 나는 건성으로 고개를 끄덕였다.

이상한 맞선이었다. 서른이 넘은 어른들이 각자 엄마를 모시고 나와 밥을 먹고, 어머니들의 부추김에 마지못해 고개를 끄덕이는.

하지만 상대는 나쁘지 않았다.

그는 나를 안다고 했다. 어떻게 아냐는 말에 그는 '건너건너'라며 웃었다. 명함을 주고받고 점심 약속까지 잡았기 때문에 엄마가 조바심이 날 수도 있겠다!

나는 그냥 넘겼다.

이번엔 좀 텀을 길게 해서 몇 번 만나고 차여야 한다. 아니, 차이는 것보다는 흐지부지되면 좋겠다는 생각이 들었다.

"세상에 너희 아버지 같은 남자만 있는 건 아니야."

서울역으로 가는 택시 안에서 엄마는 기어이 한마디 보탰다.

"반대은, 태은, 이런 애들도 있지."

"오빠들한테."

엄마의 눈이 가늘어진다. 아버지 욕은 고개를 끄덕이며 넘어가는 엄마는 사실 아버지보다 더 문제일 수도 있는 2남 1녀 중 2남, 반대은과 반태은의 욕을 용납하지 않는다.

"엄마는 지겹지 않아?"

"뭐가?"

"그렇게 사는 거."

"나 사는 게 뭐 어때서."

"몰라. 나는 엄마 사는 거 별로야. 엄마가 아니라 심하게 말할 수 있다면 한심하다고도 했을 거 같아."

나는 그 말을 하고 그대로 돌아섰다.

심한 말을 잘도 나불거려 놓고 엄마의 얼굴을 보는 건 두려웠다.

등 뒤에서 속없이 상냥하고 밝은 엄마의 목소리가 들려온다.

"금요일에 예쁘게 하고 가."

나는 그대로 걸음을 멈췄다.

내 나이가 서른인데 이런 굴욕적인 맞선에, 게다가 예쁘게 하고 가라니!

조금 망설이다 나는 오세준에게 문자를 보냈다.

노래하러 갑시다. 버스 정류장에서 9시.

"이제 바쁜 일 좀 끝났어요?"

버스에서 내리자마자 그가 손을 흔들며 웃어 준다.

일주일 만이었다.

얼굴을 보자, 동시에 그날 밤 통화의 한 대목이 쿠쿵 하며 귓가에 들려왔다. 연애가 처음이라고 앙탈을 부리는, 분명 내 목소리였다.

억울하다고도 했던 것 같다.

나는 얼른 또박또박한 목소리로 말했다.

"나, 선봤어요. 어쩔 수 없어요. 나는 결혼하기 전까지는 계속 선을 봐야 해요."

변명을 하다니!

그러나 그는 대수롭지 않다는 듯 고개를 끄덕이며 말했다.

"그런 이야기 안 해도 돼요. 우리가 무슨 약속을 한 사이도 아니고."

'약속을 한 사이도 아니고'는 버스를 타고 오는 내내 생각했던 변명이었다. 같은 변명을 가지고 있다니 다행인 건가? 하지만 마음이 씁쓸했다.

"아, 근데 아주 상관없다거나 맘대로 하자 그런 건 아니고. 아, 정말 어떻게 말을 해야 할지 모르겠네. 그런데 아직 내가 화를 낼 입장이 아니라는 것도 알고. 뭐 또 소은 씨가 여러 사람을 두고 저울질하는 게 아니라는 걸 아니까."

말이 빨라지고 얼굴이 붉어진다. 괜찮은 게 아니라 괜찮다고 말하고 싶은 거 같아서 씁쓸함이 사라지고, 나는 순간 저 남자가 귀여웠다.

만약, 내 첫사랑이 더 일찍 왔더라면 어땠을까? 나는 잠깐 생각했다. 스물네 살에 저런 남자를 만나 아무것도 모른 채로 연애를 하고 매달려서 결혼을 했으면 얼마나 좋았을까? 저렇게 침착하고, 배려가 있고, 상대부터 생각하는 사람과.

"미안한데요. 오늘은 그냥 갈게요. 마을버스 타고 가야겠다."

"데려다 줄게요."

나는 고개를 저었다. 그리고 말과는 달리 택시를 잡아탔다.

"화났어요?"

뒤에서 들려오는 세준의 말에 대답도 않고 나는 빨리 택시가 출발하기만을 기다렸다.

그 순간 주머니에서 딩동, 하고 익숙한 기계음이 들려왔다.

오늘 반가웠습니다. 금요일에 뵙죠.

신재훈.

오늘의 그 남자, 그러니까 신재훈은 어른들이 있는 데서 애프터를 정했다.

조짐이 좋지 않았지만 만나서 밥을 먹고, 영화를 보고, 주말에 산에 가자고 해도 놀라울 것 같지 않았다.

몇 번쯤 그런 사람들이 있었다.

드라마나 영화나 소설에서는, 아, 그리고 가끔 뉴스에서도 나는 '당신이 싫어요!'라고 말해도 죽자고 따라다니다 마침내 사랑을 이루어 내거나 그게 안 되면 상대를 죽여 버리기라도 한다.

하지만 현실에서는 나는 당신이 슬쩍 별로예요의 기운만 풍겨 줘도 행여 먼저 차일까 얼른 손을 놓고 만다.

집에 도착하자마자 샤워를 하고 턱에 난 뾰루지를 발견한 순간 나는 일주일 전을 떠올렸다.

왜 이렇게 짜증이 났던가는 너무나 단순하고 간단했다.

마법 일주일 전이었다.

내가 누군가와 싸우는 것, 그것은 대부분 생리 주기의 21일째 되는 날이었다. 그뿐인가? 너무 피곤해서 차라리 죽을까라는 터무니없는 생각이 떠올라, 아 내가 미친 건가 하고 고민에 빠지기 시작하면 그때도 21일이었다. 칼 같은 29일 주기를 가진 나는 주로 매월 셋째 금요일에 미쳤다.

차가운 얼음물을 마시고 침대에 누워 잘 준비를 마치고 나는 오세준에게 문자메시지를 보냈다.

미안해요. 그런데 컨디션이 나빠서 터무니없는 시비를 걸 것 같아서.

"요새 뭐 고민 있어?"

팀장의 말에 나는 아무 대답도 않고 서류만 내려다봤다.

이건 나름의 신호였다. 나를 건드리지 말아 달라는.

"자기는 이런 이야기 싫지? 왜 사적인 이야기 하려고 할까? 그러지?"

"네."

"오래 보고도 자꾸 잊네. 그런데 그런 사람이라고 이해하지만, 가끔 그런 사람이랑 일하면서 받는 스트레스도 있어."

"네. 그럼 나가 보겠습니다."

일로 만나는 사람끼리 사적인 이야기를 하는 것도, 또 그 대화가 이후에 호기심 섞인 질문으로 돌아오는 것도 내 성격에는 맞지 않았다. 어쩐지 바보같이 느껴졌다.

하지만 지금 이 순간 가장 바보 같은 건 만나는 사람이 있으면서 맞선을 보고, 그것도 모자라 애프터까지 나가는 자신이었다.

시간에 늦을까 택시를 타고 화장까지 고치다 가방에서 클렌징 티슈를 꺼내 얼굴을 박박 닦아 내기 시작했다.

성의 없고 피곤한 여자, 오늘의 콘셉트였다.

"소은 씨한테 부탁이 있어요."

저녁을 먹고 난 후, 신재훈은 한참 뜸을 들이다 말을 꺼냈다.

부탁이라는 말로 시작하는 건 대부분 귀찮은 일이다.

나는 심드렁하게 그를 바라봤다.

"저는 결혼 생각이 없어요. 그런데 계속 선을 봐야 하고요."

"네."

거절해 달라는 부탁이면 나는 저 부탁을 빌미로 이 맞선을 끝낼 것이다.

"소은 씨도 저랑 비슷하지 않나요?"

"네."

"그냥 잘 만나고 있는 걸로, 당분간 그러면 좋지 않을까 해서요. 어차피 전 일 때문에 당장 결혼할 수 있는 상황이 아니라서요."

이럴 땐 뭐라고 대답해야 하지? 나는 잠시 그를 쳐다봤다.

"그냥 가끔 만나서 차도 마시고, 영화도 보고."

"아뇨. 그런 건 하지 말고요. 그냥 그쪽이 원하시는 대로 말하시면 그건 맞춰 드릴게요."

선심 쓰듯 받았지만 이건 나쁘지 않은 제안이다.

"쿨하시군요."

"아뇨. 핫하거나 쿨했으면 이렇게 안 살겠죠. 미지근하게 살면서 그 온도를 유지하려니 힘들어요."

"어, 나도인데! 나도 미지근한 게 좋아요."

그가 정말 반갑다는듯 환하게 웃는다.

문득 경계심이 생긴다. 어쩌면 이 제안은 테스트일지도 모른다. 교활한 첫째 새언니의 사주를 받았거나. 아니 저 남자는 새언니와 부적절한 사이일지도.

오늘 밤, 둘이 만나 침대에서 내 이야기를 할지도 모른다.

내 상상력이 몹쓸 것이라는 것도 물론 나는 알고 있다. 이 경계심은 이 사람과의 대화에서 또 내 문제를 찾아냈기 때문이다.

"미지근한 게 좋아서는 아니겠죠. 뜨거워질 용기가 없고 차가워질 각오는 안 되어 있으니 이렇게 가는 거죠."

변명처럼 진심까지 내어놓고 나는 벗어 둔 카디건을 들고 자리에서 일어섰다.

그리고 밥값을 어떻게 해야 하는 건지 고민했다. 비싼 밥인데, 오늘은 부탁을 받았으니 그냥 잘 먹었습니다 해도 되는 거겠지.

"그럼, 잘 부탁드립니다."

나는 허리를 숙여 부탁하는 신재훈에게 고개를 까딱해 보이고는 돌아서서 전화기부터 꺼내 전원을 껐다.

거짓말은 주동자인 신재훈이 먼저 하겠지. 그럼 대충 따라가면 되는 거니까.

오늘 맥주 마셔요.

나는 나오자마자 오세준에게 문자메시지를 보냈다.

지금 이 순간 내가 몹시 비겁하다는 걸 알지만, 그래도 만나서 사과를 하고, 분위기가 좋으면 지난날 그 통화에 대해서도 이야기해야 했다.

"어, 반손. 내가 보고 싶어 하는 거 어떻게 알고."

나는 자연스럽게 보이고 싶어서 봉지를 툭 던지고 소파에 가서 누웠다.

오세준에게서는 연락이 없었고, 신이는 오늘 내게 집에 들어오지 말아 달라는 문자메시지를 보냈다. 결국 나는 동네를 돌다 민재의 집으로 왔다.

"싸웠어?"

"뭐? 내가 누구랑 싸워?"

"신이든 아님 오세준이든."

신이의 이름이 나오자 한숨이 나왔다.

신이는 어제 길에서 만난 남자를 집에 데려와 나를 경악하게 했다.

내 거절에 신이는 순순히 남자를 돌려보냈다. 하지만 나는 아침에 나오면서 온갖 귀중품들을 내 방 안의 옷장에 넣고, 옷장을 열쇠로 잠그고, 또 방문도 잠갔다.

하지만 그걸 민재에게 고자질할 수는 없어서 나는 테이블 위에 라면과 김밥을 내놓으며 말했다.

"700원짜리 삼각 김밥 하나에 음료수를 주면 뭐가 남나?"

"야, 나 새로 시작한 글 좀 봐 줘."

"머릿속이 복잡해서 악평을 할지도 몰라. 미안. 얄팍한 인간이라서."

나는 잠시 고민했다.

누구에게든 이 사실을 털어놓아야 한다면 이번에도 그건 민재여야 했다.

"나 오세준 좋아하는 거 같아."

"그거 참 새삼스럽구나."

"뭐?"

"이미 다 표 난 지 오래됐어."

처음 만난 순간부터였을지도 모른다. 그렇게 화가 나고, 가짜 애인이 있다고 설레발을 치고, 그걸 들키고도 잡아떼지 못하고, 또 그걸 해 주겠다는 데 오케이를 하고. 또 내 이야기를 털어놓은 것도 그 사람이 처음이었다.

"그런데 그 사람은 아닐걸?"

"그럴 수도 있지."

"그런데 민재야."

"응?"

"내가 연애 따위, 남자 따위 개나 줘! 하면서 살았을 때."

"응."

"그때 찌질하게 느끼고 이해하지 못했던 수많은 것들을 이해할 수 있는 것은 아니지만, 내가 하게 될 거 같아."

상상만 해도 서늘한 땀이 등줄기를 타고 내린다. 그 순간, 민재가 일어서서 말했다.

"연애는 사람을 약하게 하지."

"약하게 한다는 건 미화고 찌질하게 해."

좋은 사람, 멋진 사람이 되기 위해 노력한 적은 없다. 하지만 적어도 찌질한 사람이 되지는 않겠다고 늘 생각했다. 그러나 그것은 혼자여서 가능했던 일인지도 모른다.

누군가를 마음에 담고, 혹시 그 사람과 어떤 관계를 맺게 된다면 그 관계 안에서도 이기고 싶고, 더 많이 갖고 싶고. 그런 찌질한 욕심이 생겨나는 것 같았다.

"오세준이랑 잤어? 혹시 그냥 쿨하게 잤는데 그게 너무 좋아서 사랑이라 착각하는 거면 곤란해. 너처럼 생각과 말로만 까진 애들은 몰라."

"안 잤어. 그랬을 리가 없잖아?"

서른에 아무와도 자지 않았다는 것은 이제 무능하거나 불능을 의미한다고 신이가 그랬다. 하지만 사귀는 남자가 없는 여자가 누군가와 자는 건 정말 어려운 일이다. 특히 나처럼 남자를 싫어하는 경우에는 더.

"자고 나면 더 찌질해진다."

"응?"

"내가 그랬어, 신이한테. 난 자유로운 너를 이해해. 너의 모든 것을 사랑해라고 말했으면서, 자고 나니까 넌 내 거고, 나만 바라봐야 하고, 너의 모든 결정은 나를 지나야 하고, 너의 모든 인간관계를 파악하고 싶고."

"그랬어?"

"응. 그리고 네가 내게 비밀을 말했으니 나도 하나 말할게."

"응."

"나 신이 때렸다."

"어?"

나는 민재를 돌아봤다.

둘이 정확하게 깨진 게 언제쯤이었더라. 다시 만나고 싸우고를 반복하기 했지만, 냉동실에서 6시간은 갇혀 있다 나온 듯, 서늘하다 못해 푸르스름한 얼굴로 신이가 그랬다.

'내 앞에서 민재 이야기 하면 죽어.'

남자가 여자를 때리는 것, 혹은 여자가 남자를 때리는 것. 그것은 어쨌든 나쁜 일이다. 이유를 막론하고 인간이 인간을 때리는 것, 아니 인간이 동물을 때리는 것도. 그것은 나의 어떤 행동이 상대에게 고통을 주는 것을 알면서 하는 것이기 때문에 더 그렇다.

"그런데 신이는 한 번이니까 용서해 준다! 그랬거든."

"응."

"그런데 용서받으면 두 번, 세 번 그럴 거 같더라. 그래서 그냥 나는 여자를 안 만나려고."

"신이 말대로 여자라면 몸서리가 나도록 당해서가 아니었네?"

"자격이 없는 거지. 다시 안 그럴 자신도 없어."

"반성해."

괜찮다거나, 너를 이해한다라는 말은 할 수 없었다.

어색하게 뭔가 생각났다며 나는 도망치듯 민재의 집을 나왔다.

왜 하필 오늘 같은 날 그 고백을 해서 갈 곳이 없게 만들까. 민재가 더 미웠다.

나는 한참 고민하다 오세준에게 전화를 걸었다.

—여보세요.

"아까 문자메시지 보냈는데."

—아, 소은 씨 그랬어요? 잠깐만.

그가 문자메시지를 확인하는, 아니 확인하는 척하는 건지도 모르는 시간 동안 나는 길바닥에 쪼그리고 한쪽 귀를 막았다.

동네가 너무 시끄러워서 그의 목소리가 잘 안 들렸다.

—정말 문자메시지가 왔네. 미안해요. 일을 좀 하느라.

"무슨 일 해요?"

—아, 가을부터 강의 나가요.

"강의요?"

—네.

"이제 여행 안 가세요?"

조금 전 나는 이 남자를 좋아하고 있다는 사실을 깨달았는데, 그리고 고백이라도 할 기세였는데 지금 그는 갑자기 저만치 멀어진다.

—이제 정리를 좀 해야죠.

"네."

그러고 보니, 나는 그에 대해 아는 것이 없었다. 잠시 침묵이 오가고 나는 풀이 죽은 소리로 말했다.

"그럼, 강의 준비 열심히 하세요. 안녕히 계세요."

분명, 내가 보낸 문자메시지는 맥주를 마시자는 내용이었다. 하지만 그는 그걸 보고도 늦게 봐서 미안하다고 했고, 자기는 강의 준비 중이라고 했다.

나는 잠시 지난 이 주간을 돌아봤다.

이 주 전, 나는 술을 마시고 전화를 걸어 진상을 부렸고, 그리고 맞선을 봤고, 그걸 또 말했으며 만나서는 컨디션이 나쁘다며 집에 가 버렸고, 그리고 그의 연락을 여러 번 씹었다.

가짜 애인을 하자고 할 때 그의 마음이 내게 있었다고 해도 식다 못해 얼어붙기에 충분한 환경이었다.

들어와. 손님 갔어.

　내가 이렇게 길바닥에서 궁상을 떨고 있다는 걸 아는 걸까?
　신이의 문자메시지를 확인하고 일어나려는데 누군가 내게 손을 내밀었다.
　요즘 애들은 이렇게 고요하게 '삥'을 뜯는 건가? 나는 잔뜩 겁을 먹고 못 본 척 전화기를 꼭 쥐었다.
　"툭하면 길에서 이러더라."

　　　　　.

　"뭐예요? 강의 준비 중이라더니."
　"아니고, 핫도그를 먹으면서 집에 가던 중이었는데 소은 씨 전화가 와서 나도 모르게 거짓말을. 없어 보이잖아. 핫도그 먹어요!"
　"에?"
　그는 한 손에 들고 있던 핫도그를 내게 건넸다.
　"이건 밥풀 안 붙은 핫도그. 소은 씨 케첩도 싫어하잖아."
　나는 핫도그를 받아 들었다.
　나는 케첩을 싫어한다. 하지만 핫도그는 반드시 케첩에 설탕까지 범벅 해서 먹는다.
　아무것도 바르지 않은 핫도그를 살짝 입에 문 순간, 어디선가 내 목소리가 들렸다.
　'내가 독립하자마자 전자레인지를 샀어요. 그리고 롯데 햄에서 나온 켄터키 핫도그를 샀어요. 우아하게 돌려서 밥풀이 안 붙은 핫도그를 먹었어요. 아버지는 길에서 뭔가 사 먹는 걸 못 하게 했거든요. 그런데 어느 날 아버지가 신뢰하는 대기업 딱지가 붙은 핫도그가 나온 거야. 그래서 그걸 샀고 심지어 그걸 먹기 위해 친구들을 초대했어요. 그런데 글쎄 친구들이랑 잔뜩 기대하고 있는 그 순간 엄마가 가져온 건 밥풀이 잔뜩 붙은, 밥통에서 뜨뜻미지근하게 데워진 핫도그였어. 내가 그 밥풀을 떼어 내며 얼마나 자존심이 상했는지 알아요? 애들은 재미있어했는데 난 정말 죽고 싶었어.'

사이코메트리도 아니고 핫도그를 받아 든 순간 모든 게 떠오르다니.

나는 무슨 말을 해야 하나, 멍하게 그를 마주 봤다.

하지만 그는 이 복잡한 내 마음속을 아는지 모르는지 어깨를 으쓱해 보이고는 내 손을 잡은 채 걷기 시작했다.

그리고 한참을 걷다 정말 아무렇지도 않은 목소리로 말했다.

"노래방 가요. 소은 씨가 좋아하는 기계 있는 노래방으로."

나는 그 긴 시간 동안 얼마나 많은, 도대체 어떤 종류의 이야기를 했을까?

불행하게도 나는 가끔 술에 취한, 잘 자빠지는 가소로운 여주인공들이 했던 귀여운 척이나, 돌려서 사랑 고백하기를 하지는 않은 것 같았다.

아마도 나는 평생 내내 하고 싶던 이야기를 했던 것도 같았다.

어린 시절의 트라우마가 핫도그에 붙은 밥풀이라고, 나는 아무에게도 말하지 못했다.

그런 이야기를 듣고 코웃음 치지 않을 남자는 세상에 존재하지 않는다 생각했다. 그건 단순하게 핫도그의 이야기가 아니라 내가 살고 싶은 인생에 관한 이야기이기 때문이다.

나는 티브이 드라마 속 우아한 중산층 가정의 일상을 너무나 동경했다. 어머니는 올린 머리를 하고 흰 블라우스에 허리를 단정하게 묶은 긴 치마를 입고, 소파에 앉아 전화를 받는다.

　'네, 성북동입니다.'

　아버지는 퇴근 시간이면 가족들이 좋아하는 과일을 사 들고 와서는 딸에게 '우리 공주님 오늘은 뭐 했어요?'라고 묻는다. 손님이 오면 오렌지 주스를 내오고, 할아버지는 우아하게 병풍이 있는 방에서 바둑을 두시는 그런 그림.

　그런데 내가 어릴 적 우리 집은 할아버지는 다 늘어난 러닝셔츠에 줄무늬 반바지 파자마를 입고 줄담배를 피우며 티브이를 보셨고, 아버지는 늘 세상이 더럽고, 돈 벌기가 얼마나 힘든지 엄마에게 생색 내는 게 집에 와서 하는 말의 전부였다. 오빠들은 내게 할아버지 담배를 훔쳐 오라고 시켰고 고모들은 날마다 엄마에게 반찬 타박을 했다.

　그리고 그런 집에서 나 반소은은 서열이 가장 낮은 막내였다.

　"세준 씨."

　"네?"

　오세준이 걸음을 멈추고 나를 바라봤다.

　나는 떨리는 마음을 진정시키며 말했다.

　"그날, 내가 술 마시고 전화했던 그 밤요. 길게 이야기했잖아요."

　"네."

　"나 기억 안 나요."

　"진짜?"

　진짜라는 물음에 비난이나 의심은 없었다. 그는 정말 궁금한 듯했다.

"무슨 말 했어요?"

"많이 이야기했어요. 소은 씨 어릴 때 이야기, 첫사랑 다시 만난 이야기, 그리고 또 소은 씨의 진짜 마음에 대해서."

'첫사랑 다시 만난 이야기'라는 말에 나는 거의 투항하는 심정으로 고개를 끄덕였다.

그 이야기까지 해 버렸다면……. 아, 난 도대체 무슨 마음이었을까?

나는 중학교 때 중학교를 가지 못하고 동네 중국집 배달 일을 하던 초등학교 동창과 사랑의 도피를 한 적이 있다. 사랑의 도피라고 하기엔 복잡한 사연이 있지만, 어쨌건 지금까지도 우리 집에선 나의 엄청난 과거인 것처럼 쉬쉬하는 사건이었다.

엄마는 그때 논산역에서 나를 찾아 돌아오며 말했다.

'사람이 처지가 나빠지면 심성도 삐뚤어진다. 그러니 머리에 피도 아직 안 마른 놈이 그런 작당을 하지.'

그때, 나는 팔짝팔짝 뛰며 그런 애가 아니라고 말했다. 하지만 시간이 지나 스무 살의 나는, 수소문까지 해서 나를 찾아온 그 친구가 너무 무서웠다. 그 애는 대학도 못 갔고, 이삿짐센터에서 일한다며 이삿짐센터의 이름이 적힌 조끼를 입고 서 있었다.

나는 강의가 끝날 때까지 기다리라고 해 놓고, 뒷문으로 도망쳤다.

나는 할 말을 잃고 잠시 주춤했다.

어쩌면 정말 다 말해 버렸을지도 모른다. 대숲에서 임금님 귀에 대해 폭로한 이발사처럼 오히려 아무에게도 말하지 못하고 꾹 꾹 눌러놓았던 이야기를 다 했을지도 모른다.

"나 죽이한테 방구 뀌고 죽이 놀라는 거 좋아한다는 이야기도 했어요?"

"응."

나는 장난처럼 중얼중얼 말했다.

"그건 진짜 기밀인데."

"그런데 소은 씨."

"네?"

"내가 한 말도 기억 안 나요?"

"네?"

나는 눈을 크게 뜨고 나를 마주 보는 오세준을 보다 고개를 끄덕였다.

그리고 기어들어 가는 소리로 말했다.

"앞으로 토막토막 기억이 날 것 같긴 한데."

"소은 씨만 3시간 동안 이야기했겠어요? 그중에 반은 내가 이야기했을걸? 아주 중요한 말도 했는데, 그리고 소은 씨가 아침에 대답해 준다고 했는데 그 후로 내 전화를 피하더라고."

나는 또 철렁, 가슴이 내려앉았다.

하지만 모른 척 듣고 있던 핫도그를 꾸역꾸역 먹기 시작했다.

"오늘은 술 안 마셨죠?"

갑작스러운 오세준의 질문에 조금이라고 말하려다 나는 얼른 고개를 저었다. 그리고 물었다.

너무 늦은 질문이지만 꼭 해야 하는 질문이었다.

"당신, 어떤 사람이에요?"

박볶음의 친구. 재수 없이, 둘만의 이야기를 남자들 간에 떠벌린 남자. 그리고 참견하는 남자. 어쩌면 내게 관심이 있을지도 모르는 남자. 알고 보면 사려 깊고, 반듯한 생각을 가지고 있으며 인내심도 있는 남자. 친절한 남자. 그리고 매너 있는 남자.

온갖 정의를 머릿속에 담고도 나는 그에게 물었다. 정말 궁금했다.

"나는 그냥 사람요. 소은 씨가 나를 사람으로 좋아했으면 좋겠어요. 사람과 사람이 만나면 실수도 하고 상처도 줘요. 그렇지만 그때마다 돌아서지 않아요. 남자와 여자도 같아요. 결국 둘 다 사람인데 소은 씨는 남자와 여자 구분해 놓고 여차하면 도망치려고 하잖아. 그러니까 우리 사람과 사람으로 만나요."

날 여자로서 좋아하지는 않는다는 이야기 같아서 나는 갑자기 초조해졌다.

"아, 그럼 나는 오세준 씨한테 여자예요? 아님 사람이에요?"

내 질문에 순간 오세준의 얼굴이 빨개졌다.

나는 놓치지 않고 다시 물었다.

"내가 오세준 씨를 남자로 좋아하면 그럼 어떻게 되는 건데요?"

결정적인 순간이었다.

오세준이 뭐라고 대답을 하면, 뭔가 결판이 날 것 같은.

그러나 그 순간 우리들이 서 있던 닫힌 셔터 문이 징 소리를 내며 열리고 윙윙 사이렌 소리가 났다.

"어, 소은 씨 여기 주차장인데 차 나오나 봐요."

나는 얼른 옆으로 비켜섰고, 세준이 그 앞을 막아서며 말했다.

"전에 여기서 정우가 담배 피우다 죽을 뻔했잖아요."

"차 때문에?"

"아뇨. 경보음에 놀라서. 아, 맞다. 걔 그런 소리에 경기해요."

무심히 고개를 끄덕이다 나는 그대로 멈춰 섰다.

건물과 건물 사이, 좁은 틈에 내가 등을 붙인 채, 그리고 그는 내 쪽을 보는 채로 밀착해서 서 있었다.

나는 빠져나가겠다는 듯 그를 슬쩍 밀며 앞으로 나갔다.

하지만 그는 오히려 바짝 한 걸음 앞으로 나를 밀며 말했다.

"이제 대답해야죠."

"네?"

"소은 씨는 나한테 여자. 처음부터, 처음 만난 순간부터. 아니 더 솔직히 말하자면 정우가 나한테 반소은이 구미호라고 말했던 그 순간에."

"에?"

"몰라요. 가슴이 철렁 내려앉으면서, 그 구미호에게 무슨 일인가 당할 것 같은 그런 느낌 있잖아. 「전설의 고향」에서 보면, 주모가 길 떠나는 나그네에게 말해요. 이봐요, 선비님. 비도 오고 날씨도 영 그러니 오늘은 묵고 가시라고."

"네."

"그런데 고지식한 선비는 꼭 갈 길이 멀다면서 길을 나서. 그런데 생각해 보면 그 불길함은 짜릿함이기도 해요. 무슨 일이 일어날 것 같은 그런 거 말이야."

"결국 구미호한테 잡아먹히죠."

"몰라요. 소은 씨를 만나러 갈 때 비장했어. 간을 내놓을 각오를 하고. 그리고 결국 이렇게 됐지만."

결국은 나쁜 뜻일까? 이렇게는 좋은 뜻일까? 나는 또다시 복잡해지는 생각을 떨쳐 내기 위해 눈을 감았다.

물론, 내가 눈을 감으면 무슨 일이 일어난다는 것쯤은 알고 있었다. 이번엔 입술에 힘도 뺐다.

부끄럽게도 나는 만반의 준비가 되어 있었다.

"어!"

누군가는 스물다섯 살의 첫 키스가 놀라운 일이라고 영화까지 만들었는데, 구미호라는 별명을 달고 이 미모에 수많은 남자들을 거절해 반킬러라는 별명까지 달고 있는 내가 서른 살에 첫 키스를 하게 되다니.

세상은 복잡하고 놀라운 일투성이였다.

누군가 말을 하다 침이 튀기만 해도 질색이었는데.

아! 정말 뭔가 이상했다. 하지만 지금 내가 집중하는 것이 타인의 혀(!)와 입술이라는 사실이 놀라웠다.

나는 오른손에 힘을 줘 그의 옷자락을 잡았다. 오래 하고 싶었다. 스물다섯보다 5년이나 늦었으니 길게 해서라도 평균 시간을 채워야 했다.

집으로 돌아와 양치질을 하며 나는 언젠가 꾸었던 꿈에 대해 생각했다.

어느 날인가 일로 만난 남자와 끝도 없는 키스를 했다. 그 남자에 대한 감정과 별개로 키스는 너무나 달콤했으며 나는 그 이후 냉담해진 그 남자를 따라다니기까지 했다.

그냥 개꿈이라고 하기엔 굴욕이었다.

그날 나는 내 안에 있는 욕망에 대해 인정했어야 한다. 그런데 어쩐지 그건 부끄러운 일처럼 느껴졌다.

그리고 욕망이 아니라, 그저 누군가를 좋아하는 지금의 마음을 인정하는 것도 쉽지 않았다.

김완선을 좋아했던 소은 씨의 할아버지 이야기를 했어요.

출근길 버스 안에서 나는 그의 문자메시지를 받았다.

그는 앞으로 내가 그날 밤 통화에서 했던 이야기를 해 주기로 약속했다.

김완선을 좋아해서 세 번째 부인으로 점찍었던 할아버지는 두 번째 할머니가 오래 사시는 바람에 그 꿈을 이룰 수 없음을 노골적으로 슬퍼했다. 그때는 할아버지를 밝히는 노인네라고 생각했는데, 여유 있게 농담을 받던 둘째 할머니를 떠올려 보면 그것은 그저 농담이었던 건지도 몰랐다.

물론 그 농담의 행간을 이해할 수 없는 어린 나이에 그런 무차별한 농담 속에서 자란 나의 트라우마는 여전했지만 할아버지와 나는 김완선 때문에 친해졌다.

내가 초등학생이었을 때 할아버지는 나를 데리고 서울로 향했다. 친척 결혼식도 아니었고 그냥 볼 일이라고 한 할아버지가 날 데려간 곳은 과천 서울랜드였다.

내가 말 좀 안 들었다고 여기까지 와서 날 버리려는 걸까? 나는 집 주소와 전화번호, 엄마, 아버지의 이름을 속으로 다시 한번 외웠다.

그러나 입구에 적힌 안내판을 보고는 아! 하고 이해해 버렸다.

삼천리 대극장에서 김완선의 콘서트가 있었다. 지금 생각해 보면, 그런 데서 콘서트를 한다는 건 눈물 나도록 슬프지만, 그때 그 밴드에는 윤상이 베이스를 치고 있었다. 그러니 행사가 아닌 분명 콘서트였다.

할아버지는 즐거워했고, 나는 콘서트가 끝난 후 놀이 기구를 타는 것에 대해 생각하면서 그 시간을 견뎠다.

그리고 얼굴이 하얗고, 정말 머리도 작고, 다리도 예쁜 김완선 언니를 보며 할아버지의 맘을 이해할 것도 같았다. 여자가 보기에도 예뻤다.

그 후, 할아버지는 비밀을 공유한 손녀인 나를 예뻐해 주셨다. 내가 가끔 사다 주는, 혹은 구해다 주는 완선 언니의 사진이나 잡지 기사 때문이었을지도 모르지만. '안 입은 느낌이에요.'라던 카피가 적힌 속옷 광고 브로마이드를 할아버지는 가장 고마워하셨다.

소은 씨, 나 집에 좀 다녀와요.

나는 화들짝 놀라 답장을 찍었다.

무슨 일 있어요?

아뇨, 다녀와서 연락할게.

문자메시지를 확인하고 나는 시간을 좀 보다 집으로 향했다.
피곤해서 일단은 좀 자야 할 것 같았다.

"할 말이 있어."
나는 신이 이 집을 나가겠다를 넘어서 그 남자와 살림을 합치
겠다는 말까지 각오했다. 하지만 신은 예상치 못한 말을 했다.
"나 그 남자 안 만나려고."
하루 사이에 이런 변화라니.
너무 좋아하면, 너무 칭찬하면 오히려 기분 나빠 할 텐데 뭐라
고 해야 하나 고민하는 내게 신이 아주 쪽팔린 얼굴로 말했다.
"길에서 만났다는 건 뻥이고."
"응."
"너 기억 안 나? 김중태."
"김중태? 아아."
솔직히 기억이 안 나면서 나는 아아, 하고 기억이 나는 척 대답
했다. 여기서 누구더라를 캐기 시작하면 그 수많은 남자들이 다
나와야 하고 나는 피곤해진다.
"내가 거의 3년간 뒷조사를 해서 그 인간을 찾아냈어."
"어?"
"그런데 허무하게도 기억을 못하더라. 생각해 보니까 내가 그
때 뚱뚱했어."
"아아."

연애
연습

"그런데 의외로 쉽게 넘어오더라."

그래도 신이가 데려온 게 정체를 알 수 없는, 길에서 만난 남자는 아니라니. 나름 안심이 되는 것도 같았다.

"그런데 또 똑같았어. 스무 살 그때랑."

스무 살 그때라는 말에 나는 김중태가 누군지 기억해 냈다.

김중태는, 그러니까 그때는 물방울남이라고 불렀던 그 남자는 신이의 도서관 반짝이였다. 신이가 다섯 달이나 짝사랑한, 그리고 신이의 첫 번째 남자였다.

나는 가끔 신이가 남들이 들을까 무서운 표현을 써 가며 자신의 경험을 이야기할 때 공포를 느꼈다.

하지만 신이는 한 번도 첫 번째 남자에 대해 이야기하지 않았다.

최근에 신이는 그 반짝이를 찾는다고 했고 나는 말렸다.

그런데 벌써 찾아내서 두 번째 역사를 만들었다니, 일면 놀랍기도 했다.

하지만 결과가 나쁘니 뭐라 할 말이 없었다.

이 대목에 '내가 뭐라고 했냐?'라든가 '그럴 줄 알았다'는 말은 경박한 인간들이나 하는 것이다.

나는 내내 기회를 보고 있던 선언을 해 버렸다.

"나 오세준이랑 진짜 사귄다."

순간 신이 내 다리를 물고 버럭 소리를 질렀다.

"내가 좋아하려고 그랬는데."

"뭐?"

"담담 번 정도에 좋아하려고 그랬단 말이야."

신이는 눈물까지 글썽이며 말했고 나는 기가 막혀 할 말을 잃었다.

"도대체 얼마나 많은 리스트가 준비되어 있는 것이냐?"

순간 반짝하는 아이디어가 떠올랐고 나는 신의 어깨를 잡고 말했다.

"우리 두 번째 프로젝트를 해 보자."

"뭐?"

"그간 내가 너의 이름으로 쓴, 부정적인 '남자 한 마리' 말고, 그러니까 네가 짝사랑했던 남자에 대해 쓰는 거야. 그리고 그 사랑을 끝낸 이유에 대해서. 그럼 그 글은 그 남자의 매력과 문제점을 동시에 보여 주는, 굉장한 내용이 되는 거지. 아냐. 글로 하는 건 부족하겠다. 웹툰 어때? 너 일러스트 그만하고 이제 웹툰 해. 내가 우리 회사에 제안서를 넣어 줄게."

"이야, 굉장하다. 이 와중에도 콘텐츠로 끌어내는 너는."

"응."

"네가 쓰고 내가 그리자. 이건 어느 회사에다 해?"

'남자 한 마리'의 계약이 끝나면 필자를 섭외했다고 새로운 콘텐츠로 회사에 제안서를 낼 것인가 나는 잠시 생각했다. 뭔가 치사하고 꼼수 같긴 했지만 방법이 없었다.

"일단 대충의 스토리라도 좀 써 줘 봐."

"근데 손, 내 스토리는 너무 구질구질해. 그리고 교훈이 없어. 나는 너무 쉽게 반하고 너무 빨리 포기해. 그 뭐냐. 『그 남자는 너에게 빠지지 않았다』처럼 내가 책을 쓴다면 '그 여자 또 반했네!'쯤이 될 거야. 심지어 나 너희 오빠 둘 다 좋아했다."

나는 고개만으로는 부족해서 두 손을 마구 흔들었다.

아무것도 모르는 애들은 공부도 잘하고 멀끔하게 생긴 우리 집 '대태'들을 좋아할 수 있다고 쳐도, 그들의 만행을 알고 심지어 그들의 장난으로 나와 머리카락이 엉켜 나란히 '갓난이' 머리를 자른 신이 그랬다는 건 정말 의외였다.

"너, 진짜 아무한테나 반하는구나."

"응. 생각해 보니까 나한테는 반하는 타이밍이 있고, 그냥 그 시간에 내 앞을 스쳐 가면 나는 다 반하는 것 같아."

"외롭나?"

"그럼 안 외롭나? 그리고 내가 어디서 들었어. 우리들이 가지고 있는 난자의 개수가 줄어들수록 우리는 더 외롭고, 그래서 누군가를 자꾸만 만나려고 한다고. 그러니까 이건 내 외로움과 몸부림이 아니라 내 난자의……."

"앍, 그만해, 그런 말 좀."

내 비명에 신이는 말끝을 흐렸다.

뭘 말하고 싶은지는 알겠지만 나는 저런 이야기가 싫다.

신이의 외로움은 신이에게 자꾸만 인간에 대한 기대를 품게 한다.

나는 내가 외로운지 잠시 생각했다. 하지만 난 외로웠던 적이 없었다. 아니, 더 정직하게 말하면 내 외로움을 인정한 적이 없었다.

그게 신이와 나의 차이였다.

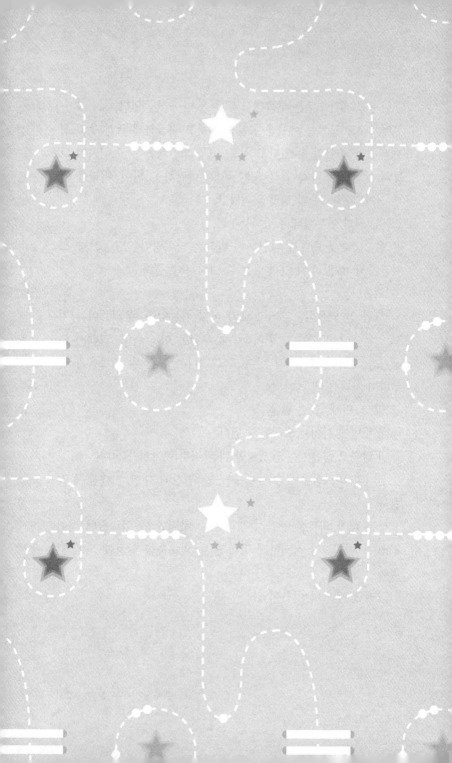

어른의 연애

"우리 집에 갈래요?"

만나자마자 하는 말이 집에 가자라니. 나는 그를 빤히 쳐다봤다.

"시골에서 맛있는 거 많이 가져와서."

"뭐 가져왔는데요?"

"간장 게장, 소라 회 무침. 해삼도 가져왔다, 전복이랑."

나는 물에 사는 애들을 싫어한다. 오리도 물에 사는 걸로 분류해서 먹지 않는데. 거기에 짠 내까지 나는 바다산은 더 싫다.

"아, 소은 씨는 싫어하나?"

이미 내 안색에서 모든 걸 읽은 그가 물었다.

"네. 별로."

"아, 잡채도 있어요. 그걸 말 안 했네. 그거면 되잖아."

나는 금세 배시시 웃으며 그를 따라나섰다.

"나 김치 종류는 잘 먹는데."

"해물을 안 좋아해요?"

"네. 바다 냄새 나서 싫어요."

말하고 나서야 나는 그의 고향이, 그리고 본가가 바다라는 걸 기억해 냈다. 하지만 어쩔 수 없는 거다. 싫은 건 싫은 거니까.

물론, 싫은 걸 기어이 말해서 상대를 김새게 하는 나는 내가 봐도 재수 없다.

"이게 다 시골에서 올라온 반찬이에요?"

잡채 한 접시를 다 먹고 나는 그가 꺼내 정리하기 시작하는 반찬들을 구경했다.

"소은 씨 어머님은 반찬 안 보내세요?"

"네. 전 엄마 반찬 안 좋아해요."

"왜?"

"집 생각 나서요. 난 정말 집이 싫거든. 신이네 엄마가 반찬 잘 보내시니까요. 그리고 밥 먹는 것도 별로 안 좋아해요. 그냥 간단한 게 좋아요. 설거지하는 걸 안 좋아해서."

"안 좋아하는 거 정말 많은 반소은 씨."

'반소은이 안 좋아하는 것 33,000'이라는 책을 내도 되겠다라던 누군가의 비아냥거림이 생각났다.

"그런데 이상하게 소은 씨가 진지한 얼굴로 뭐가 싫다 그러면 기분이 좋더라."

"예?"

"그런데 난 좋아하잖아. 세상에 저렇게 싫어하는 거 많은 여자가 나를 좋아해."

"누가 그래요?"

"뭐? 설마 아니라고 하려고?"

"맞아요."

나는 순순히 인정했다. 그리고 내가 좋아하는 것들에 대해 생각했다.

"어릴 때도 그렇게 까다로웠어요?"

까다롭다는 말은 욕이나, 지적이나, 핀잔일까?

나는 상처 받은 얼굴로 고개를 끄덕였다.

"힘들었겠네."

"네?"

"본인이 제일 힘들잖아요. 어쩌겠어, 싫은 걸."

귀여워 죽겠다는 듯, 오세준이 내 코를 꽉 집었다 놓았다.

"이것도 싫어하는구나?"

"알면서."

"아냐. 몰랐어. 근데 이렇게 찾아내서 적어야겠다. 반소은이 싫어하는 것들."

"골라서 하게요?"

"네."

"왜?"

"몰라. 나 왜 그러고 싶지?"

"남자들이 꼭 그런 식으로."

나는 말을 하려다 멈추고 코끝에 맴도는 젓갈 냄새에 얼굴을 찡그리고는 손바닥을 펴서 하아 하고 입김을 불었다.

"우와, 냄새 장난 아니다. 이걸 참고 있었단 말이야?"

"마늘 먹었으니 마늘 냄새 나겠지. 그런데 해물 싫고, 바다 냄새 싫으면서 마늘장아찌는 또 잘 먹고."

"네."

"아, 양치할래요?"

"응?"

"지난번 소은 씨 칫솔 나한테 있는데."

지난번 칫솔이라니? 생각하는 순간 서랍을 열고 세준이 칫솔을 꺼냈다.

칫솔 손잡이 아래 '반'이라는 글자가 적혀 있다.

"우와, 그때부터 좋아해서 막 간직했어, 남의 칫솔."

얼굴이 빨개진 그를 두고 나는 욕실로 가서 양치하며 생각했다. 뭔가 엄청난 일이 오늘 일어날지도 모른다고.

그리고 그가 욕실로 들어와 내 옆에서 나란히 칫솔을 물자 가슴이 쿵쾅거리기 시작했다. 순서가 바뀐 것도 같았지만 이건 분명 프롤로그의 느낌이었다.

밖으로 나와 손바닥에 입김을 불어 확인하려는 순간 세준이 내 손바닥을 치우고는 얼굴을 가져다 대며 말했다.

"내가 확인해 줄게. 후! 해 봐요."

"은근히 좀 선수 같은 거 알아요?"

"정우한테 못 들었나?"

"뭘요?"

척 봐도 어색하게, 그는 자신에게 엄청난 비밀이 있는 걸 숨기려고 했는데 들켰다는 듯한 표정을 지었다.

"내가 막 뭐냐고 닦달하길 원하나 본데 난 관심 없어요, 옛날 일 같은 거."

"진짜? 내 첫사랑도 안 궁금해?"

"그런 걸 왜 궁금해해?"

"나한테 소은 씨 첫사랑 이야기했잖아. 그러니까 소은 씨도 들어요."

"아, 싫어요. 난 남의 첫사랑 이야기 듣는 것도 싫어해."

내 말에 졌다는 듯 오세준은 두 손을 번쩍 들어 보였다.

"그런 동작도 싫어해."

"에이, 어차피 지적당하는데."

"왜요?"

세준이 다가올수록 뒷걸음질하던 나는 그대로 침대로 넘어졌다. 아니, 이건 경박하지만 자빠졌다라는 표현이 맞았다. 순간 어디선가 누군가의 목소리가 들려오는 것 같았다.

'늙어서 연애하는 초보를 위한 충고 하나. 키스, 함부로 하지 말지어다. 아무도 없는 곳에서 키스하지 마라. 밀폐된 공간에서 키스하지 마라. 누워서 키스하지 마라. 그것만으로 끝나지 않을 수 있나니.'

나는 몸을 일으켜야 한다고 생각했다. 하지만 막상 세준의 입술이 와서 닿자, 그리고 세준의 몸이 포개지자 그 무게감에 마음이 편안해졌다. 마음속 충고를 무시한 채 나는 눈을 감았다.

그리고 생각했다. 키스만, 키스만 하는 거라고.

이왕이면 오래.

"전화 온다."

내 말에 세준이 뒷주머니에 있는 전화기를 빼 들었다. 어쩐지 아쉬움이 밀려드는 찰나 그는 전화기를 든 팔을 가만히 뻗고는 다시 내 입술 위로 입술을 포갰다.

맛있다는 느낌에 당황해서 나는 눈을 질끈 감았다. 하지만 그 순간 그는 내 얼굴을 양손으로 감싸 쥔 채 쪽 소리를 내며 이마에 입 맞추고 말했다.

"소은 씨가 좋아요. 나가서 좀 걸읍시다."

소은 씨가 좋은데 왜 나가서 걷는 걸까 묻고 싶었지만 뒷모습 만으로 부끄러워하는 게 느껴져서 나는 그냥 그의 등을 끌어안 았다. 뭔가 결정적인 말을 하고 싶었지만 어떤 문장으로 말해야 할지 정리가 되지 않았다.

"아아아아아읽!"

잠에서 깬 나는 머리를 쥐어뜯었다.

이런 불순한 꿈을 꾸다니.

핸드폰을 들어 시간을 확인했지만 이제 겨우 새벽 1시 30분이 었다.

오세준이 나를 사랑해서 나가서 걷자고 한 그 밤 이후 나는 불 면에 시달렸다. 베개에 머리만 대면 잠이 드는 나로서는 당황스 럽기만 한 일이었다.

잠깐 얕은 잠이 들면 꿈에 오세준이 나타나 다른 여자들과 다

정한 모습을 연출했다.

이런 이야기는 신이에게도 할 수 없거니와 게다가 신이는 대전에 가고 없었다.

결국 잠드는 걸 포기하고, 나는 택시를 타고 나처럼 잠 못 드는 사람들이 햄버거를 먹거나 커피를 마시는 거리로 향했다.

"어, 소은 씨."

갑자기 꿈의 내용을 전부 들킨 것처럼 얼굴이 달아올라 나는 얼른 벽 쪽으로 몸을 돌렸다. 원수를 외나무다리에서 만나는 것만큼 진부한 순간이다.

그 수많은 24시간 카페를 두고 햄버거 집에서 만나다니.

"이 시간에 여기 왜 있어요?"

"어, 배가 고파서."

나는 세준의 뒤로 보이는 일행들을 보고는 얼른 뒤로 물러서서 머리부터 만졌다.

머리를 감았던가? 아니면 묶기라도 했어야 하는데.

"아, 소은 씨. 여기는 내 후배이자 강의 나가는 학교 학생들."

"아."

"나도 배고파서 뭐 좀 먹으러 나왔다가 이 녀석들한테 걸려서."

"네. 그럼 드시고 가세요."

나는 고개를 까딱하고는 도망치듯 햄버거 가게를 빠져나왔다.

그리고 어디 더 구석진 카페를 찾아 헤맸다.

소은 씨 어디 있어요?

집에 가려고.

"거짓말."
내 앞에 선 세준이 씩 웃으며 말했다.
"뭐예요?"
"제자들을 버리고 지름길을 가로질렀지."
"왜요?"
"근데 소은 씨는 이 시간에 왜?"
"저 원래 밤에 잘 돌아다녀요. 원래 이런 생활을 좋아했고. 또……."
말도 안 되는 변명이라고 생각하는 순간 그가 웃으며 손을 잡았다.
"집에 데려다 줄게요."

택시에서 내리자마자 그는 저 위를 올려다보며 물었다.
"신이 씨는요?"
"대전 갔어요."
"심심했구나? 그래서 좋아하지도 않는 밤 외출을 다 하고."
"네."
나는 눈을 질끈 감았다.
며칠째 나를 괴롭히는 꿈속의 장면들이 내 눈앞에 펼쳐졌다.
다시 눈을 뜨고 나는 내 손을 잡고 있는 그를 한 번, 그리고 시간을 한 번 확인했다.
"들어가요."
세준의 인사에 나는 머뭇거리다 겨우 말했다.

연애
연습

"차 마시고 갈래요?"

"늦어서."

나는 거절하는 그가 야속했다. 보통의 남자라면 차만 마시고 가겠다고, 한 번만 들어가겠다고 사정을 해야 했다. 그런데 그는 곤란한 얼굴로 거절하고 한 발 뒤로 물러서기까지 했다.

나는 대답이 맘에 안 든다는 듯 그를 빤히 바라봤다.

얼마나 빤히, 오래 봤는지 그가 웃으며 말했다.

"알았어요. 올라갑시다."

엘리베이터가 올라가는 그 짧은 순간, 나는 생각하고 또 생각했다.

"무슨 생각 해요?"

세준의 질문에 나는 나도 모르게 대답, 아니 질문해 버렸다.

"우리요, 자면 안 돼요?"

말을 해 놓고 쿵쿵쿵 하는 소리가 가슴과 머리, 귓가를 차례로 울렸다.

엘리베이터 문이 열리고 다시 닫히는 동안 세준은 말이 없었다.

"자도 될까? 안 될까? 너무 이르지 않을까? 그런 거 생각하지 말고. 그냥 우리 둘 다 어른이니까. 어른의 연애는 그런 거니까."

엘리베이터가 멈추고 문이 열리자 세준은 내 손을 잡고 내렸다. 그리고 내 눈을 보며 물었다.

"괜찮겠어요?"

영화나 소설에서 키스는 눈이 마주치고 불꽃이 인 후에 자연스럽게, 격정적으로 입술이 부딪고…… 연인이 잠을 자게 될 때에도 어떤 전조가 있었다.

그러나 생각해 보면 연인이 자게 되는 데는 '자고 싶다'는 마음과 '자도 될까?'라는 동의의 과정이 있어야 한다. 나는 그러고 싶었고 그에게 동의를 구했다. 그리고 그는 대답 대신 내게 다시 동의를 구한 셈이다.

그가 그렇게 물어봐 주는 게 내 부끄러움을 사라지게 했다.

나는 고개를 끄덕였다.

"먼저 들어가요. 난 10분 후에 들어갈게요."

"왜요?"

"그냥 잘 수 있는 게 아닌데?"

그의 얼굴에 난감함이 스쳤다.

아! 나는 그게 뭔지 모를 만큼 바보는 아니었다.

"있을 거예요, 집에."

나는 과정이 생략된 수많은 베드신들을 생각했다. 도발이 바로 격정으로 이어지는 것은 아닐 거였다.

죽이가 자고 있는 신이의 방에서 필요한 것을 훔쳐 내고 나는 화끈 달아오른 얼굴로 거실로 나왔다.

누가 본다면 정말 혀를 깨물고 죽어도 좋을 만큼 창피하고 어색한 순간이기도 했다.

역시 어색하게 서 있던 세준이 다시 한 번 물었다.

"정말 괜찮겠어요?"

나는 이번엔 아까보다 세차게 고개를 끄덕였다.

순간, 모든 게 무너졌다.

세준은 갑자기 터프해져서 나를 문으로 밀치고 키스했다.

지난번 키스가 진짜라고 생각했던 나 자신이 가소로워지는, 정말로 진짜 키스다.

"소은 씨."

입술을 떼고 그는 얼굴은 여전히 내 얼굴에 닿을 듯 밀착한 채 말했다.

나는 그 기세에 대답하지 못하고 침을 꼴깍 삼키고는 고개를 끄덕였다.

"나 소은 씨보다 더 많이 그러고 싶었는데, 더 오래전부터 그랬는데 소은 씨한테 킬당할까 봐……. 당신이 먼저 말하게 해서 미안."

정말 미안해하는 그의 눈빛에 나는 한 번 더 고개를 끄덕였다.

내가 느끼는 조바심이나 답답함을 그 역시 느끼고 있었던 건 아닐까?

그는 천천히 내가 입고 있는, 긴 셔츠를 보며 말했다.

"단추가 너무 많은데 몇 개예요?"

나는 바싹 긴장해서 고개를 숙이고 단추를 셌다.

"둘, 넷, 여섯, 여덟."

그 순간 그는 나를 번쩍 안아 들었다.

내 방 문이 열리고 세준이 조심스럽게 나를 침대 위에 눕혔다. 그리고 단추를 풀기 시작했다.

각오했으면서, 아니 도발까지 했으면서 나는 자꾸만 움츠려 들었다.

"으흠."

내 헛기침에 멈칫하는 것도 잠시, 세준은 마침내 단추를 다 푼 셔츠를 젖히고는 한참 동안 나를 내려다봤다.

나는 눈을 감았고, 그리고 또 무언가를 상상했다.

하지만 상상과는 다르게 그의 입술은 왼쪽 가슴께로 다가왔다.

"아!"

헉! 이런 소리를 내다니.

나는 빨리 이 시간이 지나가기를 바랐다. 분명 원하고 있지만 뭔가 부끄럽고, 민망하고, 어려운 기분이었다.

나는 눈을 감았다. 그리고 온몸을 지나가는 세준의 입술에 집중했다. 상상했던 것과 달리 그는 조급했고 거칠었다.

아까의 민망한 아! 이후 참고 있던 탄성이 입 밖으로 나오고 나서야 나는 눈을 떠 그를 마주 봤다.

좋다고만은 할 수 없는, 아프다고만은 할 수 없는, 너무 복잡한 느낌이 온몸을 지나갔다.

나는 아무 말 없이 그의 등을 꼭 끌어안았다. 그리고 아주 천천히 숨을 고르기 시작했다.

하지만 다시 무언가 발끝에서 시작되었고 나는 다시 눈을 감은 채 생각했다. 왜 저런 소리를 내는가, 눈살을 찌푸리며 비웃었던 어떤 여자들의 소리가 내 입에서 나왔다.

설마, 저렇게 좋을까 했던 의심도 깨끗하게 사라졌다. 신이는 처음엔 결코 좋을 수 없다고 언제나 겁주듯 말했지만, 정말로 좋았다.

"뭘 계산하는 거냐?"

나는 뜨끔해서 달력을 내려놓았다.

간발의 차이로 그가 돌아간 후에 집에 온 신은 뭔가 끊임없이

의혹의 눈길을 보냈지만 일요일 아침 내내 나는 한 가지 생각, 아니 궁리 중이었다.

"여행이나 갈까 하고."

내가 말해 놓고도 이 뜬금없는 계획에 당황했다.

신이 손가락 하나를 들어 허공에 쿡쿡 찌르며 말했다.

"찔리지. 엄청 찔리지?"

나는 대답하지 않았다.

분명 지금도 단둘이 있고 싶은, 사람이 없는 곳에 가서 서로에게 열중하고 싶은 마음뿐이었다.

"설마 선을 넘고 강을 건넌 것이냐?"

나는 고개를 저으며 어떻게 그런 말을 할 수 있냐는 표정으로 바라봤다.

"그럼 그렇지. 반소은 어린이가 그랬을 리 없지."

한심하다는 표정을 지으며 돌아서는 신을 향해 나는 씩 웃어 보였다. 네가 모르는 사이에 나는 어른이 되었노라, 뭐 그런 의미까지 담은 웃음은 아니었다.

나는 헛기침을 하는 아버지를 보다 휴대폰을 끄고 가방에 넣었다. 하지만 이어 잔소리가 들려왔다.

"그건 매너가 아냐. 식사 자리에서는 휴대폰을 꺼야지."

문자메시지는 옆에 앉은 신재훈이 화장실에서 보낸 것이었다.

미리 연락 못 해서 미안해요.

아버지는 큰 새언니의 회사 앞으로 찾아가 신재훈을 불러내 일식집에 묶어 두고 나를 불러냈다.

아버지가 뭔가 할 말이 있다는 듯 내 눈을 바라봤지만 나는 얼른 눈을 피하고는 국을 떠먹었다.

그리고 마침 신재훈이 들어와 자리에 앉았다.

"그럼 신 군은 생시가 어떻게 되나?"

선을 보고 두 번 만난 여자의 부모가 어느 날 회사로 들이닥쳐 퇴근 시간 전에 밖으로 끄집어내고, 그리고 밥을 먹으며 생시를 물어보다니.

나는 신재훈의 기분을 상상하는 것만으로 끔찍했다. 하지만 그는 공손하게 대답했다.

"아, 저는 잘 모릅니다. 다음에 어머님께 여쭤 봐서 소은 씨 편에 알려 드리겠습니다."

"아니, 뭐 꼭 알아야 하는 건 아니고."

아버지는 자신의 조급한 마음이 들키는 건 싫은지 웃음으로 한발 뺐다.

"우리 소은이는 말이야. 태몽이 아주 좋았어. 그렇지?"

아버지가 나를 두고 자랑스러워하는 건 딱 하나였다.

하지만 정작 그 태몽을 나는 몰랐다. 그건 아버지와 엄마 사이의 비밀이라며 안 알려 줬는데 신이는 그게 야한 꿈일 거라고 했고, 나 역시 그쪽이 신빙성 있게 느껴졌다.

"아버님, 저는 오늘 사실 회사 회식이 있는데 빠져나왔습니다.

늦게라도 회식 자리에 가 봐야 할 것 같습니다. 죄송합니다."

식사를 마치고 나니 7시 30분이었고, 난감해하는 내게 그가 코를 찡긋했다.

"아, 그래? 그럼 가 봐야지. 사실 조직에서는 회식도 중요하지. 그게 뭣이냐, 2차적인 직장 생활이라 할 수 있지."

"소은 씨도 사무실 들어간댔죠? 내가 가다 내려 줄게요."

"너도 들어가 봐야 하나?"

나는 이때다 싶어 고개를 끄덕이며 따라 일어섰다. 두 번째는 사인도 필요 없었다.

"모셔다 드려야 하는데 죄송합니다."

"아니야. 밖에 우리 며느리가 기다리니까."

나는 놀라서 눈이 동그래졌다. 며느리가 밖에 있다니.

"언니 왔어요?"

"응. 주차장에 기다린다."

"오기로 한 거예요?"

순간 아버지는 그런 말도 안 되는 소리를 하냐는 표정을 지으며 태연하게 대답했다.

"둘째."

"그럼 첨부터?"

"그래. 역에 픽업 나와서 지금 밖에 있다."

"왜? 안 들어오고."

"오빠도 없이 여기 낄 수 있나?"

나는 이게 말이 되냐는 표정으로 옆에 앉은 엄마를 바라봤다. 하지만 엄마는 예의 그 표정으로 조용히 하라는 신호를 보냈다.

"얼른 가. 우리는 후식 나오는 것까지 먹고 가련다."

나는 인사도 않고 밖으로 나와 주차장부터 찾았다. 구석에 실내등을 켠 차가 보였다.

"언니."

"네. 아가씨."

우리 집에는 두 명의 며느리가 있다. 신재훈을 소개한 언니는 잘나가는 집안의 딸에다 직장도 튼튼한, 아니 아버지가 거의 금테로 여기는 공무원이었지만, 둘째 언니는 전업주부에다 집안도 평범해서 아버지는 대놓고 무시했고, 엄마 역시 조심스럽게 대하지 않았다.

명절에도 죽어라 일을 하고 우리 집에서 차로 20분 거리에 있는 친정에 못 가는, 만만하고 어리석은 둘째였다.

"미안해요. 진짜 말도 안 돼. 나 몰랐어요."

나는 주차장으로 달려가 핸들에 기대 엎드린 그녀를 향해 과장되게 미안함을 전했다. 누가 봐도 그녀에게 나는 내 부모와 한패일 텐데.

"아니에요. 들어오라 그러셨어도 불편해서."

그녀가 늘 웃는 쓸쓸한 미소를 지으며 말했다.

"애들은요?"

"연이가 동생들 잘 데리고 놀아요."

"저녁은?"

"가서 주면 돼요. 빵도 있고. 아가씨 얼른 가요. 나 인사는 담에 할래. 옷차림도 그렇고."

나는 한숨을 한 번 쉬고는 신재훈의 차로 향했다. 계산을 하느라 조금 늦은 신재훈이 저만치 오고 있는 중이었다.

"저 회사 안 들어가도 되는데."

"알아요. 적당한 데서 내려 줄게요."

"회식도 거짓말이죠?"

갑자기 오늘의 저녁 식사가 얼마나 민폐였는지 떠올라 얼굴이 달아오르려는데 그가 웃으며 말했다.

"네. 그런데 내가 싫어서 한 거짓말은 아니고. 내일부터 휴가라면서요?"

"네."

"뭐 준비는 다 했어요?"

"아뇨."

나는 차 문을 열다 쇼핑백을 들고 올케의 차 쪽으로 가는 종업원을 보고 맘이 놓였다.

"그래도 양심은 있으신가 보네. 아, 뭐 이런 것까지 오픈해야 하는 사이인지 모르겠지만, 저희 아버지는 저런 캐릭터예요."

"네. 그런데 어른들은 대부분 그러세요."

"저는 가까운 지하철역에 내려 주세요."

나는 다시 올케의 차를 한 번 보고는 또 한숨을 내쉬었다.

아무리 동맹을 맺은 사이라지만 부끄러운 건 부끄러웠다.

아가씨 차가 막혀서 늦었어요. 그래도 그분이 보내 준 도시락 덕에 애들 안 굶기고 저도 지금 밥 먹어요. 늘 고마워요.

휴가에서 돌아와서야 켠 휴대폰에는 그날 밤 새언니가 남긴 문자메시지가 들어와 있었다.

무슨 소리지?

바로 전화를 건 내게 새언니는 나긋한 목소리로 웃으며 이야기를 정리했다.

—아, 아가씨 그 도시락, 아가씨랑 선본 분이 보내 주신 거라고 하더라고요. 아버님이 비싼 거라고 몇 번이나 이야기하셨어요. 애들도 너무 좋아했고요. 2개는 아이들용으로, 2개는 어른용으로 포장하셨더라고요. 좋은 분인 거 같아요. 아가씨.

둘째 새언니는 잘해 보라는, 선을 넘는 충고는 하지 않았다.

전화를 끊고 신재훈의 전화번호를 찾아 문자메시지를 보냈다.

실례가 많았습니다. 그리고 도시락도 감사했습니다.

문자메시지를 보내자마자 전화벨이 울렸다.

문자메시지로 인사했을 땐 문자메시지로 답해 주면 좋을 텐데. 한숨을 한 번 훅 쉬고 전화를 받았다.

"네. 반소은입니다."

—신재훈입니다.

"바로 전화하시네요?"

—문자메시지 보낸 거 후회하셨죠?

"네."

—야구 보러 안 갈래요?

"야구요?"

—네. 야구 좋아해요?

그깟 공놀이 좋아하지 않는다고 하려다 나는 얼른 입을 다물었다. 아무리 약정이 있는 관계지만 균형이 깨지는 건 찜찜했다. 받은 게 있으니 나도 뭔가 해 줘야 했다.

"오늘 가죠?"

—월요일엔 야구 안 해요.

"아, 그래요?"

그 정도는 알고 있었는데. 나는 모르는 척 되물었다.

—금요일 저녁 경기 봅시다.

"네."

약속을 다이어리에 적고 전화를 끊고 나니 한숨이 나왔다.

야구를 보고 나서, 이제 이런 약정은 그만두자고 이야기해야지. 세준에게도, 또 자신의 필요에 의해서라지만 매너와 호의가 넘치는 신재훈에게도 예의가 아니다.

나는 다이어리에 빨간색으로 당구장 표시를 한 후 '정리'라고 적어 넣었다. 얼른 정리해야 한다!

오늘 뭐 해요?

내 문자메시지에 세준의 답이 들어왔다.

난 좀 늦는데 우리 집에 가 있어요. 맛있는 거 사 가지고 갈게.

"반소은 씨가 좋아하는 냉면을 해 주려고 사 왔어. P사의 육수와 C사의 면. 그리고 A사의 쌈 무, 그리고 K사의 비빔 장."

"원래 이런 타입이었어요?"

나는 여전히 세준의 허리를 안은 채 내 이마를 그의 가슴에 대고 말했다.

"어떤 타입?"

"여자가 하자는 대로 다 해 주고, 친절하고. 뭐 그런."

"아니."

"그러면?"

"좀 이기적인 타입."

"에에?"

나는 벌떡 일어나 앉아 그를 내려다보며 믿을 수 없다는 듯 말했다.

"왜에?"

"믿어지지 않아, 이기적이라니. 유니세프 오세준이."

"유니세프?"

"몰라. 그런 생각이 들었어요."

"어린이야? 유니세프라니."

"아무튼 간에."

"그런데 왜?"

"늘 나한테 뭔가 해 주기만 하니까, 이래라저래라 바라는 것도 없고."

"바라는 거 많은데?"

"뭐요?"

"좀 더 긍정적인 사람이었으면 좋겠다. 좀 더 많이 웃었으면 좋겠다. 조금만 더 너그러웠으면 좋겠다."

연애
연습

"오오, 불만이 안에 쌓여 있었구나?"

"당연한 거 아냐?"

나는 마음속으로 긍정, 웃음, 너그러움에 대해 생각했다.

"그럼 불만 말고, 내가 좋은 건?"

"그 전엔 그냥 좋고, 예쁘고, 뭐 그랬어. 그리고 또 보면 맘이 좋고 두근거리고. 시골 애들이 서울 여자에게 끌리는 그런 심리."

"나 서울 여자 아니고 충청도 여잔데?"

"나한텐 세련되고 차가운 도시 여자. 그리고 처음에 서울 여자인 척했잖아, 당신이."

"으하하하."

갑자기 자세를 고쳐야 할 것 같았다. 얼굴 표정도 조금 도도하고 새침해져야 하는 건가?

"그런데 소은 씨가 그랬잖아요. 우리 그냥 자면 안 되냐고 재지 말고, 고민하지 말고."

"아하."

"그 순간 다 무너졌어."

"뭐가? 여자에 대한 환상이?"

"아니, 그냥 조심하고 있었거든. 언제 어디서 뭘 트집 잡혀서 차일지도 몰라. 조심조심."

"그렇지. 그런 태도는 중요하지."

"솔직해서 좋았어요. 나쁜 말도 막 하고, 악담도 잘하고."

"역시 나쁜 여자에게 끌리는 타입이구나."

나는 몸을 돌려 세준을 안았다. 허리를 감싼 두 손으로 깍지를 끼는 순간 그가 말했다.

"우리 같이 살자. 결혼할까?"

어디선가 삐익! 하는 경고음이 들려왔다. 그리고 해설자의 목소리가 들려오는 것도 같았다.

'아, 이건 뭔가요? 오세준 선수 너무 성급했어요.'

나는 뭔가 분명하게 말해야 한다고 생각했다.

"미쳤어요?"

순간, 분위기는 더 싸해졌다.

격정이나 간지럼 끝에 하는 말들은 어쩜 술에 취해 하는 말과 같을지도 몰랐다. 그런데 정색을 하고 미쳤냐고 묻다니.

세준은 헛기침을 하며 딴청을 피웠고 어디선가 삐익! 하는 경고음이 두 번 들렸다. 해설자의 목소리도 함께.

'아, 반소은 선수 실책 뼈아픈데요.'

"어제 뭐 하고 얼굴이 그래?"

팀장의 타박에 나는 입을 내밀고 자리에 앉았다.

이제 피곤을 숨길 수 없는 나이가 되었다. 연애는 사람을 피곤하게 한다. 게다가 연습에, 비밀까지 3중으로 타이틀이 붙은 이런 경우는 더 피곤했다.

"그날이야?"

고개를 젓고 메일부터 확인하려는데 누군가 나를 찾았다.

"누군데?"

"로비로 내려오시래요. 뭐 배달 왔나 봐요."

휴대폰을 들고 로비로 나가자 예쁘장하게 생긴 여자가 쿠키 상자와 커피를 내밀며 말했다.

"신재훈 씨 배달입니다. 그럼, 여기 사인해 주세요."

이제 의심은 확신으로 굳어진다. 이 남자가 나를 좋아하는구나.

나는 일부러 감사 문자메시지도 보내지 않고 쿠키 상자와 커피를 들고 사무실로 올라왔다.

"반소은 진짜 연애였어?"

모두 가짜라고 생각했다니, 이 쿠키의 상대가 아닌, 내 진짜 연애의 상대가 오세준이라는 걸 알면 사람들은 어떤 반응을 보일까?

나는 으쓱 어깨를 한 번 올리고는 자리에 앉아 쿠키 상자를 열었다.

그리고 우아하게 쿠키를 하나 꺼내 물었다.

'아, 싫다!'라고 생각했지만 쿠키는 달콤하고, 고소하고, 촉촉하기까지 했다.

소은, 오늘 사촌 동생들이 올라오는데 너 집에 안 오면 안 돼?

신의 문자메시지를 받고 그게 거짓말이라는 걸 알면서도 아주 잠깐 나는 신을 이해했다.

누군가와 단둘이 있고 싶은 마음.

하지만 김태중과 삼세번이 아니기를 잠깐, 기도했다.

세준 씨, 나 오늘 그 집에 좀 가 있어도 돼요? 신이 손님들 온대요.

그럼, 자고 가는 건가?

아마도?

그래요. 뭐 맛있는 거 사다 놓을까?

그냥 근처에서 만나서 먹고 들어가요.

예전에는 이런 날 민재네 집에 가서 잤다.
나에게 민재는 이성 친구라기보다는 무성의 친구였는데, 이 무성의 친구는 내가 연애를 시작한 후 연락이 잘 안 됐다.

민재야. 보고 싶삼.

민재가 제일 싫어하는 '삼체'를 써서 보냈는데도 답이 없다.
쿠키 박스를 책상 아래에 넣고 나는 시간부터 확인했다. 이제 겨우 9시 30분이었다. 퇴근까지는 멀고 멀었다.

"이불 샀어요?"
빌라 입구의 쓰레기에는 이불 팩이 있었고 세준의 베란다에는 이불 빨래가 널려 있다.
"네. 손님이 온대서."
그 손님이 나라는 걸 알면서 묻는다.
"되게 귀한 손님인가 보네."

"소은 씨가 면 이불을 싫어하더라?"

"어?"

"소은 씨네 이불은 그 매끄러운 재질이었던 거 같고."

"그랬나?"

"그래서 우리 집에 오면 이불 위로 올라가더라? 매끄러운 겉면 쪽으로."

"그래서 짜증 나서 따로 덮으려고?"

"아, 아니. 그냥 샀어. 양쪽 다 매끄러워. 그거 폴리에스테르 재질이래요."

"괜찮은데."

"소은 씨가 열이 많은 체질이더라고."

순간 얼굴이 달아오르는 게 느껴졌다.

"세준 씨는 면 이불 좋아하잖아요."

"난 괜찮아. 근데 시트도 똑같으면 정전기 난대서 시트는 면 이야."

왜 이 남자가 좋은가에는 분명 너그럽고 보드라우며 착한 사람 이라는 대답이 있었다. 그러나 그 뿌듯함 뒤에는 반성과 함께 자괴감이 찾아왔다. 나는 너그럽기는커녕 삐딱하고, 보드랍지는 못 할망정 까칠하기까지 한 애인이다.

"미안해요."

"뭐가?"

그의 질문에 나는 그냥 웃었다. 좋은 사람이 되는 방법을 그에게 물을 수는 없는 일이다. 일단은 미안해하고 고마워할밖에.

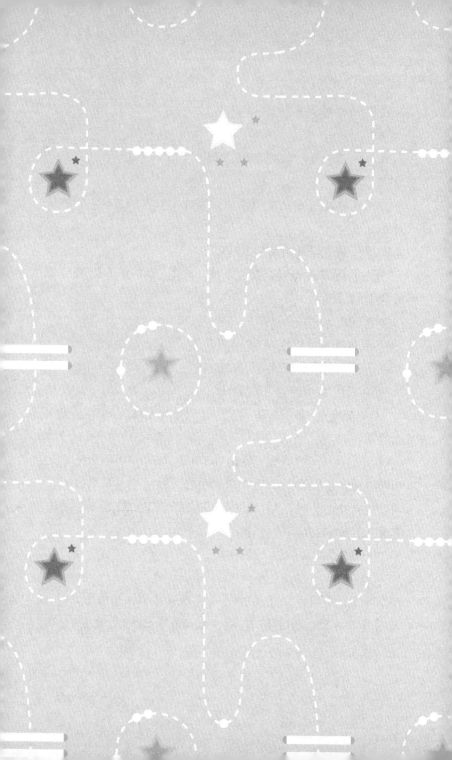

연습이 끝난 후

소은 씨, 나 집에 좀 내려가요. 연락할게요.

세준의 문자메시지를 확인하고 나는 등을 돌리고 앉은 신이를 슬쩍 발가락으로 건드렸다.

신이는 요즘 초히스테리 상태다.

며칠 전 나를 들어오지 말라고 했던 밤, 그러니까 다음 날 아침 메모리를 가지러 들른 나와 민재가 맞닥뜨린 이후 더 그랬다.

농담으로 놀려 줄까, 아니면 아예 모른 척할까 고민 중이었는데 신이는 내내 뭔가를 먹으면서 나와의 대화를 피했다.

민재 역시 전화를 받지 않았고 현관문은 굳게 잠겨 있었다.

둘이 다시 만나든, 아니면 그저 하룻밤이었든, 나는 개의치 않을 자신이 있는데. 마치 어떤 규칙을 안 지켜 비밀을 알아낸 사람

취급을 받다니 난 좀 억울했다.

　언제 올라와요? 보고 싶

　뒤의 '보고 싶어요'를 지우는 게 낫다고 생각하는 순간 메시지
는 날아갔고 바로 세준의 답장이 도착했다.

　나도 많이.

　그는 짧은 문장으로도 나를 웃게 한다.
　"왜 웃나?"
　고개를 들자 꺼진 TV 화면에 신과 내가 눈을 마주쳤다.
　"아, 그냥."
　"너 진짜 연애 해?"
　진짜 연애란, 내가 시작했던 가짜 연애와 상관있는 표현인 건
가? 나는 가만히 신이를 바라봤다. 뭔가 불만이 있는 얼굴이다.
　"결혼할 거야?"
　확인하듯 신이 다시 물었다. 진짜 연애는 결혼하는 거냐고, 아
니면 미쳤냐고 대들려다가 어쩐지 신이의 시비에 걸릴 것 같아
나는 고분고분 대답했다.
　"아니."
　왜 사람들은 누군가 만나기 시작하면 사귈 건지, 사귀면 키스
는 했는지, 저 둘이 잤을까 아닐까, 또 그랬다는 생각이 들면 결
혼을 이야기하는 걸까.

연애
연습

"난 결혼하고 싶어."

좀 슬픈 얼굴이어서 나는 보편적인 충고를 하지 않고 그냥 살짝 웃었다.

한참 슬픈 얼굴이던 신이가 입을 내밀고 말했다.

"나는 술 마시고 전화해서 노래 부르는 남자가 좋아."

"난 술 취해서 나한테 전화하면 기분 나빠."

민재가 술 마시고 노래하는 버릇이 있던가? 나는 술 마시고 전화하는 남자를 싫어하고, 또 그다음 날 기억 못하는 척하는 가증스러움을 더 싫어한다.

"난, 같이 자고 다음 날 아침에 나는 입 냄새도 좋아."

"그건 좀."

오세준은 입 냄새가 나는 사람이 아니다.

"그 사람이 가난해도 좋고, 알코올중독자 엄마가 있어도 좋아."

도대체 누구의 이야기를 하는 걸까 감을 잡을 수 없으니 맘에 드는 대답을 해 줄 수도 없다.

나는 참지 못하고 버럭 소리쳤다.

"너 지금 나 테스트해?"

이제는 신이가 화를 내도 할 수 없다. 저건 싸우자는 거다.

"민재는 너를 좋아했어."

"에?"

뜻밖의 공격에 한 걸음 물러서서 나는 정말 몰랐다는 듯 신이를 바라봤다.

"몰랐다고 하면 넌 더 재수 없어."

쾅 소리가 나게 문을 닫고 신이 방으로 들어가고 나는 민재에 대해 생각했다. 몰랐다고 하면 거짓말이겠지. 하지만 지금까지는 아니었다.

언젠가 민재가 예전에 날 좋아했을지도 모른다는 생각을 했지만, 그건 현재형이 아니었다. 그랬을지도 몰라라는, 복잡하지만 완료된 일이었다.

장난으로라도 나 좋다는 남자가 한둘이었어야지를 했어야 하는데, 그래야 뻔뻔하게 넘어가는 건데 생각하는 순간 신이 다시 방문을 열고 소리쳤다.

"너 같은 애들이 제일 재수 없어. 가만히 있으면서 도도한 척 남자들 관심만 끌고 절대 안 넘어가서 그걸로 가치 높이다가 제일로 만만하고 그럴듯한 남자로 골라 사귀고."

만만하고 그럴듯한 남자를 사귀었다는 건 억울했다.

내 남자는 만만하지 않고, 그럴듯하지 않고, 정말 멋지다고 해 줘야 하는데. 신이는 변명이나 반박의 기회도 주지 않고 이번엔 현관을 열고 나가 버렸다.

그러고 보니 신이랑 싸운 게 참 오랜만이었다.

아니, 철 들고 나서는 처음인 것도 같았다.

오세준 부친상. 전남대학교 병원.

문자메시지를 받고 나는 한참 멍하게 그 문자메시지를 바라봤다. 문자메시지를 발송한 사람은 세준이 아닌 박정우였다.

설마, 이런 장난을 치지는 않겠지. 나는 멍하니 그 문자메시지를 바라봤다.

그렇게 한참을 있다 휴대폰에 세준의 이름을 불러내 놓고도 한참을 또 망설이다 결국 박정우에게 전화를 걸었다.

—네.

"반소은인데요."

—네.

"문자메시지 보고 연락드려요."

—아, 소은 씨한테도 갔구나. 내가 세준이 휴대폰 연락처 꺼내서 보낸 건데 올 필요 없어요.

"네?"

—친구들 그룹에 보낸 건데 소은 씨한테도 갔네. 그냥 신경 쓰지 마요. 소은 씨 이런 데 오는 거 싫어하잖아.

비꼬는 게 아니라, 나름의 배려였다.

언젠가 우리는 공유하는 거래처 대표의 빙모 상에서던가 비위가 잔뜩 상한 얼굴로 장례식장 처마 밑에 앉아 커피를 나눠 마셨었다.

그도 상갓집에 가는 것도, 거기서 나오는 음식도, 향냄새도 모두 싫다고 했고, 나도 소극적으로 별로라고 말했다.

"네."

전화를 끊고 나는 머리를 쥐어뜯었다.

나한테 연락할 경황이 없어서 그런 건데. 그렇다고 안 가 볼 수 없고. 또 무슨 제목으로 가야 할지 알 수 없었다.

신이랑 싸우는 바람에 물어볼 수도 없고, 또 민재도 사라지고 없었다.

결국 나는 맞은편 파티션의 선배를 불렀다.

고개를 쑥 내민 선배에게 나는 슬쩍 물었다.

"선배, 그냥 막 사귀기 시작한 남자의 아버지가 돌아가시면 가야 해요?"

"가야 하지 않을까?"

"그런데 그 사람은 말도 안 해 주고 연락도 안 했는데 다른 경로로 알게 됐다면요?"

"모르는 것도 아니고 가야지. 나쁜 일엔 원래 가는 거야."

"아니, 그래도 상대가 마음의 준비가 안 돼 있을 수 있잖아요."

"자기가 준비 안 됐구나?"

선배의 표정에 나는 고개를 끄덕이고 자리에 앉았다.

그 순간 세준의 문자메시지가 들어왔다.

소은 씨 경황없어서 연락 못 했어요. 정우가 연락했다던데 오지 마요. 올라가서 나중에 이야기해요.

나는 그에게 가겠다고 전화하거나, 위로의 문자메시지를 보내는 대신 신이에게 문자메시지를 보냈다.

오세준 씨 아버님 돌아가셨다는데 나 어떻게 해?

신이의 답을 기다리며 나는 좀 무기력한 기분이 들었다.

저녁의 기차를 예매해 두고도 나는 맘의 결정을 하지 못하고 한참을 헤맸다. 오지 말라는 세준의 말이 뭔가 나를 밀어내는 것처럼 느껴졌다.

"내가 게시판에 물어봤어."

퇴근해 집으로 온 내게 신이는 모니터를 가리키며 말했다. 다 툰 여운이 남았는지 불퉁한 목소리였다.

질문병의 대열에 동참하다니, 그러면서도 눈은 모니터에 달린 답글로 향했다.

이제 막, 좋아서 만나기 시작한 남자의 아버지가 돌아가셨어요.

리플은 반반이었다.

가야 한다는 것과, 가지 말아야 한다는 사람.

"이러면 물어본 보람이 없잖아."

내 말에 신이는 수많은 대답을 미리 읽어 보고 고민한 사람답 게 대답했다.

"가지 말라는 쪽은 상대가 직접 말한 게 아니니 오지 말라는 거 고. 또 가라는 사람들은 상대가 너의 부담까지 배려한 것이니 가 야 한다는 쪽이야. 다른 사람도 아니고 아버지니까."

나는 시간을 확인했다.

사실 집으로 오는 동안 고민은 갈까 말까가 아닌 어떤 옷을 입 고 가야 하지가 되어 있었다.

"가려고?"

내가 꺼내 놓은 옷들을 보고 신이 물었다.

대답 없이 두 번째 원피스를 집어 드는 내게 신이 말했다.

"같이 가 줄까?"

“아니.”

“부담스럽지 않아?”

“그 사람이 부담스러워하지 않으면 좋겠어.”

“그래.”

신이 방을 나가고 나는 옷을 갈아입었다.

그리고 하이힐이 아닌 굽 낮은 구두를 찾아 꺼내 신었다.

“어, 소은 씨.”

박볶음이 나를 반가워하다니. 이 심각한 상황에도 나는 잔뜩 어깨를 움츠리고 방어 자세로 인사했다.

“세준이랑 진짜 많이 친해졌나 보네.”

“뭐.”

“들어와요. 세준이는 잠깐 나갔어요.”

상주가 자리를 비우기도 하는 건가. 나는 어리둥절했지만 박정우의 안내대로 안으로 향했다.

아주 잠깐 오세준과 너무나 닮은 영정 사진을 보고 놀랐지만 그 자리에서 웃을 수는 없었다. 그리고 세준의 매형과 인사를 하고 인터넷에서 검색한, 조문하는 법대로 조문을 했다.

수고한다나 고생한다는 말은 하지 않아도 되고, 할 말이 없으면 딱히 말을 하지 않아도 된다고 했다.

그렇게 무리 없이 조문을 마치고 밖으로 나온 나를 박정우는 병원 앞 편의점으로 안내했다.

“나 배고파 죽는 줄 알았어. 라면도 싫어하나?”

“배도 안 고파요.”

"배고픈 얼굴인데."

"그냥 좀 피곤해서."

내 말에 박정우는 지금까지와 다른 얼굴로 웃었다.

"세준이랑은 친구 됐나 보네. 하긴 자기 안 좋아하는 사람에겐 경계 없죠?"

"그런가?"

"나도 그럼 티 내지 말걸."

박정우의 얼굴이 순해서, 나는 경계를 풀고 물었다.

"뭘요? 그럼 진짜로 좋아서 나한테 산골짜기에 닭볶음 먹으러 가자고."

"에이. 그 이야기는 덮기로 했으면서."

내가 처음이자 마지막으로 가 본 장례식은 할아버지의 장례식이었다. 할아버지는 목욕탕에 다녀와서 냉면을 한 그릇 드시고 바둑을 두다가 가을볕 드는 거실에서 누운 채 돌아가셨다.

2층에서 내려오다 할아버지가 좀 이상하게 누워 있다는 생각이 들었고, 단번에 너무 느낌이 이상해서 나는 2층으로 올라간 후 마당에서 김칫거리를 씻고 있던 엄마를 불러 대며 울었다.

그런데 서른이 넘은 나는 할아버지의 친구들이 장례식에서 했던 말들을 이제야 이해한다.

볼이 터져라 홍어회 무침을 드시며 '복만이 그 새끼 이름대로 진짜 복도 많아.'라고 하셨다.

결혼도 두 번 했고, 얼결에 빚 대신 받은 땅이 재개발에 들어가 땅 부자가 되고, 좋아하는 목욕탕에 다녀와 제일 좋아하는 냉면을 드시고, 더 좋아하는 바둑을 두다 돌아가셨으니.

그날, 할아버지의 바둑 청을 거절한 걸 나는 두고두고 잘한 일이라 생각했다. 할아버지가 나랑 바둑을 두다 한 수 무르네 마네 하다가 돌아가셨더라면 평생 죄책감에 시달렸을지도 모른다.

　"갑자기 돌아가신 거예요? 집이 여수라고 들었는데 왜 광주예요?"

　"편찮으신 지 좀 됐어요. 집이랑 병원을 왔다 갔다 하셨고. 근래에는 많이 좋아지셔서 일도 하셨다는데."

　"근데 세준 씨는 왜 없어요?"

　"아, 좀 복잡한 일이 있어서."

　박볶음이 잠시 나를 빤히 바라본다. 저 표정에는 '넌 이런 거 궁금해하는 사람 아니잖아.'라고 쓰여 있다.

　나는 그 시선을 피해 냉장고로 가 맥주 캔 2개를 꺼내 그에게 건넸다

　"나도 이 맥주 마시는데."

　대답 대신 나는 캔을 따고 맥주를 한 모금 마셨다.

　"반 대리님."

　"네?"

　"내가 닭볶음 먹자고 안 하고 반 대리가 좋아하는 방식으로 접근했다면 나랑도 친해졌나?"

　"왜 갑자기 그런 걸 물어요?"

　"아까워서."

　갑자기 진지해진 얼굴에 나는 잠시 고민하다 말해 버렸다. 여기서 더 가면, 가증스러운 사람이 된다. 금자여도, 연실이어도 괜찮지만, 오세준까지 그렇게 만들면 안 된다.

"나 오세준 씨 좋아해요."

"에에?"

슬쩍 눈치채고 있었던 건 아닐까 걱정했던 박볶음의 반응은 내 예상을 뛰어넘는다.

"안 어울리지?"

"당연, 안 어울리지."

"그러게. 근데 좋아해요."

"언제부터?"

"좀 오래됐는데, 뭐 짝사랑이니까."

"짝사랑? 반소은이랑 안 어울리는데."

"소문내면 죽어."

박정우의 얼굴은 실망하는 것도, 뭐 그렇다고 좋아하는 것도 아닌, 이상한 얼굴이었다.

"세준이도 몰라?"

"바보야? 그걸 모르게?"

박정우의 얼굴에 승리의 미소가 번지기 시작한다.

"지금 되게 고소하죠?"

"그러게. 친구 아버님이 돌아가신 이 상황에 나는 그러네. 그럼 오늘의 이 조신한 차림과 이 생전 처음 보는 호빗족 신발은……."

그럼 그렇지. 나는 잠을 못 자고 밥을 못 먹어서 피곤한 박정우를 잠시 친구 아버님의 상중이라 경건하고 조신해진 박정우라 착각한 것이다.

"내가 세준이한테 설마 말해서 둘을 이어 줄 거라 생각하지 마."

"안 해."

"뭐 세준이는 안 넘어갈 거니까."

벌써 넘어왔다는 말을 삼키고 나는 남은 맥주를 마셨다.

그래도 박정우에게 다시 고백을 받고 친구들 사이에서 삼각관계를 만드는 시시한 여자는 되지 않았으니 그걸로 충분했다.

소은 씨 와 줘서 고마워요. 얼굴도 못 보고. 서울 가면 봐요.

결국 세준을 만나지 못하고 오는 기차 안에서 그것도 박볶음과 나란히 앉아 서울로 오면서 나는 그의 문자메시지를 받았다.

박볶음은 깊은 잠에 빠져 있었고 나는 생각하지 않고 정말 보내고 싶은 문자메시지를 보냈다.

힘내요. 사랑해요.

사랑한다는 말을 어떤 타이밍에 해야 하는지 고민했다. 서로를 안을 때조차 하지 않은 말이었다.

그 말이 위로가 안 되는 타이밍이라는 걸 알았다. 나는 잠깐 내 아버지가 돌아가셨다면이라고 생각했다. 하지만 가정이라서 그런지 별로 슬프지가 않았고, 나는 조용히 지나가는 스낵 카를 멈춰 세우고 맥주를 잔뜩 집어 들었다.

야구 약속 취소하자 그러면 안 돼요. 절대로.

전화로 회사 핑계를 대려던 나는 결국 야구 약속을 취소하지 못했다. 사귀는, 아니 사랑한다고 말해 버린 지금, 그 대상인 남자가 슬픔에 빠져 있는데 다른 남자와 야구를 보러 간다니.

괜한 짓을 한 걸까? 더 이상 맞선을 보지 않는다는 건 달콤했지만 얼마나 이 거짓말을 지속할 수 있을지는 회의적이었다.

그리고 문득, 이 남자가 재수 없음을 감안하고도 내게 반해서 우회적으로 접근하고 있는 건지도 모른다는 생각이 들었다.

일단 오늘 약속은 지난번 보여 준 인간적인 호의에 대한 보답이라고 생각하기로 하고 나는 사무실에 있는 운동화로 갈아 신고 청바지로 갈아입었다.

"데이트 있어?"

지나가던 팀장이 위아래로 훑어보며 묻는다.

"아뇨."

"야구장 가나 보네?"

어떻게 알았냐고 묻는, 바보 같은 일은 하지 않는다.

아침에 옷을 골라 챙길 때 신이 그랬다.

'인터넷에서 야구장 코디라고 찾아본 건 아니겠지.'

나는 그냥 씩 웃고 도망치듯 나왔다.

그런 바보 같은 짓을 한 적은 없지만, 이미 머릿속에는 살면서 만들어진 뻔한 공식이 있고 그 공식대로 옷을 입었으니 할 말이 없었다.

한 달 후에나 올라가게 될 것 같아요.

세준의 문자메시지에 나는 그대로 멈춰 섰다. 그리고 저만치 건물 유리에 비친 내 모습을 바라봤다. 아주 한참 동안.

"야, 내가 너 야구 중계 화면에 잡히나 계속 봤는데."

신이는 여전히 미련을 못 버렸는지 케이블에서 재방송 중인 야구 중계 화면에서 눈도 떼지 않은 채 말했다.

"야구 안 보러 갔는데."

"뭐?"

"신재훈 씨 회사가 늦게 끝나서 잠깐 얼굴 보고 데려다 주고 갔어."

"근데 너 그거 양다리 아니냐?"

내내 찜찜했던 부분을 신은 망설임 없이 건드린다. 좋은 친구란 이런 거겠지. 반성하는 태도로 나는 고분고분 대답했다.

"안 그래도 오늘 말했어, 남자 친구가 생겼다고."

"우와, 막 뻔뻔해. 근데 뭐래? 그 남자 나 소개시켜 주면 안 되나? 게이인가? 왜 결혼할 생각이 없고, 여자를 만날 생각이 없지?"

"그런 사정이야 내가 모르고."

"그런데 뭐래?"

"그냥 알았다고. 그런데 그 남자를 당장 집에 소개할 거 아니면, 그냥 자기랑 신중하게 만나는 걸로 하자고. 곧 해외 근무 나가는 데다 그 기간이 1년 넘으니까."

"오세준 씨는?"

"여러 가지 정리할 일들이 있나 봐."

정리할 일들. 이해하는 척 말했지만 나는 답답했다. 그는 가끔 문자메시지를 보낼 뿐 내내 조용했다. 애매하다는 말로 이해하려고 해도 뭔가 개운치 못한 감정이었다.

　—잤어요?
　반사적으로 나는 시간부터 확인했다. 새벽 3시가 넘어가는 중이었다.
　"네."
　—너무 늦게 전화해서 미안해요.
　늦게라는 말은 맞았다. 하지만 나는 장난스럽게 대답했다.
　"일찍이네요. 새벽 3시."
　—예전예요. 우리가 친해지기 전에 생각나요? 내가 전화하면 받아 줄 수 있냐고 물었던.
　"네."
　—그때 아버지가 안 좋으셔서 병원에 왔거든요
　"네."
　—오늘은 전화해도 되냐고 묻지 않고 전화할 수 있어서 좋아요.
　"네."
　—잘 지내요. 아니다. 잘 자요. 다시 전화할게요.
　인사를 할 사이도 없이 전화는 끊어졌다.
　복잡하겠지라는 생각으로 나는 그대로 다시 눈을 감았다.
　하지만 잠이 올 리가 없었다.
　불을 켜고, 라디오를 켜자　타이밍이 참 나쁘다는 생각이 들었다.
　뭔가 복잡했다. 아니 복잡한 차원을 넘어 짜증이 나고 화가 났다. 따지고 싶은데 따질 수 없고, 따지면 뭔가 나쁜 사람이 되는 상황.

하지만 온전히 이해할 수 있는 상황은 아니었다.

"잘 지냈나? 얼굴이 해쓱해진 것 같아."

회의에서 만난 박볶음은 내내 신이 나서 나를 봤았고 나는 슬쩍 웃는 걸 끝으로 무시했다.

"세준이가 서울에 안 오게 돼서 어떡해?"

"재미있어?"

"아니, 그냥 나도 속상하니까 하는 소리지."

"근데 서울에 안 와?"

"응. 고향에 남을 거야. 아버님 사업 물려받아야지. 반소은. 메롱."

메롱이라는 말에 충격이 좀 완화되는 기분이 들기도 한다. 웃긴 일인 것 같은.

그러면 난 어떻게 되는 걸까?

벌써 두 달이 넘어가는 중이었다.

간혹 내가 점심은 먹었냐든가, 오늘 날씨가 참 좋다라는 문자 메시지를 보냈음에도 답이 없었다. 그리고 나도 지쳤고 조금은 기분이 상했다.

흔히 말하는, 사정이라는 핑계가 있었으니 아직은 이해하는 단계였다. 그리고 이해하지 못할 자격이 있는가? 과연 그런 사이인가에 대한 확신도 없었다.

그런데 서울에 오지 않고 고향에 남는다면, 그건 이야기가 좀 달랐다.

"그런데 연애는 별개고 짝사랑은 또 따로가 말이 돼? 연애 한다면서."

왜 반말하느냐고 시비를 걸면 자신의 반말 시비가 먹혔구나! 기뻐하며 또 깐죽거리겠지.

나는 그냥 대답했다.

"마음에는 방이 많이 있으니까."

"그간 어떻게 비워 뒀대?"

"너 같은 보따리 장사들이 묵는 여관 아니거든. 오 성 급 호텔. 저리 가. 당신 방은 없어."

"그거 알아? 저기 강화도에 가면 진짜 잘 지은 모텔이 있다."

"그런데?"

"그 모텔 앞에 오리 농장이 있었어. 그런데 모텔 주인은 겨울에 왔기 때문에 몰랐지."

"그래서?"

"그 오리 똥 냄새 때문에 그 모텔은 다 지어졌음에도 결국 영업을 못 하고 그대로 흉물스러운 폐가가 됐지. 겉만 번드르르해. 흉가 체험 코스에도 있대. 수많은 오리 귀신이 나타날지도 몰라."

분명 내가 그 모텔이라는 말을 하고 싶은 거겠지. 그럼 내 오리 농장은 뭘까? 상처 받지 않겠다는 이기심일까? 아니면 상처 받을까 염려하는 두려움일까. 아니다. 내 오리 농장은 내게 나쁜 기억을 주는 박볶음 같은 남자였다.

나는 조용히 코를 막고 일어서서 박볶음의 귀에 대고 고개를 까딱거리고는 속삭이듯 소리쳤다.

"내가 영업을 못 하게 된 건 너 같은 남자 때문이야, 박오리."

예상치 못한 공격에 아무 말도 못하고 눈이 동그래진 박볶음, 아니 박오리를 보던 나는 다시 박오리의 귀에 대고 속삭였다.

"오리."

그런데 순간 박오리가 대답했다.

"꽥꽥!"

반사적으로 박자를 맞춰 대답해 버린 박오리의 얼굴이 바로 붉어졌다.

나는 반대편 테이블에 자리를 잡고 박정우를 보며 웃었다. 박정우의 시비로 시작한 오리 모텔 대결은 내가 이긴 듯했다.

박오리는 모르는, 나만 했던 휴전은 이제 끝난 셈이었다.

—신 군이랑 같이 내려오라신다.

도대체 기념할 이유가 없는 아버지의 생일 때문에 월차를 내고 내려가는 것도 죽겠는데, 연습 애인도 아닌 맞선 중단 프로젝트의 팀원을 데리고 내려오라니.

나는 할 말을 잃고 대답을 못 했다.

—집에도 못 데려올 사이면 그만 만나고 새로 선보라셔.

차라리 그게 낫겠다라고 생각하는 순간 신재훈의 문자메시지가 모니터에 떴다.

그는 이미 연락을 받았고 반차가 가능하니 내일 낮에 같이 KTX를 타고 내려가자는 거였다.

연애
연습

엄마와는 통화를 하면서, 신재훈과는 문자메시지 메신저가 이어졌다.

반찬까지는 필요 없다 말하려는데 그가 말했다.

여행 삼아 가 보고 싶어요. 대전에 안 가 봤거든요. 선물은 지난 출장에서 사 온 술이 하나 있어요.

의심은 가지만 일단 선을 넘지 않으며 자신이 제안한 역할에 충실한 남자, 그리고 연애의 시작점에 개인 사정으로 잠수 중인 남자 사이에서 나는 잠깐 치사한 비교를 하기도 했다.

'차라리 아무 시작도 하지 말 것을.'까지 갔다가, 입술을 삐죽이며 '사실 뭐 시작한 것도 없어.'라는 바닥을 치고는 금세 단순해져서 오세준이 보고 싶었다.

아니요. 그냥 대전에는 저 혼자 갈게요. 그리고 다녀와서 뵙죠. 드릴 말씀도 있어요.

뭔가 비장하게 선언하는 것은 비단 신재훈만이 아닌 나에게 하는 말이기 때문이다.

문자메시지를 다시 보내거나 전화를 하지 못하는 건 또 거절당하면 그다음을 어떻게 해야 할 지 알 수 없어서였다.

"이제 슬슬 미래에 대해서도 생각해 봐야지."

나는 수저를 내려놓고 아버지를 바라봤다.

기어이 따로 연락을 해서 약속을 잡고 신재훈을 대전으로 불러 내서는 생일 선물로 결혼 날이라도 잡으라는 듯 압박을 시작 했다.

　나는 신재훈을 보며 고개를 저었다.

　그는 나를 향해 살짝 웃어 보이고는 벌써 취해서 같은 말을 반복 중인 아버지에게 이야기를 시작했다.

　"그런데 아버님, 제가 1년간 해외 근무를 나가게 됐습니다. 물론 그 전에 약혼을 하거나 하면 좋겠습니다만 저희가 아직 다섯 번도 못 만난 사이인 데다가, 저는 남자고 또 나가 있으니 괜찮지만 여자인 소은 씨는 여러 가지로 불편한 점이 많을 것 같습니다. 그러니 저희가 먼 거리에서도 서로 잘 알아 갈 수 있도록 시간을 주십시오. 물론 아버님께서 아시는 대로 결혼을 전제로 하는 거 아니겠습니까."

　갑작스러운 소식에 당황해서, 어차피 결론도 안 날 생각이란 걸 하는 아버지를 두고 나는 수저를 들었다.

　나는 저 남자가 저렇게까지 치밀하게 할 정도로 결혼이 싫은 이유가 뭘까 궁금했다. 진부하게도 게이일까? 하는 질문이 생겨 났다. 그리고 자동적으로 나를 좋아할지도 모른다는 의심은 사라졌다.

　"1년이면 뭐, 상대가 없는 것도 아니고."

　흡족한 표정의 아버지를 보다 나는 고개를 돌려 상 끄트머리에 있는 잡채를 바라봤다.

　"잡채 줘요?"

　"예?"

"좋아하잖아."

반말에, 잡채를 좋아하는 건 어떻게?

내가 생각하는 사이 재훈이 잡채 접시를 들어 내 앞에 놓아 줬다.

"예. 고맙습니다."

"아가씨가 고맙다는 말도 할 줄 알아요?"

첫째 올케가 씩 웃으며 말했다. 그녀는 지금 재훈이 어떤 의미로는 자신의 손님이라고 생각했는지, 부엌에서 바쁜 둘째 올케를 두고 내내 한 자리를 차지하고 엉덩이를 뗄 줄 몰랐다.

"고마운 사람한테는요."

"밥 먹고 소은 씨 방 좀 보여 줘요. 짐을 뺐나?"

나는 픔 하는 웃음을 참으며 고개를 끄덕였다.

갑자기 설정에 몰입한 이 남자가 귀여워 보였다.

그리고 처음으로 신재훈의 얼굴이 선명하게 눈에 들어왔다.

식사가 끝난 후 나는 2층으로 재훈을 안내했다.

"오래된 집 같지가 않아요."

"리모델링한 거예요, 내부는."

식구들은 아버지에게 각자 할당된 잔소리를 듣느라 우리에게는 관심도 없었다.

오빠들이 내려오는 저녁이면 더 본격적으로 판이 벌어질 거다.

"오빠들이랑 친해요? 아니다. 결혼하면 멀어진다던데 친했어요? 큰오빠는 몇 번 봤어요."

"아뇨. 완전 원수."

"여동생들은 오빠 좋아하지 않나?"

"나름."

"난 소은 씨 같은 여동생이 있었으면 좋았을 텐데."

"왜요?"

"귀엽잖아요."

귀엽다는 말은 가장 애매한 칭찬이다. 때로는 욕이기도 하다.

나는 오랜만이라 조금 긴장하며 방문을 열었다. 남의 방을 여는 기분이었다.

방엔 아무것도 없고 안마 의자뿐이었다.

"저기 앉아 본 적 없죠?"

나는 머뭇거리는 재훈을 의자에 앉히고 버튼을 눌렀다. 어색하게 몸에 힘이 들어갔던 그는 이내 편안한 자세로 누워 말했다.

"이거 좋은데요?"

"네. 정말 비싼 거예요."

"소은 씨가 사 드린 거예요?"

"아뇨. 뭐 홈쇼핑 보다 아버지가 사셨을 걸요."

"또 오고 싶을 거 같은데요?"

"백화점 가전 매장에도 있어요. 거기 지나다 보면 아저씨들이 꼴사납게 누워 있죠."

"지금 나처럼요?"

재훈이 팔다리를 쫙 펴고는 흔들었다.

"근데 결혼이 그렇게 싫어요?"

"소은 씨도 싫잖아요."

"전 그렇게 적극적으로 싫어하는 건 아닌데요."

"그럼 됐어요."

그럼 됐다는 별로 기분 좋은 말이 아니었다. 하지만 신재훈이 쓰는 '그럼 됐어'는 좀 다르게 들렸다. 순간 지조라는 말이 떠올랐고 나는 혼자서 자존심이 상했다.

"폴란드 놀러 와요."

"난 여행 안 좋아해요. 참, 근데 그쪽 부모님은 저 안 보자고 하세요?"

"그것까지 해 주게요?"

"뭐."

"아니에요. 저희 부모님은 제가 누군가를 만나는 것만으로 충분히 안심하세요. 그리고 어머니가 보셨잖아요. 제일 까다로운 분인데 바로 통과했잖아요."

"네."

나는 더 말하지 않았다.

"소은이 신랑감 왔다고?"

밖에서 신이 엄마의 목소리가 들려온다.

신랑감이라는 소리에 재훈이 일어나 넥타이를 고쳐 매고 거울 앞에서 머리를 만지고는 말했다.

"잘 보여야 하는데."

순간 내 맘속에는 아주 잠깐, 제가 아는 A라는 남자와 B라는 남자가 있어요라는 말이 떠올랐다.

만약 조금 일찍, 아니 누군가를 좋아하는 마음이 생겨나기 전에 이 사람을 만났다면 지금처럼 아무것도 궁금해하지 않고 무심할 수 있었을까?

신재훈이 나가고 나는 내 방이었던 공간을 둘러봤다. 포로수용소에 돌아온 기분이었다. 그 순간 노역까지 하고 있는 포로 한 명이 생각났고, 나는 동지애를 가슴에 품고 아래층으로 향했다.

"설거지해야 하는데."
둘째 언니는 난감한 얼굴로 나를 따라나섰다.
시장에 가서 뭐 살 게 있는데 길을 모른다는 핑계로 새언니를 데리고 나와 한참을 달리다 차를 세웠다.
"저는 여기서 내려 주시고요. 트렁크에 갈비 있어요."
"아가씨."
"연이 할머니 댁에 다녀와요. 아빠는 이미 술 완전 드셨고 엄마는 나랑 생각이 같을 거고. 언니는 자고 내일 아침 일찍 오시면 돼요. 시장 들러서 오면 되겠네."
당연한 일을 선심 쓰듯 말하며 아침의 미션까지 주는 내가, 아니 반씨 집안이 너무 싫었지만 새언니는 당장 울 것 같은 얼굴로 말했다.
"아가씨, 정말 안 그래도 돼요."
"저 갈비는 한우예요. 제가 샀어요. 아버지가 하는 경우 없는 일들, 언니한테 많이 미안해요. 근데 스트레스 받지 말고 그냥 좀만 참으세요. 아빠도 늙을 거고 좀 덜해지겠죠."
"아가씨."
코끝이 빨개지는 둘째 올케를 보다 나는 휙 차에서 내렸다.
마음은 있으면서 한 번도 이렇게 못 했던 건 이런 순간이 너무 싫어서였다. 이렇게 부끄러운 순간이 싫어서, 더 부끄러운 일들을 모른 척했다. 어쩌면 부끄러움을 무릅쓰게 된 건 세준 때문인지도 몰랐다.

그것이 연애가 내게 가져다준 긍정적인 변화라면 변화였다.

오세준한테 네가 먼저 연락해 봐야 하는 거 아닐까?

신의 문자메시지였다.

한참을 보다 나는 근처에 있는 스타벅스를 찾아 앉자마자 오세준에게 전화를 걸었다.

하지만 그는 전화를 받지 않았고, 나는 좀 격하고 비장한 감정과는 다른 문자메시지를 남겼다.

언제든 괜찮아지면 꼭 연락해 줘요.

반킬에게는 어울리지 않는, 인내와 포용이 가득한 가식의 문자메시지였다.

"소은 씨."

집으로 들어가려던 나를 불러 세운 목소리는 신재훈이 아니라, 오세준이었다.

"어!"

나는 그대로 달려가 그의 목을 끌어안았다.

"소은 씨, 여기 소은 씨 집 앞이야."

"아. 맞다. 잠시만 기다려요."

나는 대문을 열고 장을 본 것들을 안에 넣고 그의 손을 잡고 뛰었다.

"나 차 가져왔어. 소은 씨."

나는 허둥지둥 그의 차를 찾았다. 어디로든 가, 그의 얼굴을 보고 해 주고 싶은 이야기가 많았다.

"어디로 가지?"

차에 타자마자 그는 피곤한 듯 눈을 비비며 말했다.

"여수에서 오는 거예요?"

"응."

"전화를 미리 하지."

"서울 갔었어요. 놀래켜 주려고. 그런데 소은 씨 집에 내려갔다 하더라고. 주소는 신이 씨가 알려 줬어요."

"아."

나는 또 미안해졌다. 내가 왜 대전에 와 있는지, 누구랑 왔는지는 말할 수 없을 것 같았고 부끄러웠다.

"호텔로 가요."

"호텔?"

"여수 다시 가야 할 거 아냐. 좀 자고 가요."

호텔로 들어서면서 나는 내내 주위를 두리번거렸다. 이 동네에서 서른 살 반소은을 알아볼 사람은 없지만 그래도 어쩐지 자꾸

연애
연습

움츠러들었다.

"먼저 올라가요."

"네?"

세준이 키를 주머니에 넣어 주며 말했다.

"여기 소은 씨 동네잖아."

나는 가만히 그의 얼굴을 보았다. 몇 달 만에 처음으로 보는 얼굴. 까칠했다.

"괜찮아."

나는 그의 손을 잡았다. 그리고 일부러 더 씩씩하게 팔을 저으며 걸었다. 그리고 생각했다. 차라리 누군가 나를 봤으면 좋겠다고!

"정말 이렇게 있으라고?"

나는 강제로 그를 눕히고 가만히 옆에 누웠다.

"내가 본 가장 피곤한 얼굴이에요."

"조금 피곤해."

"자요, 얼른."

그가 돌아누우며 웃었다.

"왜?"

"우리, 그냥 자면 안 될까?"

"응?"

"나 반소은이랑 자고 싶어서 서울 갔어."

"에에?"

나는 놀라는 걸로 부끄러움을 감췄다.

"너무 복잡한 일들이 있는데 계속 생각했어. 반소은을 보면 좀 달라질까. 머리가 깨질 것 같은 회의를 하면서 머릿속에서 반소은을 만지고 안았지."

"우와."

장난처럼 뭔가 말하려다 말끝을 흐린다. 생각해 보면 오늘의 그는 좀 서늘하다.

나는 벌떡 일어나 욕실로 들어갔다. 보고 싶었다라는 말을 했던가? 자고 싶어서 왔다는 말이 상처가 되는 것도 같다. 힘든 일이 있는 걸까?

나는 자꾸만 작아진다. 괜히 굴욕적인 기분이 들고.

옷을 벗어 행여 젖을까 수건에 싸서 변기 뚜껑에 올려 두고 샤워기를 트는 순간 욕실 문이 열린다.

"어, 나 아직."

아직이라는 말이 끝나기도 전에 그는 성큼성큼 들어와 나를 번쩍 안아 들었다. 화가 난 얼굴이었고 나는 아무 말도 하지 못한 채 질끈 눈을 감았다.

"미안. 미안."

그는 거칠고 급한 자신을 거듭 사과했다. 그러면서도 더 거칠게 나를 몰아붙였다. 말뿐인 사과 같았다. 더 거칠게 하기 위해 필요한 말쯤으로 느껴졌다.

무슨 일이 있는 게 분명했다.

나는 무슨 일이냐고, 왜 그러냐고 묻는 대신 손을 뻗어 이마에 묻은 땀을 닦아 주었다. 그리고 눈을 감았다.

늘 젠틀하고 상냥한 오세준이 아닌, 다른 오세준을 만나는 순간을 받아들였다. 나쁘지 않은 색다른 경험이라고 생각해 보기도 했다. 억지스러운 위안이었다.

"괜찮아?"

좀 순해진 얼굴의 세준이 물었다. 조금은 다정해진 목소리였다.

나는 고개를 끄덕였다. 그런데 바보같이 눈물이 주르르 흘러내린다.

"미안해. 내내 생각했거든. 너를 내 걸로 만드는 것에 대해."

그는 오늘 분명 이상하다. 내가 이런 말을 싫어할 것이라는 걸 알면서 작정하고 하는 듯 부자연스럽다.

"당신이 화를 내고 멈춰 주길 바랐어. 이러지 말라고. 왜 그러냐고 멈춰 주기를."

그가 가만히 손을 뻗어 눈물을 닦아 준다. 다시 친절한 오세준이다.

그의 얼굴에 슬쩍 웃음기가 어렸다 사라진다. 그 짧은 웃음에 이 밤 받은 상처도 사라진다. 나는 애써 웃어 주는 걸로 괜찮다는 말을 대신했다.

"오세준 씨 블로그 업데이트 했던데."

신이는 여전히 불퉁한 얼굴로 혼잣말처럼 중얼거렸다.

"안 궁금해. 이번에도 게시판에 물어보면 너랑 안 살아."

대전에서 올라오자마자 나는 신이와 다퉜다. 내가 대전으로 내려가 있는 동안 신이는 게시판에 비밀 연애 중인 남자 A와 맞선 남 B의 이야기를 Poll 기능까지 넣어 구체적으로 질문했다.

신이의 주장은 자기와 나, 민재, 세 사람 말고는 누구도 알아보지 못할 이야기 아니냐는 거였지만 나는 발가벗겨진 기분이었다.

리플의 절반은 내 욕이었고 절반은 진지하게 A와 B를 비교하며 싸우기도 하고, 욕도 하고, 부러워도 하는 중이었다.

그리고 한 달 넘게 신이와 나는 불편했다. 나는 신이가 적반하장으로 느껴졌고 신이는 나를 진실을 대면하기 불편해하는 비겁한 사람으로 대했다.

"그 사람 이야기 하기가 싫은 거야? 아님, 나더러 반소은, 네 집에서 나가라는 거야?"

"그냥, 나 그 사람 이야기 하기 싫어."

그날 밤 대전에서 그렇게 가 버린 후 그는 또 연락을 끊었다.

밤마다 전화기를 들고 기다렸다. 모든 전화가 오세준이 건 게 아니라는 사실만으로 짜증이 났다. 물론, 나도 열 번쯤 참았다 딱 두 번 전화를 하긴 했다.

하지만 그의 전화는 계속 꺼져 있었다.

무슨 일이 있나? 아니면 이대로 끝인가?

온갖 생각으로 한 달, 그러니까 4주가 지났다. 하지만 이혼 법정에서도 주어지는 4주는 뭔가 근거가 있는 시간인 듯했다. 정말 그 4주가 지나고 나니 나는 오세준이 누구인지, 나는 또 누구인지, 우리가 연애를 하긴 했는지 이제 헷갈리는 지경에 이르렀다.

그리고 그 지경에 이르고 나니, 거짓말처럼 모든 게 괜찮아졌다. 아니 완벽하게 괜찮은 척할 수 있는 경지에 이르게 됐다.

"오세준 씨 어디 있어요?"

내 말에 박정우가 어깨를 움츠리며 뒤로 물러났다.

아침부터 남의 사무실에 나타나 다짜고짜 오세준의 행방을 물으니, 놀라고도 남을 일이었다.

"어디 있는지는 알 거 아니에요."

"왜?"

"만나서 할 이야기가 있는데 전화는 안 돼서. 상황이 나빠서 힘든가? 했는데 블로그에 오이 국수 먹은 게 업데이트됐더라고. 그러니까 좀."

"나도 어디 있는지 모르는데 아마 지금은 여수?"

지금은 여수라는 말에 나는 박정우를 째려봤다. 이 모든 일의 배후에 그가 있는 것 같기도 했다.

"강의 있는 이틀은 서울 와요."

연락도 하지 못할 만큼 괴롭고, 힘들고, 아니면 그럴 시간이 없을 정도로라고 이해했다.

부모를 잃은 슬픔이라는 것은 상상 못할 깊이인 데다가 여러 가지 전해 들은 복잡한 사정들을 알게 되니 모두 이해하고도 남았다.

그의 아버지는 생전에 그의 고모부와 동업 중이었고 새로운 사업을 추진하던 차에 아버지가 돌아가시게 돼서 투자 문제나 법적으로 여러 가지 문제들이 얽히게 되었다고 했다.

하지만 일주일에 이틀, 그것도 강의를 하러 서울에 온다는 말은 이해할 수 없었다.

"알았어요. 집 주소 좀 줘 봐요."

너, 심각한 사랑에 빠진 거구나라는 표정으로 박정우가 내민 주소를 받아 들고 나니 막상 뭘 해야 할지 맥이 빠졌지만 나는 웃었다.

물론 찾아가느냐 마느냐 선택이 남아 있긴 했지만.

그래도 이제는 무작정 기다려야 하는 게 아닌, 내 결심의 문제였다.

"나, 너희 작은오빠 본 거 같아."

그 말을 뭐 그렇게 한참이나 뜸을 들이나 하다, 나는 시선을 피하는 신이를 빤히 쳐다봤다. 그리고 마침내 눈이 마주치고 물었다.

"본 거 같아는 뭐야? 봤는데 모른 척하고 싶어? 아님 못 볼 걸 봤어?"

"아니, 그게 확실하지 않아서."

"그냥 모른 척해. 너희 엄마한테 말하지 말고."

"야, 내가 뭐."

자신의 입에 믿음이 없는 신이가 말끝을 흐린다.

신이가 본 게 무엇일지 대충 짐작이 간다.

아버지의, 아니 더 거슬러 올라가서 할아버지까지 포함한 피를 이어받은 우리 집 두 아들 중 큰아들은 기 센 부인을 만나 꽉 잡혀 산다. 하지만 둘째는 피의 흐름대로 살고 있는 것 같다.

결정적인 바람을 피웠는지는 알 수 없지만, 밖에 나가선 저렇게 질척거리면서 집에서는 돈 버는 남자의 온갖 유세를 다 하고, 새언니에게 큰소리를 치며 산다.

방으로 온 나는 옷도 벗지 않은 채 침대에 누워 있다 둘째에게 전화를 걸었다.

—여보세요.

"나야."

—응. 어쩐 일이야?

"밖이야?"

—응.

"어딘데?"

—누구 좀 만나느라.

"천장 높은 카페에 있구나?"

내 말에 착한 아내와 사는 못된 둘째 반태은 씨는 잠시 침묵했다.

"그러고 다니지 좀 마. 창피한 줄 알아라. 내가 너 같은 애들 땜에 결혼하기 싫다."

—야.

"사진 찍어서 아버지한테 보내려다 참은 거야."

뚝 하고 전화가 끊어진다.

지금 반태은 씨는 주변을 두리번거리다 그 여자와 헤어져 서둘러 집으로 갈 것이다.

오세준 씨는 나와 어울리지 않는 자신의 미래를 계획하느라 바쁠 것이고.

세상의 모든 남자들이 하찮고 시시해지는 밤이었다.

그리고 후회했다.

즐겁고 심플하게 살다가 죽겠다던 인생에 오세준, 즉, 뭔가 복잡한 일이 생기면 도망가는 그런 남자를 끌어들인 것을.

나는 결국 잠 못 들고 신의 방을 두드렸다.

신이는 여전히 뒤끝 있는 목소리로 날카롭게 소리쳤다.

"왜?"

"나 분해서 잠이 안 와."

"삼자인 나도 잠이 안 오는데. 불 켜."

불을 켜자 얼굴에 마스크 팩을 붙인 신이 일어났다.

"어? 너 그거 뭐야. 혼자서."

신이 떼어 낸 마스크 팩을 반대로 내 얼굴에 붙였다.

"아, 이 실용적이고 촉촉한 우정이라니."

바닥에 누워 침대에 다리를 올리자, 신 역시 내려와 옆에 나란히 누워 다리를 올렸다. 한 달간의 껄끄러움은 사라지고 없다.

"손."

"응?"

"피부는 그렇다 치고 네 자궁도 늙고 있단다."

"응."

"한 달에 1번 임신의 기회가 있으니 1년에 12번. 그럼 이제 얼마나 남았을까?"

"120번? 그런데 늦둥이를 임신하는 사람들도 있잖아?"

"그건 이미 자식도 낳고, 원활한 성생활로 인해 자궁이 단련된 거지. 홀로 늙은 자궁은 아니야."

"그거 몹시 여성을 비하하는 말로 들려."

연애
연습

"과학과 의학은 비하를 할 수 없어. 슬픈 현실을 알려 주는 것이지."

나는 늙어 가는 내 자궁이 있는 아랫배를 손으로 쓰다듬었다.

"나는 너보다는 좀 더 쓰긴 했는데."

한때, 남자와 자는 것에 집중했던 신이는 내게 다른 세계가 펼쳐질 것이라면서 그것이 누구든 함께 자 보기를 권했다.

그런데 나는 같이 잘 만큼 멀쩡한 남자를 만나지 못했다.

소문이 날까 봐, 잤다고 우쭐댈까 봐 등등 핑계가 많았다.

오세준과 자고도 신이에게 말하지 못한 건, 아마 그것도 소문이 날까 봐 걱정해서였을 것이다. 아니, 그게 잘한 일이라고 생각하지 않았던 건지도 모르겠다.

"근데 네 나이에, 그 별명에 처녀인 건 좀."

신이 입꼬리까지 올리고 나를 딱하게 바라봤다.

하마터면 자 봤다고 소리치려다 나는 침착하게 말했다.

"근데 그것도 되게 웃겨."

"뭐가?"

"근데 같이 자 보고 싶은 남자를 못 만날 수도 있잖아? 난 정말 일생에 한 번도 찾지 못했어. 아니, 못했었어."

못했어와 못했었어의 차이를 신이는 놓친 모양이다. 은근 슬쩍 나는 고백했다.

"미쳤군. 그게 첨부터 아, 나 저 남자와 자고 싶어 그러는 게 인간이냐? 아, 물론 보자마자 그런 생각이 드는 남자들도 있긴 하지만."

순간, 나는 오세준의 냄새를 떠올렸다.

그 사람의 얼굴만 그리워하지 않게 되었다는 건 약간의 비참함을 동반했다.

"우나?"

신이의 말에 나는 코를 훌쩍이며 생각했다. 분해서 우는 건지, 슬퍼서 우는 건지 알 수 없었다.

"네 방에 전화 온다."

"이 시간에."

숨을 죽이자 전화벨 소리가 들려왔다.

"누구지? 이 시간에?"

벨 소리만 듣고도 알았으면서 나는 가증스러운 얼굴로 슬쩍 일어나 방으로 건너왔다.

액정 화면에 오세준이라는 이름 세 글자가 떴다.

끝도 없이 울려 대는 전화기 위에 베개를 던져 놓은 후 나는 부엌으로 가 냉동실의 문을 열었다.

그리고 베이글을 꺼내 토스터에 넣고, 커피를 내렸다.

따끈한 빵에 치즈를 바르면서 이겼다라는 마음이 드는 것도 잠시. 내 자신이 너무나 한심하게 느껴졌다.

어쩌면 처음부터 얄팍한 마음이었을지도 모른다.

적당한 거리를 유지하고, 적당히 따뜻하고, 적당한 만족감을 주는 관계. 그런 관계를 원했고 그 순간 딱 알맞은 상대인 오세준을 만나고. 여전히 내가 맺었던 다른 관계들처럼 내 마음대로 내가 좋은 것만 하는.

다시 방에서는 전화벨 소리가 들려왔다.

잔뜩 겁을 먹은 채 나는 남은 빵과 커피를 다 마셨다. 그리고 나서야 방으로 돌아가 울리는 전화기를 받아 들었다.

하지만 전화를 받으려는 순간, 이미 부재중으로 넘어갔다.

한 번만 더 오면 받아야지 하는 순간, 딩동 소리를 내며 문자메시지가 도착했다.

우린 안 되겠어요, 소은 씨. 좋은 기억으로 남길 바라요.

멍하게 문자메시지를 보다 나는 웃음이 났다.

전화를 받았다면 말로 들었을 이별 통지를 문자메시지로 받은 것이다.

어느 쪽이 더 나은지 알 수 없었다.

그렇게 나는 밤새 뒤척이며 그 문자메시지를 읽고 또 읽었다.

그 짧은 행간에 나는 너를 너무나 사랑하고, 그래서 이렇게 말하는 나의 마음도 너무 아프고 같은 것들이 들어 있을 리가 없었다.

일방적인 통보는 숙려의 시간이 없다.

그게 사람들이 일방적인 통보를 애용하는 이유일지도 모른다.

그렇게 밤새 나는 또 고민했다. 뭐라고 답을 할 것인지.

이별을 받아들이지 못했으면서 지고 싶지는 않았다.

어떻게 해야 나는 상처 받지 않았고 너 따위와의 이별은 흥! 이며 더 좋은 남자를 만나 행복할 수 있다는 여지까지 보여 줄 수 있을까.

결국 나는 가장 간단하게 결정했다.

ok.

그런데 모양이 맘에 안 들었다. 오케이의 철자가 어떻게 되더라, 한글로 쓸까?
결국 나는 정성스럽게 대문자에 점까지 찍어 답을 보냈다.

O. K.

몰랐으면 좋았을 일들

"잘 가요."

나는 손을 내밀어 악수를 청했다. 재훈이 장난스럽게 손을 옷에 여러 번 닦고는 내 손을 맞잡았다.

"소은 씨가 나한테 그렇게 웃어 주는 거 첨이네. 너무 시원해하네."

"들켰네요."

나는 진심으로 미안했다. 이상하게 빚을 진 기분이었다.

"편지해도 돼요?"

"이메일 아니고 편지요?"

어울린다는 생각이 든다.

"하세요. 답장은 이메일로 해도 되는 거죠?"

"놀러 와요. 그리고 가끔 전화해도 되죠?"

"네. 그런데 떠나는 순간 갑자기 적극적이 되시네요?"

"거절당하지 않을 거라는 확신이 있으니까."

반소은의 분류법으로 보자면 그는 이제 좋은 남자다. 아니, 좋은 사람이다.

"이제 가야겠네요. 나와 줘서 고마워요."

"네. 건강히 다녀오세요."

"뭐 타고 왔어요? 갈 때 동생한테 모셔다 드리라고."

"아니에요. 리무진 버스가 편해요."

"그럼 됐어요. 아, 저기서 우리 식구들이 보는데 소은 씨가 부담스러워할까 봐 다들 숨어 있거든요. 뭔가 확신을 좀 주고 싶은데."

나는 두 팔을 벌려 재훈을 안았다.

"건강하게 지내요."

"네."

그가 가족과 인사할 시간을 주기 위해 얼른 인사를 마무리하고 돌아섰지만 선뜻 발걸음이 떨어지지 않았다.

1년 후, 반소은과 신재훈은 어떤 핑계로 헤어져야 하는 걸까? 하는 숙제가 남아 있는 기분이었다.

멍하니 서 있다 나는 문자메시지 소리에 가방에서 휴대폰을 꺼냈다.

반소은, 잘 살아. 언젠가 또 보는 날이 있겠지.

신재훈의 문자메시지인 줄 알았는데 발신인은 민재였다. 재빨리 통화 버튼을 눌렀지만 결번이라는 안내 멘트가 나왔다.

고객의 사정도 아니고 결번이라니. 저절로 한숨이 나왔다.

민재에게 그렇게 많은 이야기를 했으면서 민재가 사라진다면 어디로 갔을지는 짐작이 되지 않는다.

"어디든 갔겠지. 나한텐 인사도 없었어. 배고프다. 오늘 폭식하자. 3킬로 불어도 괜찮아."

신이는 이미 3킬로는 거뜬히 불은 걸로 보였지만 나는 말하지 못했다. 아직 오세준과의 이별에 대해서도 말하지 못했고.

하지만 오늘은 그냥 민재가 사라진 걸 슬퍼하기에도 시간이 모자랐다.

"소은 씨 술 한잔 안 할래?"

내내 야근 자리를 지키던 신 대리가 먼저 일어나며 미안한 듯 인사를 건넨다. 나는 일어나 고개를 젓고 자리에 앉았다.

아침 사무실로 도착한 신재훈의 편지가 날 바라보고 있었다.

내 야근은 업무적인 것이 아니라, 그 두꺼운 봉투 때문이었다.

떠난 지 일주일도 안 되어 도착한 그 편지에는 무언가 엄청난 고백의 말이나, 나를 향한 비난이 적혀 있을 것만 같았다.

잘 지냈어요?

내가 있는 곳은 Wroclaw예요. 어떻게 읽어야 하나 고민하죠?

브로츠와프라고 읽어요. 아니다. 한글 표기가 그래요.

그냥 조용한 유럽의 작은 도시.

이제 멀리 왔으니 고백해도 되지 않을까?

소은 씨를 만난 게 아마 10년 전일 거예요.

경호라는 친구 기억해요? 소은 씨 학교의 법대생. 소은 씨의 친구인 미주 씨와 연애했어요. 그래서 다 같이 미술관에 갔어요.

나는 경호의 친구, 소은 씨는 미주 씨의 친구.

사실, 소은 씨를 만나게 해 달라고 조른 건 나였고, 미주 씨는 소은 씨에게 그렇게 접근하는 건 역효과라고, 친구로 시작하는 게 좋을 거라 충고했죠.

그런데 꽤 오래 공들인 그날의 만남은 두 사람이 다투고 헤어지는 바람에 그대로 끝났어요. 나는 소은 씨랑 딱 두 마디를 나눴죠. 처음 만나서 안녕하세요와 그리고 헤어질 때 어느 쪽으로 가는 전철을 타는지. 나는 반대 방향 전철을 타야 했는데 소은 씨랑 같은 방향인 척해서 소은 씨가 내릴 때까지 같이 탔어요. 이야기는 더 못했지만.

그 후, 소은 씨의 학교로 학보를 보냈죠.

졸업할 때까지 보냈어요.

소은 씨에게 고백해야 하는데 그랬다 거절을 당하면 정말로 끝이니까 못 했어요. 어떻게 하나 그러다 군대를 갔고 공부를 하느라 또 시간이 갔어요. 그런데 잊을 수 없었어요.

아니, 점점 더 좋아졌어요.

그리고 시간이 그렇게 많이 흘렀는데, 정보 관련 박람회에서 다시 소은 씨를 마주쳤어요. 이것도 아마 소은 씨는 기억 못 할 거예요. 인사하거나 알은척해야 하나 고민했지만, 너무 짧은 순간 스쳤어요.

나는 또 뭐 그렇게 바보 같았어요. 게다가 그날 만난 소은 씨 회사의 신 대리가 내 관심을 알아차리고는, 소은 씨는 어떤 남자도 다 싫어하고 거절하고 그런다 해서 더 겁을 먹었어요.

이야기가 너무 길죠?

어쩌면 너무 재수 없어 하면서 편지를 찢어 버렸을까 걱정이 되지만 그래도 아직 많은 이야기가 남아 있어요.

그러다 단념했던 소은 씨를 다시 마주쳤죠. 선배의 집들이에서 가족사진의 한 자리를 차지하고 있는.

그러고 보니 선배의 남편이 반씨라는 걸 들은 것 같아서, 마음이 급해졌어요. 그리고 선배에게 소은 씨가 결혼 생각이 없어서, 아버님에게 괴롭힘을 당하고 있다고 들었죠.

원래 그런 말 한 번도 해 본 적 없는데 선배에게 좋은 여자를 소개해 달라고 했어요. 선배는 자기 주변에 좋은 여자는 없고 진짜 콧대 세고 대책 없는 시누이 하나만 있다고 했죠.

그런 여자를 좋아한다고 말했어요.

처음엔 그렇게 우회적으로 접근해서 정이 들고, 나를 좋아하게 되면 좋겠다는 생각을 했어요.

그런데 소은 씨를 아주 가끔 만나고 전화 연락을 하고 하면서 그런 생각들을 버렸어요.

소은 씨가 더 좋아졌고, 말이 이상하지만 소은 씨에게 다 털어놓았으니 그걸로 됐어요.

편지를 다 읽고 나는 얼른 열려 있는 방문을 닫았다.
그리고 책 사이에 편지를 끼워 두고 노트북을 켰다.
메일 프로그램을 실행하고 연락처 목록에서 신재훈의 메일 주소를 클릭했지만, 막상 제목부터 막혀서 뭘 써야 할지 알 수 없었다.

숨어 있던 로맨스에 가슴이 뛰어야 하는데 어쩐지 답답해졌다.

기억에도 없는 일이었다. 미주는 기억했지만 그녀의 남자 친구까지 기억할 만큼 친한 사이도 아니었다. 대공원에 간 기억도 없었다.

하지만 학보는 기억했다. 졸업 때까지 내내 와서 나중엔 뜯어보지도 않고 버렸던 어떤 학교의 학보. 발신인이 없어서 기분 나쁜 우편물일 뿐이었다.

나는 결국 답장을 쓰지 못하고 메일 창을 닫았다.

할 말이 없었다.

아무리 떠올리려고 해도 그때의 기억은 떠오르지 않았다.

신재훈이 조금만 더 미덥지 않은 사람이었다면 거짓말을 지어낸 거라 의심했을지도 모른다.

며칠을 신재훈에게 보낼 편지로 고민하고 있는 사이, 신이는 내가 말한 시리즈의 연재를 시작하기로 결심했다.

내가 일하는 회사에서 할 수 없어서 우선은 블로그에 연재를 시작했고 나는 열심히 신이를 코치했다. 닉네임은 바예바로 정했고, 나중에 왜 닉네임이 바예바냐고 물으면 '제 이름이 이신이에요. 그냥 평범한 이름이잖아요. 근데 바예바가 붙으면 세상에서 제일 높이 뛰는 여자가 되는 거죠. 그렇게 인생을 바꾸고 싶었어요.'라 대답하라고까지.

하지만 신이의 별명이 바예바가 되던 날 민재는 굉장히 심드렁

한 얼굴로, '같은 이신인데 얼굴도, 몸매도 너무 달라.'라고 말했다.

얼굴은 몰라도 몸매는 많이 개선되었다. 그러나 민재는 떠났다. 그것도 잠깐이 아닌 영원일 것 같은 분위기를 남기고.

그리고 나는 세상에 태어나 처음으로 불면증에 시달리기 시작했다. 그러나 불면증보다 더 나를 슬프게 한 건, 어쩌면 수많은 인생의 함정이 되었을지도 모르는 '그럼에도 불구하고'였다.

제법 비참하게 차였음에도 불구하고 나는 오세준이 보고 싶었다.

"얼굴이 왜 그래?"

사람들의 인사가 이제 지겨울 지경이었다. 나중에는 마치 누군가에게 맞아 멍든 얼굴을 들킨 사람처럼 고개를 푹 숙이고 다녔다. 그랬더니 이제 사람들은 자세를 문제 삼았다.

"왜 그렇게 웅크리고 다녀?"

하지만 다이어트는 절로 되는 중이었다. 그냥 보통에서 조금 빠졌던 체격은 마른 체격으로 변했고, 신이는 밤마다 이건 배신이라면서 이런저런 군것질거리를 꺼내 놓았다.

그리고 그렇게 잠을 못 잔 지 보름째 되던 날, 나는 불면이 신재훈에게 답장을 하지 않았기 때문이라 결론을 내리고 이메일 프로그램을 열었다.

그런데 오세준의 편지가 나를 기다리고 있었다.

뜬금없는 메일의 제목은 '소은 씨가 나 때문에 힘들지 말았으면 좋겠어요.'였다.

소은 씨를 만나 행복했습니다.
어딘가에 발을 붙이고 사는 꿈을 꾸기도 했어요.
그리고 지금도 소은 씨를 생각하면 행복합니다.
소은 씨가 나로 인해 행복하지는 않더라도 나로 인해 힘들지 않았으면 좋겠습니다.

"미친놈."
저절로 욕이 나오는 메일이었다. 혼자서 맨발로 돌 위를 걸으며 지구와 소통하고 있다고 믿고, 해 뜨는 걸 보고 처운다고 했을 때 미친놈인 걸 알아봤어야 하는데. 미친놈에게 농락당한 기분이 이런 걸까 나는 참을 수가 없었다.
분노에 떨다 그리고 욕을 하다 또 울다가 문득 시계를 본다.
새벽 3시.
내가 메일을 쓰려고 했던 게 12시였는데.
이런 거지 같은 메일을 3시간이나 보고 있었다니.
나는 전화기를 꺼내 오세준의 번호를 찾아 통화 버튼을 눌렀다.
신호 음이 끝나기만 하면 대차게 욕을 해 줄 생각이었다. 그러나 예상과 달리 차가운 목소리가 들려왔다.
―지금 거신 번호는 결번이오니.
나는 매번 똑같은 목소리로 똑같은 안내를 하느라 지치고 힘든 그녀에게 애꿎은 욕을 퍼부어 댔다. 세상에 태어나 처음으로 해 보는, 신들린 듯 끝도 없이 이어지는 욕이었다.

그리고 나는 그대로 쓰러져 잠이 들었다.

하지만 해가 뜨자마자 그대로 벌떡 일어나 앉았다.

분해서 잠을 이룰 수가 없었다.

그러나 또 나를 미치고 팔짝 뛰게 만든 것은, 그럼에도 불구하고 그 사람이 궁금하고, 걱정되고, 보고 싶다는 거였다.

세상에서 가장 비겁하게 이별하고 그걸 확인하는 찌질한 메일까지 보낸 그 남자가 나는 여전히 그리웠다.

대전에서의 그 밤까지 합해서 삼세번 킬을 당하고도 나는 그 킬에 나처럼 모자란 사람은 모르는, 뭔가 깊고 깊은 뜻이 있다 믿고 싶었다.

내가 아는, 내가 사랑한 오세준은 적어도 그런 사람이니까.

"기차가 어둠을 헤치고 은하수를 건너면."

평일 오전의 여수행 기차에는 사람이 없었다. 아니, 서울에서 탄 사람들은 모두 내리고 이 칸에는 나밖에 없었다.

기차를 타면 자꾸 저 노래가 생각났다.

좋아하는 작가 선생님 중에 술만 마시면 저 노래의 저 부분만 부르는 분이 계셨는데, 맑고 좋은 목소리에 딱 어울리는 편집이어서 시끄러운 술자리도 저 노래 한 구절에 정돈이 됐다.

그런데 내 마음은 그렇지가 않았다. 어제의 욕도 마음에 남았고, 만나기만 하면 뺨이라도 올려붙일 기세였다.

아니, 솔직히 말하자면 뭔가 비밀이 있기를, 반전이 있기를 바

랐다. 나를 사랑하지만 떠날 수밖에 없는 다른 이유를 확인하고
싶었다.

주소가 적힌 종이를 주자 택시 기사는 이 번지가 어디더라 하
더니, 대번에 말했다.

"여행 오셨나 봐요?"

차가 언덕길을 올라가면서부터 나는 뭔가 이상하다 생각했다.
입구부터 건물까지 한참을 들어가야 하는 것도 이상했다.

그가 부끄러워할까 봐 근처에서 전화할까 했던 내 마음이 쪼그
라드는 중이었다.

"예약하셨습니까?"

"오세준 씨 만나러 왔는데요."

"아, 우리 사장님요?"

환하게 웃는 표정에, '우리'에 힘을 준 억양, 전부 다 거슬렸다.
아니, 사장님이라는 말이 제일 거슬렸다.

"누구시라고."

"반소은이라고 전해 주세요."

"그럼 커피숍에서 기다려 주시겠습니까? 지금 사장님이 외부
에 나가 계셔서요."

커피가 나오고 나는 숙박업에 대해 잠시 생각했다. 커피도 맛
있었고 커피 잔도 비싼 거였고 가구도 제대로였다. 들어서면서부
터 내내 뭔가 허술한 걸 찾아내려고 노력했지만 이건 진짜 리조
트였다.

그리고 진짜 오세준이 나타났다.

벌떡 일어나 까딱 고개를 숙여 인사를 하고 나는 그의 표정부터 살폈다.

설마에서 진짜네로 변하는 얼굴로 나를 보던 그는 한참 만에야 말했다.

"소은 씨."

어쩐 일이냐고 물으면 죽여 버려야지 했던 각오는 무너졌고, 나는 바보처럼 엉거주춤 한 번 더 인사했다.

그리고 그 잘생긴 얼굴에 방심하는 그 순간, 그가 말했다.

"어쩐 일이에요?"

사실 그 질문에 이미 나는 완전히 킬당한 셈이었다.

아무 말도 못하고 얼마나 서 있었을까? 그는 한숨을 한 번 쉬고는 내 손이 아닌 내 손목을 잡고 밖으로 향했다.

"멀리 가?"

뒤에서 그 여자가 물었다. 우리 사장님이라고 부를 때와 달리 반말이었다.

"아니야. 금방 올 거야."

금방이라는 말에 내 가치가 들어 있다는 걸 알았으면서도 나는 미련하게 바닷가까지 오세준을 따라 한참을 걸었다.

그리고 기어이 한 번 더 듣고 말았다.

"놀랐어요. 어쩐 일로?"

"이대로는 안 되겠어서요."

한마디를 하고 나니 용기가 났다. 나는 이제껏 본 것 중 제일 바보 같은 표정으로 서 있는 오세준에게 말했다.

"나한테 너무한다고 생각하지 않아요?"

"미안해요."

"힘든 일이 있나 보다 짐작했어요. 우리는 안 되겠다는 문자메시지를 받았지만 그걸로 끝내기엔, 아니, 그걸로 끝난다는 생각은 안 했어."

그는 고개를 끄덕였다.

하지만 별로 희망적으로 보이진 않았다. 그냥 반사적인 끄덕임. 그래! 네 말을 듣고 있다 정도였다.

나는 가증스럽게도 마치 당신의 연락을 지금껏 기다리고 있었다는 순진한 얼굴로 물었다.

"진심이에요?"

"뭐가?"

"우린 안 되겠다는 그 말."

"네."

"왜요?"

"그건 소은 씨도 너무나 잘 아는 거 아닌가? 그리고 처음 만날 때 그랬잖아요. 언제든 한쪽이 싫어지면, 부담스러워지면 이유를 묻거나 그러지 말고 돌아서자고."

"네."

"소은 씨."

"됐어요. 알아들었어요."

멍청하게 거절의 말을 여기까지 찾아와서 굳이 듣다니.

나는 이런 바보짓을 하는 여자들을 드라마나 영화에서 볼 때마다 혀를 찼다. 하지만 지금은 내 발등을 찍고 싶다.

"안녕히 계세요."

공손하게 인사까지 하고 나는 그대로 돌아섰다.

하지만 분하고 억울했다.

마음속으로 나는 수천 번의 저울질을 하고 염려했지만 적어도 이렇게는 아니었다.

내가 반대의 입장이 되어 저울질 끝에 오세준을 찼다면, 나는 적어도 이렇게 뜸을 들이거나 상대를 괴롭게 하지 않았을 것 같았다.

"오세준 씨."

나는 나와 반대로 돌아서서 가려는 그를 다시 불러 세웠다. 그리고 눈을 한번 질끈 감고는 하고 싶은 말을 모두 해 버렸다.

"나는요. 진짜로 좋아했어요. 연습이라고 했지만 실전처럼 했어요. 이기고 싶지도 않았고 나쁜 상상은 하지도 않았어요. 심지어 좀 더 일찍 당신을 만나지 못했을까 안타까워 미칠 것 같았어요. 그리고 예전에 당신에게 했던 실수들, 오해들이 매일 아침 새삼 미안했어요. 아까까지는 여기 온 거 후회했는데 잘한 거 같아요. 잘 알아들었어요. 당신은 연습이었나 보네. 그럼 제가 어쩔 도리도 없고. 근데 재수 없어요. 더 심한 말 하고 싶지만 안 할래요. 다음 세상이 있다면 그때는 꼭 내가 제일 싫어하는 새로 태어나세요. 그래서 평생 찌질찌질 울다가 죽어 버려요. 내가 아는 세상에서 제일 찌질한 인간이에요."

용기가 아니라, 이건 발끈이라고 나는 생각한다.

오세준이 그런 메일만 보내지 않았다면 나는 여기까지 내려오지 않았을 거고, 그냥 그저 그렇게 시시하게 그를 잊었을 것이다.

그러나 돌아서서 든 생각은 결국 가장 찌질한 건 나라는 거였다. 어쩌면 그는 내가 갑자기 왕자님이 된 자신을 보고 이러는 거라고 생각하는지도 모른다.

말하지 않아도 알게 되는 건 정뿐이 아니라, 멀어진 마음도 그렇다. 굳이 기차까지 타고 달려와 그 말을 듣는 건 나 같은 바보들이나 하는 일이었다.

언덕길을 한참 내려와 택시를 잡아타고 여수역까지 가 달라고 말한 후 나는 미친 여자처럼 중얼거렸다.

"괜찮아."

순간 어디선가 난 괜찮다고 미친 듯 외치는 여자의 노랫소리가 들려오는 것도 같았다.

내가 세상에서 세 번째쯤 싫어할 그 노래의 가사가 그렇게도 예술이었다는 걸 나는 또 새롭게 알게 됐다.

"어쩐 일이야?"

서울까지 갈 힘이 없어 대전역에 내려 택시를 타고 집에 들어서자마자 나는 그대로 쓰러졌다.

놀란 엄마가 소리를 지르는 게 들렸고, 침착하기만 한 아버지가 식초를 찾는 소리가 들렸다.

그리고 나는 잠시 후 아버지가 내 얼굴에 뿜은 식초 물에 눈을 떴다.

"당장 직장 그만두고 신 군에게 가라."

신 군이 누구더라 생각하다 나는 설마 하는 얼굴로 아버지를 바라봤다.

"공무원 신분에 식 안 올렸다고 나 몰라라 할 것도 아니고. 사람들한테야 신랑이 외국에 근무해서 일단 거기서 식을 올리고 여기서 다시 하는 거다 하면 되고. 또 신혼에 외국에 나가 있어도 좋고."

도대체 아버지는 왜 또 저런 결론을 내린 걸까 나는 정신을 못 차린 척 얼른 다시 눈을 감았다.

언제부터인지 모든 것은 내가 결혼을 안 해서 일어나는 일이었고, 더 노골적으로는 양기가 부족해서 일어나는 일들이었다.

아버지가 엄마에게 그때 맞선 주선했던 보신탕집이 어디냐고 묻는 사이, 나는 그대로 집을 빠져나왔다.

어디, 마음 하나 붙일 곳이 없는 불행한 여자의 얼굴로.

"어디 아파요?"

박정우의 인사에 나는 손을 휘 내저었다. 꺼지라는 뜻인데도 그는 못 알아듣고 내 자리 옆에 앉아 물었다.

"그 후로 세준이 못 봤죠?"

벌써 반소은이 여수까지 찾아와 징징 울며 저주의 말을 퍼붓고 갔다고 주고받은 건가? 나는 박정우를 쳐다봤다.

"세준이가 많이 힘들었어요. 그러니까 일 그렇게 된 거 이해해요."

박정우는 내 대답 따위는 필요 없다는 듯 준비한 것처럼 갑자기 필을 받아서 떠들어 댔다.

"잘된 거 아닌가? 소은 씨도 저울질하느라 힘든데. 차라리……. 근데 저울질 잘했으면 손해나는 건 아니었을 텐데."

"내 이야기 하는 거면, 돌려서 하지 말고 똑바로 해요."

내 말에 사무실은 일순 조용해졌다.

모두들 뭔가 싸울 것 같다는 긴장감으로 지켜보는 중이겠지.

나는 모두의 기대를 무너뜨리고 밖으로 나왔다.

당황한 얼굴, 아니 애써 당황하는 척하며 나를 따라 나온 박정우가 내 팔을 붙잡았다.

"아니, 반 대리 그게 아니라."

"저울질한 건 오세준 씨겠죠. 내가 자신의 어려운 시기, 고민의 시기를 옆에서 잔소리 않고 잘 견뎌 줄 여자인가 아닌가. 그러다 아니라고 결론이 났고, 아주 비신사적인 연락 끊기로 시간을 보낸 후 어느 날 갑자기 찾아와서 뜨거운 밤을 보낸⋯⋯. 아니다. 그건 자기 입장이지. 아무튼 그건 통과하고, 너랑은 안 되겠어라고 문자메시지 보내고. 한참 후에 메일로 미안하다 사과하고. 그리고 웃겨. 완전 부잣집 아들인 거 같던데. 어쩐지. 그러니까 팔자 좋게 여행이나 하면서 살았겠죠. 그런데 웃기지 않아요? 어마어마한 리조트 사장님이 자기 집 여관 한다고 말하는 거. 그거 겸손이에요? 재수 없어. 혹시나 아무것도 모르고 나만을 사랑해 줄 여자를 찾느라 정말 진심을 안 보여 주는 건 너희 병신 같은 남자들이야. 나는 진심이었고 그걸 무시한 건 오세준이야."

그렇게 말하고도 분이 안 풀려 박정우를 걷어차 버리고 나는 그대로 사무실을 나왔다.

며칠 후 회사에는 누군가 엿들은 이야기가 이렇게 정리되어 돌았다.

오세준과 반소은이 사귀었는데 알고 보니 반소은이 양다리를 걸치다가 갑자기 아버지가 돌아가셔서 정신없는 오세준을 걷어차고 외무부 공무원인 남자를 택했다더라. 오세준은 상심 끝에 낙향까지 했다더라. 그러나 시시한 남자인 줄 알고 차 버린 오세준이 알고 보면 리조트의 대표에 잘나가는 집 아들이었다더라. 저울질하면 개망한다는 교훈까지 남았다.

나는 회사에서 사랑받지 못하는 내 위치를 인정하고 반성했다. 아니, 인생 전반을 재점검해야 할 것 같다는 생각이 들었다.

그리고 신재훈의 두 번째 편지가 도착했다.

재미난 곳에 갔었어요.

야스나 구라라는 곳인데, 빛의 언덕이라는 뜻이래요.

그러니 소은 씨 이름과 같은 뜻을 가진 거죠.

소은 씨를 변화시킬 수 있다 생각했고 그렇게 마음을 열고 잘

될 수 있을 거라 생각했어요.

아버님을 뵙고 나서야, 소은 씨를 이해하게 됐죠.

나쁘다 옳다를 떠나, 힘들었겠구나라는 생각.

주제넘게도 저 사람에게 좋은 사람이 되고 싶다는 생각.

성별을 떠나, 또 어떤 관계를 떠나서.

이 사람을 사랑하게 됐더라면, 이런 고백들은 벅찬 무엇이 되었을지도 모른다. 하지만 내가 사랑한 건 오세준이었고 나는 망했다.

내가 무시하고 버린 학보 뒤에, 그는 어떤 진심을 담았던 걸까?

세상의 많은 사람들이 생각보다 행복하지 않은 이유는 잘못된 선택을 하기 때문이다.

　그런데 그 선택이 100퍼센트 그 사람의 의지였는가에 대해서는 솔직히 확신이 없다.

　누군가를 좋아하고 싶어도 좋아할 수 없고, 누군가를 좋아하지 않으려고 노력해도 좋아하게 되어 버리는 일들이 일어나기 때문이다.

　문득, 나는 요즘 다시 살이 붙는 신이를 떠올렸다.

　단 한 번, 그 짧은 사랑도 이렇게 잊는 데 힘이 드는데 매번 누군가를 사랑하고 단념하는 일들이 신이에게 과연 쉽기만 했을까?

　나는 세상의 모든 헤픈 여자들에게 진심으로 경의를 표했다. 내가 헤프다고 비웃던 여자들은 솔직하고 용기 있긴 했으니까.

　"그 리조트 진짜 크고 좋더라. 그렇지만 그렇다고 해서 네가 거기 가서 살 수 있는 건 아니었잖아?"

　신이는 볼이 터져라 비빔밥을 먹으며 말했다.

　"그건 그런데 갑자기 그 이야기는 왜?"

　신이가 밥 한 수저를 더 구겨 넣으며 말했다.

　"아니, 그랬으면서 마치 네가 엄청난 순정을 베풀었는데 차인 것처럼 그러는 게 너무 웃기잖아."

　웃기다라는 말에 한 번, 나는 침을 삼켰다.

　"남자 입장에서 보면 너 같은 애 좀 밥맛일 거야."

　밥맛에 두 번 침을 삼킬까 말까 하는 순간 신이의 세 번째 공격이 들어왔다.

"솔직히 너 같은 애들은 패턴이 뻔해. 내내 까다롭게 굴다가 제 취향인 남자랑 사귀고 놀 것 놀아 본 후에 직업 좋고 성격 무난한 좀 덜 생긴 남자 만나 결혼해서 강남에 있는 아파트에 살면서 조신한 며느리 노릇 막 하겠지."

나는 그때까지도 저것이 오랜 친구의 허물없는 대화법이라 생각했다. 그러나 이어진 말에 더 이상 참을 수 없었다.

"너 그 남자한테 신재훈 이야기 했어? 안 했지?"

"뭐?"

"그걸로 넌 그간 잘난 척했던 게 다 허세이고 자기 방어였던 거야. 네가 그렇게 떳떳하면 오세준에게 말하지 않았겠어?"

"뭐?"

"그때 오세준이 상 치르고 올라왔지. 그래서 널 만나고 간다고 기다렸어. 아마 너 신재훈이랑 대전 갔을 때일걸? 내가 그래서 너 거기 갔다고. 일찌감치 꿈 깨시라 그랬거든."

믿을 수 없이 뻔뻔한 고백의 순간이었다. 신이는 갑자기 다른 사람이 된 것처럼 저기 내 반대편에서 창을 들고 공격을 시작했다.

"왜 그랬어? 날 위해서? 그럼 그때 주소를 가르쳐 준 건 삼자대면이라도 하라는 거였어?"

나는 침착했다. 침착해지려고 애썼다. 작위적인 대사라고 느끼면서도 나는 그 대사에 맞는 얼굴로 신이를 바라봤다.

하지만 신이는 마지막 밥을 소리까지 내어 긁어 입으로 가져가며 말했다.

"어차피 넌 그 남자를 버릴 거니까. 너는 절대적으로 비겁한 애야. 연애를 넘어서 사랑을 하면서도 거기에 연습이라는 꼬리표를 붙였잖아. 넌 자격 없어. 사랑할 자격도, 그런 좋은 사람의 사랑을 받을 자격도. 넌 진짜 비겁해."

나는 잠시 피해 버릴까 생각했다. 지금 신이는 제정신이 아니고 뭔가 이상하다. 민재가 사라져서 그런 걸까?

하지만 신이는 돌아서는 나를 향해 한 번 더 공격했다.

"넌 늘 그래. 다 아는 것 같은 얼굴로 다 시시해, 다 재미없어하면서 제일 좋은 거, 제일 재미있는 것을 결국 차지하려고 해. 신중한 척하지만 넌 정말 약고 비겁해."

"넌 다를 거 같아? 너는 용기 있다고 말했지만 네 사랑은 무모했어. 그래. 내가 신중하다 생각하면서 비겁했던 거 나도 알아. 그렇지만 내가 신중해진 건, 네 무모함을 옆에서 지켜봤기 때문이기도 했어. 그리고 도대체 갑자기 나한테 왜 이러는 건데?"

뱉으면서도 내가 싫어지는 대사였다. 그러나 지지 않으려면 원래 조금 더 독하게 말해야 하는 법이다.

"너는 나를 위안 삼았잖아. 뚱뚱한 나를 보면서 네가 날씬한 게 새삼 기뻤을 거고. 거지 같은 아버지의 자식인 내가, 조금 덜 거지 같은 아버지를 둔 너를 행복하게 했겠지. 너는 내게 늘 뭔가 베푸는 것처럼 말했지만, 나는 너를 견뎠어, 20년이나."

억울한 일이다.

나는 단 한 번도 그런 생각을 해 본 적이 없다.

"억울해? 너 그럼 증거를 말해 줘? 너 나 말고 친구 있어? 민재도 갔으니까 이제 정말 넌 친구가 없잖아?"

나는 턱 막히는 숨 때문에 가슴을 몇 차례 두드렸다.

하지만 애석하게도 그건 사실이었다.

나는 수많은 친구들을 사소한 어긋남의 끝에서 내 방식으로 킬하고 정리했다. 하지만 그 결정은 내게 완벽한 친구 둘이 있기 때문에 가능한 결정이기도 했다.

"너는 연애를 연습했지? 나는 늘 누군가의 연습 상대였어. 그러면서도 그 연습이 연애가 아닌 사랑의 연습이길 바랐어. 나도 사랑받고 싶고, 사랑하고 싶었거든. 네 말대로 나는 쉽게 사랑했어. 왜냐고? 나를 상대해 주는 사람이면 다 사랑했거든."

"자랑이다."

내가 봐도 못된 대응이었다.

공격이 아닌 자기 고백으로 휴전을 도모하던 신이는 절망한 얼굴로 말했다.

"그리고 내가 먼저 좋아했어."

"뭘? 누굴? 오세준?"

"아니. 형민이."

"형민이가 누군데?"

"봐, 이럴 줄 알았어. 나쁜 년. 이름도 기억 못하고. 못된 년."

"너야말로. 그 사람이 누군데."

"네가 두 번이나 버린, 그러면서도 미화해서 나불대는 네 첫사랑 이름이 형민이다, 이 나쁜 년아."

신이는 모노드라마의 주인공처럼 처절하게 외치고는 문을 닫고 나가 버렸다.

그 애의 이름이 형민이었던가? 그런데 신이가 그 애를 사랑했다니 유감이었다.

그런데 두 번이나 버린? 그 이야기는 신이에게 한 적이 없다. 다시 물어보면 또 싸움이 시작되겠지. 알 게 뭐야.

눈을 감았다.

하지만 신이가 문을 열고 소리쳤다.

"그 나쁜 새끼가, 네가 자길 모른 척했다면서 나를 찾아왔어. 그리고 나랑 잤어. 그런데 자고 나서 그랬어. 너한테 그때 고마웠다고. 그래서 나쁜 어른이 되지 않을 수 있다고 전해 달라고. 미친놈 말이 돼? 나한테 고마워해야지. 재수 없는 새끼."

나는 고개를 끄덕였다.

신이가 말한 대로라면 미친놈에 재수 없는 새끼가 분명하다. 그런데 그건 내 탓이 아니다. 하지만 신이는 모든 게 내 탓이라는 얼굴로 말했다.

"너 그것도 잊었지? 내가 왜 미술을 하게 됐는지. 고등학교에 가자마자 네가 그랬어. 우리 공부하기 싫은데 미술 하자고. 그럴 듯했지. 그래서 같이 화실에 다녔잖아. 근데 너 2학년 때 나한테 말도 없이 그만뒀잖아. 공부한다고."

이건 억울한 이야기다. 나는 공부한다고 그만둔 게 아니라, 미술 도구를 가져다 버리고 미대에 가면 저질 남자애들을 만난다고 당장 그만두라고 한 아버지 때문이었다.

"내가 미대만 안 갔어도 김중태를 안 만났을 텐데. 내 불행의 원흉은 너야. 그러니까 너 같은 년은 오세준처럼 좋은 남자를 가질 자격이 없어. 그건 내가 막을 거야. 너같이 계산적이고 자기밖에 모르는 년은 평생 혼자서 잘난 척하면서 외롭게 살아야 해."

신이가 마무리 동작처럼 독설과 욕과 저주의 말을 퍼붓고 나간

뒤 시체처럼 누워 나는 신이와의 20년을 정리했다.

그러고 보면 우리는 취향도 생김새도 달랐다.

나는 키가 작고 신이는 키가 컸다. 나는 차가운 물냉면을 좋아했고 신이는 뜨거운 짬뽕을 좋아했다.

나는 김완선을 좋아했고 —그것이 할아버지로부터 시작된 것이라 해도— 신이는 이지연에서 강수지를 좋아했다.

나는 핑클이었고 신이는 S. E. S였다.

브래드 피트가 제니퍼 애니스톤과 결별했을 때, 신이는 아이를 낳아 주지 않는 여자는 이혼당하는 게 당연하다든가, 아니면 그녀의 외모는 역시 그에게 한참 미치지 못했다며 나를 약 올렸다. 내가 「Friends」의 레이첼을 얼마나 좋아했는지 알면서도 말이다.

내가 김연아를 응원할 때 신이는 스포츠 민족주의 운운하며 아사다 마오의 천진한 웃음에 대해 이야기했다.

다시 생각해 보면 신이는 열여섯 이후, 내가 좋아하는 것들을 피했던 건지도 모르겠다.

재수 없지만 이건 유감이라고 말할 수밖에 없다. 나는 어떤 의도도 없었고 정말 몰랐다. 그리고 내가 입은 상처도 크다.

온갖 궁리와 격려 끝에 산 블라우스를 태그를 뜯고 입자마자 한 첫 쇼핑에서 똑같은 블라우스가 매대에 누워 60퍼센트의 가격표를 달고 나를 보고 있을 때와 같은 심정이다.

그럴 땐 방법이 있다.

60퍼센트 가격의 블라우스를 산 후, 태그 위에 붙은 견출지를 떼어 내고 지난 영수증을 가지고 환불받으면 된다.

하지만 일주일도 아닌, 30년이 다 되어 가는 이 가식적인 관계를 되돌릴 방법은 어디에도 없다.

게다가 블라우스는 이미 찢어져 너덜너덜 회복 불능이었다.

오세준에 이어 이신까지.

나는 계속 일어나지 못했다. 총 맞은 것처럼 가슴이 너무 아팠다.

"사과하려고."

며칠 만에 쭈뼛거리며 찾아온 박정우는 지금껏 본 적 없는 얼굴로 말했다. 전의를 상실한 얼굴이었다.

"또 왜? 뭐 사고 쳤어요? 새 별명 붙인 거야? 근데 나 좀 바쁜데."

나는 책상 위에 있는 수많은 일거리들을 턱으로 가리키며 말했다.

"끝나고 술 한잔 해요."

"왜요?"

혹시나 하는 마음이 들었지만 나는 모른 척 고개를 저었다.

"세준이 때문에."

기어이 그 이름을 말하고 마는군.

나는 어쩌라고? 하는 얼굴로 박정우를 바라봤다.

그는 여전히 조금은 자기 잘못이라는 얼굴로 말했다.

"그냥 자기랑 이야기를 좀 하고 싶어."

"내가 왜 박 기자 자기예요?"

"기다릴게. 길 건너 호프집에서."

박정우가 사무실을 나가고, 나는 모니터로 시선을 두고 일을 시작했다. 하지만 저녁이 다 되도록 일은 손도 못 대고 머릿속만 더 복잡해졌다.

나는 박정우가 기다린다는, 호프집이 보이는 횡단보도에 서서 신호를 기다렸다.

이런 날은 집으로 들어가 맥주를 마시고 싶지 않았다.

차라리 박정우랑 마시는 게 나을 것 같기도 했다.

이게 다 너 때문이라고 멱살을 잡든, 오세준은 정말 나쁜 놈이라고 욕을 하든, 무엇을 하든.

"이신 씨가 찾아왔었어."

동맹이라도 맺으러 간 건가? 나는 관심 없는 척 돈까스를 포크로 찍었다.

"그리고 대충의 이야기를 들었어."

"어떻게 들었는데?"

문득 비참한 기분이 든다.

내 친구가 내 원수에게 우리들의 이야기를 했다면 나는 이제 더 이상 이 원수를 이길 수 없을 텐데.

"두 사람이 연애 시작했을 때, 나는 몰랐지만 아무튼 연애했잖아."

"응."

"그때 이신 씨가 세준이에게 비밀이라면서 한마리 칼럼이 사실은 소은 씨가 쓰는 거라고 말해 줬대. 소은이는 어려운 애니까 도움이 되실 거라면서. 거기에 소은이가 싫어하는, 가끔은 좋아하는 남자에 대한 것들이 적혀 있다고."

나는 그대로 얼어붙었다.

"아냐. 놀라지 마. 그런데 세준이는 그 글을 읽지 않았대. 당신이 말하지 않은 거니까. 소설을 쓰는 것처럼. 뭐 그렇게 생각했대."

"그런데?"

"그런데 한참 지나서 세준이가 익명으로 여행기를 쓰는 블로그에 한마리가 비밀 댓글을 남겼대."

"나?"

말도 안 되는 이야기였다.

"세준이는 소은 씨가 자기가 누군지 모르는 상태에서 거기에 글을 남긴다 생각했고, 그래서 소은 씨를 모른 척했대."

"말도 안 돼. 나 그런 적 없어."

박정우는 기다리라는 듯 손을 내저으며 말했다.

"그러니까 내가 정리해 줄게. 이신 씨는 날 찾아와서도 거짓말을 했는데 말이야. 그게 좀 이상해. 그러니까 이신 씨는 거짓말이라고 생각하는 거 같지 않았거든. 그냥 자기가 한마리고, 그 블로그에서의 대화는 한마리와 오세준, 아니, 사월곰의 대화라고 믿는 거 같더라고."

머리가 터질 것처럼 이야기는 복잡했다.

정리하자면 이렇다.

경쟁사에 여행 칼럼을 쓰는 사월곰이 오세준이고, 이신은 한마리의 아이디로 오세준의 블로그에 댓글을 달았다. 오세준은 그 사월곰이 자신이 오세준인 걸 모르는 한마리 반소은이라 생각하게 되었다. 두 사람은 대화를 주고받았고, 이신은 그것이 한 마리와 오세준의 대화가 아닌 이신과 오세준의 대화라 믿게 되었다는 것이다.

박정우는 테이블 종이를 뒤집어 흰 면에 그림까지 그려 가며 설명했다.

"그게 언제부터야?"

"아버님 돌아가시기 전에 이런저런 글을 남겼고 그러다 본격적으로 대화를 한 건 아버님 돌아가시고 세준이가 거기 있을 때부터였나 봐."

"그럼 나한테 연락하지 않은 이유가 그렇게 연락하기 때문이었어?"

"한마리는 사월곰에게, 자기는 위로가 서툰 사람이라 어려운 일을 당한 남자 친구가 전화하는 게 힘들다고 했어."

"미치겠네."

"그리고 양다리 이야기도 한 거지. 세준이는 그게 말이 안 된다고 생각해서 급히 서울로 올라왔고. 그런 세준이에게 이신 씨가 대전에 갔다고, 맞선 본 사람이랑 상견례를 간 거라고 이야기해 준 거야. 대전에 가서 소은 씨를 만나고 세준이는 많이 고민했고 한마리 칼럼을 전부 읽었대. 그리고 결론을 내린 거겠지."

"이신이 직접 그걸 다 고백했어?"

"아니. 여전히 혼란스러운 거 같더라고. 다른 충격 받은 일이 있는 거 같던데. 내가 정리한 거야. 세준이에게 들은 이야기와 이신 씨의 이야기, 그리고 사월곰과 이신의 대화도 읽었어. 참! 오해는 하지 마. 세준이는 내가 아까 전화해서 한마리가 당신이 아니라고 이신 씨였다고 말해 주고 나서야 이야기한 거야."

나는 그대로 테이블 위에 얼굴을 묻었다.

부끄러웠다.

내 친구는 나를 불행하게 만들고 싶어 안달이 난 사이코고, 그 사람의 친구는 모두를 구하기 위해 코난처럼 똑똑하게 복잡하기만 한 이야기를 정리 중이라니.

"세준이 오해는 내가 풀어 줄게. 아냐, 이미 상황은 파악했어."

나는 옆에 놓인 잔을 들어 숨도 안 쉬고 맥주를 마셨다.

골이 띵했지만 기분은 나쁘지 않았고, 한숨을 한 번 쉬고 나니 이 복잡한 일이 일어나지 않았다고 생각하는 편이 차라리 나을 것 같기도 했다.

"그런데 정우 씨."

"어?"

"엄청난 오해가 우리 둘을 갈라놓은 것처럼 하는 건 웃겨. 아마 내 속에선, 비슷한 저울질이 있었겠지. 그런데 나는 오세준 씨가 처한 상황을 몰랐어. 이렇게 말도 안 되는 일이 우리를 철저하게 이간질하는 것도 몰랐고. 그런데 결국 그 사람도 나와 직접 대면해 물을 용기가 없었던 거잖아. 그냥 너 왜 그러니? 하고 물어보기만 했어도 괜찮았을 거 아냐."

"아니, 그건 소은 씨."

"솔직히 처음부터 난 비겁했어. 오세준 씨가 좋았으면서 그걸 인정하는 게 자존심 상했어. 그래서 연습이니 뭐니, 꼴값을 떨었던 거고. 그래서 연습처럼 시시하게 끝난 거야. 그러니까 그 이야기는 오늘로 끝내. 난 여기에 대해 더 이상 이야기하고 싶지 않아. 너무 창피하다."

한참의 침묵이 흘렀다.

나는 기가 막혀 할 말을 잃었고, 박정우 역시 뭐라고 말해야 할지 모르겠는지 연신 물을 마셔 댔다.

"근데, 우리가 안 싸우고 이렇게 길게 이야기를 해 본 적이 있나?"

내 말에 박정우가 애써 웃으며 말했다.

"심지어 소은 씨, 정우 씨라고까지 했어."

"그런 의미로 건배."

나는 문제의 글을 궁금해하는 대신, 김이 빠지고 미지근해진 맥주잔을 부딪쳤다.

어차피 끝난 일이었다.

내가 신재훈의 학보를 뜯어보지 않고 버린 것처럼, 오세준이 내게 왜 그랬냐 묻지 않았던 것도. 어떤 일이든 알아야 할 시기를 지나서 알게 되는 것들이 있다.

그것은 어쩌면 그 일의 운명인지도 모른다.

무엇이 이유였든, 킬한 건 오세준이고 킬당한 건 반소은이라는 사실은 변하지 않는다.

"소은아, 무조건 잘못했다 그래."

현관을 들어서는 나를 향해 엄마는 사색이 돼서 말했다. 하지만 나는 최근에 아버지에게 이런 추궁을 당할 만큼 잘못한 일이 없다.

아니, 나는 지금 이런 공격을 받을 수 있는 상태가 아니었다. 지금 나는 당장이라도 쓰러져서 사랑과 정성이 담긴 간호를 받아야 했다.

경험상, 아버지가 난리를 치는 날은 그것이 무엇이건 일가족이 무릎을 꿇고 잘못했다고 해야 큰 사고 없이 수습이 된다.

나는 일단 무릎을 꿇었다.

뭔지 모르지만 무조건 잘못했다고 해야 빨리 끝날 텐데. 이상하게 잘못했다는 말이 나오지 않았다.

난 진짜 여러모로 억울했다. 알딸딸하게 취해 있는 데다 너무 오랜만에 당한 일이라 나는 멍하게 짐을 싸는 아버지를 바라봤다.

"내가 계집애를 애초에 서울로 보내는 게 아닌데. 이게 어디서 어른을 가지고 놀려 먹고 방탕한 생활을 해?"

방탕한 생활이라는 말에 짐작이 가는 바가 있었지만 나는 설마 하는 끈을 놓지 않았다.

"내가 너를 머리를 박박 깎아서라도 더 나이 들기 전에 그 못된 버릇을 고쳐 주고 말 거야."

무릎 꿇기도 안 먹히는 듯했다. 엄마는 사색이 된 채 경비실에서 온 전화를 받고 있었고 나는 목이 탔다.

그리고 냉장고에서 물을 꺼내 벌컥벌컥 마셨다.

"내가 신재훈인지 뭔지 하는 그놈도 공무원 생활 하게 둘 줄 알아?"

순간 번쩍하고 정신이 들었다.

설마 하고 잡고 있던 끈을 놓고 나는 다시 아버지 앞으로 가 무릎을 꿇었다.

아버지가 신재훈의 이야기를 알고 있다면, 내가 연애를, 그것도 연습이라는 꼬리표까지 붙여서 했고 그것이 결혼으로 이어지지 못하고 실패했다는 것까지 알고 있을 텐데.

무슨 말을 해도, 무슨 거짓말을 해도 이미 끝난 일이었다.

베란다로 가서 뛰어내리는 시늉이라도 해 볼까, 나는 잠시 창쪽을 바라봤다.

하지만 아버지는 꼼짝도 안 할 게 분명했다.

가짜로 기절이라도 해 볼까, 나는 또 생각했다.

그런데 정신은 점점 맑아지기만 했다.

슬쩍 웃음이 나기도 했다.

그런데 웃는 순간 바로 아버지와 눈이 마주쳤고, 나는 순간 뛰어 내리기도 전에 맞아 죽을지도 모른다는 생각이 들었다.

"이게 웃어?"

아버지가 당장이라도 터질 것같이 벌게진 얼굴로 나를 향해 다가왔다.

차라리 매를 맞고 어디가 부러지면 좋겠다. 코뼈를 내놓고 독립을 얻어 낸 10년 전처럼. 차라리 이걸로 의절이라도 하면 자유로워지겠지.

나는 눈을 질끈 감았다.

그 순간, 엄마가 소리쳤다.

"그만해!"

당연히 나한테 하는 말이겠거니, 나는 눈을 떠 엄마를 바라봤다. 아니, 노려봤다.

이 순간에도 내 편이 아니라니! 내가 뭘 했다고!

나는 계속 머릿속으로만 생각했지 차렷 자세로 이렇게 얌전히 있는데?

아버지도 엄마를 나와 비슷한 시선으로 바라봤다.

그러자 엄마가 말했다.

"반창호. 그만 좀 해. 지겹지도 않니? 언제까지 그러고 살래?"

반창호는, 아버지가 제일 싫어하는 아버지의 이름이었다. 반창고 벽창호, 유치한 별명을 이어지게 한.

"내 자식에게 이럴 거면, 나랑 이혼하고 해."

원래 첫 공격만 한 두 번째 공격이 없는 법인데, 엄마는 언제 이런 기술을 익혔을까? 나는 침을 꼴깍 삼키고 이번엔 아버지를 바라봤다.

너무 순식간에 당한 일이라 아버지는 이게 무슨? 하는 표정으로 엄마를 바라봤다.

그러나 엄마는 떨리지도 않는 목소리로 침착하게 말했다.

"내가 당신을 참아 주고 이해해 주는 건, 당신이 내가 사랑하는 자식들의 아버지이기 때문이야. 내 자식에게 손대지 마. 신이가 뭐라고 했건, 당신이 소은이를 자식으로 생각한다면 소은이에게 먼저 물어야 옳아. 신이가 당신 딸이야? 당신 딸은 소은이야. 그리고 소은이가 언제 우리를 실망시킨 적이 있어? 쟤 공부도 잘했고 취직으로 속 썩이지도 않았어. 나는 쟤가 실수를 하고 모자라고 그런 걸 한 번이라도 보고 싶었어. 그런데 쟨 단 한 번도 그런 적이 없어. 쟤가 얼마나 조심조심 살았으면. 응?"

박수라도 쳐 주고 싶은 명문장이었다.

아니, 우리 엄마는 저렇게 똑똑함과 용기까지 갖췄으면서 왜 참고 살았을까.

하지만 박수를 칠 때가 아니다.

나는 얼른 일어나 엄마의 앞을 막아섰다.

나 때문에 엄마가 매를 맞는 걸 볼 수는 없지 않은가.

그런데 그 순간 아버지가 푹 하고 무릎을 꿇었다.

너무 빠른 반성인데? 하고 생각하는 순간 아버지가 소리쳤다.

"아이고 배야."

보통 이럴 땐 뒷목을 잡는 건데?

나는 얼른 다가가 아버지를 붙잡았다.

물론, 뿌리치는 걸 각오하고.

그러나 아버지는 다급하게 외쳤다.

"소은아, 119, 119."

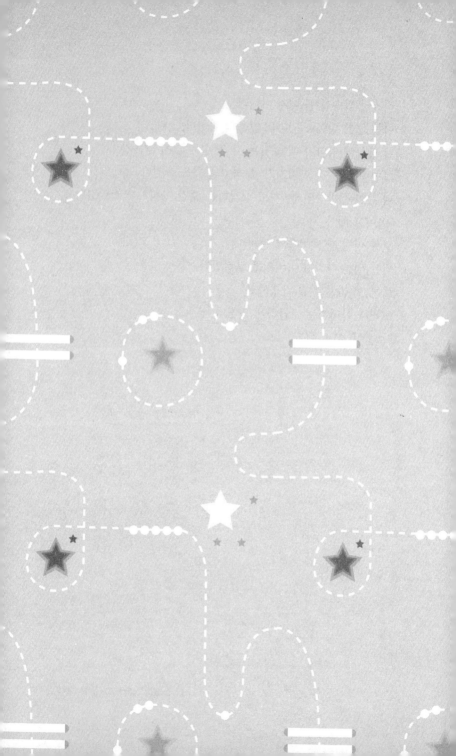

나만 지키며 살다 보면 남는 건 나 혼자

오늘 몇 시에 올 거야?

어쩐지 나약해 보이는 문자메시지에 나는 피식 웃어 버렸다.

그날 쓰러져 119 구급차를 타고 병원으로 옮겨진 아버지는 급성 신장염 판정을 받았다.

그날 이후 내게 오늘 바람이 차다느니, 눈 소식이 있다는 하는 안부 문자메시지까지 보냈다.

그리고 그날 엄마와 나, 아버지 사이의 일은 없던 것처럼 묻어 두려는지 단 한 마디도 꺼내지 않았다.

신이가 고자질한, 나의 행실에 관한 오해도 풀렸다.

물론 엄마는 신이네 엄마와 원수가 되었다. 그리고 사라졌던 민재는 신이와 결혼한다는 소식을 내게 문자메시지로 알려 왔다.

신이가 임신을 했다는 소식은 엄마에게 들었지만, 임신 때문에 매를 맞던 신이가 나와 비교하는 자신의 엄마에게 사실 알고 보면 더 흉악한 반소은의 사생활에 대해 폭로했다는 것도 다 알았지만, 그 상대가 민재라는 사실은 처음엔 충격이었고 그리고 나를 슬프게 했다.

신이와 민재가 함께 나를 골탕 먹일 작전을 짜는 꿈까지 꾸기도 했다.

민재와 연락이 되면 일러 줄 게 많았는데 이제 민재는 절대 내 편을 들어 줄 수 없다.

하지만 그래도 엄마가 내 편이라는 건 확인하긴 했다.

엄마는 그날 한 말이 다 진심이라고 했고, 나는 그걸로 그간 아버지와 나 사이에서 모든 걸 내 쪽에 미루던 엄마를 얼마간은 용서했다.

올 때 신문 사 와.

아버지의 두 번째 재촉 문자메시지를 확인한 나는 지하철역 가판대에서 돈을 줘도 보지 않을 신문 3종을 돈을 주고 샀다. 내 아버지와 나는 이렇게 멀리 있다.

사돈네서 줄을 댄 특진 의사 진료 신청을 하고 신장염은 완쾌되었다는 판정을 받았지만 아버지는 기어이 2박 3일짜리 총체적 건강 검진을 위해 입원 중이었다.

게다가 자식들에 손자까지 불러서 자신의 신장에 문제가 생기면 신장을 떼어 줄 수 있는 사람 손을 들어 보라고까지 했다.

치매 검사를 해 보라고 말했다 맞아 죽을 뻔했지만 나는 단호하게 거절했고, 아버지는 눈물까지 글썽이며 섭섭해했다. 하지만 한편으로는 자식에게 마음을 얻지 못한 당신의 지난날에 대해 조금 반성하는 눈치이기도 했다.

아버지에게 신장을 주겠다 손을 든 사람은 둘째 새언니와 일곱 살짜리 조카였다.

슬픈 일이었다.

언제부터인지 의심의 여지없는 애정의 확인은 '장기 기증'이었다.

드라마에서 가난하고 못 배웠다며 며느리를 구박하던 시어머니는 결국 벌을 받아 병에 걸리고 생과 사를 넘나들다 며느리의 골수를 이식받고 화해한다.

새언니에 대한 태도가 바뀐 아버지를 보니 어쩌면 신체의 일부를 나누는 것은 가장 결정적인 확인일지도 모른다는 생각이 들기도 했다.

"우리 가족 다 같이 일본 온천 여행이라도 가자."

병실로 들어서자마자 살갑게 귤을 까서 건넨 아버지가 들뜬 목소리로 말했다. 순간 엄마가 뒤에서 고개를 빠르게 저었다.

나는 웃음을 참으며 말했다.

"싫어요."

"그럼 네 엄마랑 나만이라도."

이번엔 엄마가 더 세차게 고개를 저었다.

"아버지, 신장에 무리 갈걸?"

"뭐?"

"신장 나쁜 사람은 뜨거운 온천욕 같은 거 하면 안 돼요. 그리고 감기라도 걸리면 큰일날 텐데?"

아버지는 실망한 얼굴로 고개를 끄덕였고 엄마는 뒤에서 씩 웃으며 고개를 끄덕였다.

나는 아버지가 다른 대책을 세우기 전에 얼른 병실을 나와 긴 복도에 앉았다. 저만치 둘째 올케가 양손 가득 뭔가를 들고 오는 중이었다.

"그게 다 뭐예요."

"저녁부터 식사하셔도 된다고 해서요."

나는 복도에 놓인 긴 의자에 앉아 여전히 배에 손을 댔다.

"아가씨 어디 아프세요?"

"여기 오면 배가 아파. 아빠가 내 배를 가르고 신장을 빼 갈 것 같아서."

올케가 소리내 웃었다. 처음으로 저렇게 웃는 걸 본 것 같아서, 나는 가만히 그녀를 바라봤다.

"아가씨도 밥 좀 먹죠? 아가씨 좋아하는 잡채도 있는데. 갈 때 가져가요. 아가씨 것 따로 싸 왔어요."

"뭐 잔치해요? 잡채까지."

"아버님이 낮에 죽 드시고 호로록 소리 나는 음식이 드시고 싶대서."

"언니."

나는 호로록 소리 나는 음식이라는 건방진 요청과, 그걸 또 잡채로 응수한, 비굴한 효심에 슬쩍 짜증이 났다.

"네?"

"언니는 진심이에요?"

"뭐가요?"

"오빠한테나 우리 가족, 아니, 아버지한테."

"왜요? 아닌 걸로 보여요?"

내 옆에 앉으며 그녀는 조금 긴장한 듯 보였다.

"신기해서요."

"음. 좀 바보 같죠?"

"네."

"이건 좀 비유가 이상할지 모르지만 아가씨가 직장 생활 하는 거랑 비슷해요."

"네?"

"나는 좋은 대학을 나오지도 않았고 집안 형편도 어려웠어요. 뭔가 재능도 없었어요. 그냥 첫 직장에서 오빠를 만났어요. 내세울 거라고는 좀 무디다는 거. 그래서 무던하다, 착하다 소리 듣잖아요. 신경 줄 자체가 예민하지 않은 것 같기도 해요. 그냥 왜 저러나? 싶다가 잊어버리니까. 어쨌든 오빠는 나랑 결혼했고 내 친구들 중에서 내가 제일 잘살아요. 시댁도 부자고 남편도 돈 잘 벌어 오고. 또 오빠가 나를 무시하거나 그러는 것도 아니고. 기분 내키면 우리 집에도 잘해요. 그리고 애들이 있잖아요, 이제. 사랑이 뭔지 잘 모르지만, 나는 오빠가 좋고 감사해요. 그러면 아버님도……. 좋은 직장에 가지는 애사심 같은 거 있잖아요."

애사심 같은 게 아직도 세상에 있을까? 나는 의심했지만 의심하지 않는 척 해맑게 물었다.

"그걸로 괜찮아요?"

"네. 그리고 아가씨도. 아, 맞다. 아가씨는 오빠가 아니더라도 좋은 사람이에요. 세상에서 나한테 제일 친절한 사람이거든요. 가끔 상처 받을 때 나는 아가씨를 봐요. 그럼 아가씨가 너무 미안한 얼굴로 있거든요. 그게 나한테는 위안이었어요. 고마워요."

새언니의 대답이 너무나 진지해서 나는 새언니의 인사에 별말씀을이라거나, 아니면 내가 원래 그런 사람이라며 까불지 못했다. 어떻게 사랑을 취직에 비유할 수 있냐고 따지는 것도 물론 하지 못했다.

사람들마다 사랑하는 방식, 사랑을 느끼는 순간이나 포인트가 다른 것뿐.

하지만 뭔가 더 초월적인 사랑의 교훈이 담긴 대답을 바랐던 나는 맥이 빠졌고 잡채를 가져가라는 새언니의 말에도 손을 저으며 일어나 병원을 나왔다.

"반소은 씨 아이디어 채택될 거 같아. 이번 거 잘해. 그래야 지난번 징계 만회하지."

징계! 잊고 있었던 징계를 떠올리며 나는 또 잠시 복수심에 불타올랐다.

신이는 내가 회사에 제출했던 '처음처럼'이라는, 신이의 '매번 첫사랑 콘셉트'의 칼럼 담당자가 연락하자 그것이 사실은 나 반소은이며, 경쟁사의 히트 칼럼니스트이었던 한마리 역시 반소은이라는 사실을 폭로했다.

하지만 내가 징계를 받은 이유는 한마리 칼럼이 아니라, '처음처럼'의 제안서 때문이었다.

내가 지위를 이용해 신이와 공모, 이득을 취하려 했다는 것이 문서에 남은 징계 사유였다.

물론 정상참작도 있었다. '남자 한 마리'가 드롭되고 그걸 다른 회사에서 운영하면서 회사에 느낀 부채감을 다른 방법으로 갚아 보려는 애사심.

그건 물론 자신의 경력에 흠을 남기지 않으려는 팀장의 고육지책이었다.

그리고 나는 그 은혜에 보답하기 위해 스마트한 아이디어를 짜내는 데 골몰했고 매일매일 일수를 갚듯 새 기획안을 제출했다.

채택된 건 블로그와 모바일 앱, 위젯 달력 기획안이었다.

길고, 춥고, 재미없는 겨울이 지나갔고, 나는 주말마다 집에 내려가 조신한 모습을 보였다. 결혼이 너무나 하고 싶어서 죽겠는 설정이었다.

물론 맞선 라이프도 다시 시작되었다. 나는 진지하게 임하는 중이었다. 상대의 장점 다섯 가지를 발견해 내는 걸 맞선의 숙제, 아니 내 인생의 숙제로 삼았다.

K사 패밀리 세일 하는데 올래?

박정우의 문자메시지에 나는 고개를 흔들며 안 가겠다고 답변을 보냈다.

요 며칠 술을 너무 마셔서 오늘은 지구가 쪼개지는 일이 있더라도 집에 가서 반신욕을 하고, 얼굴에 마스크 팩을 붙이고, 저녁도 굶은 채 잘 생각이었다.

박정우와 친구가 될 거라고 생각해 본 적은 없었으나, 신이와 민재가 손잡고 사라진 자리를 그는 완벽하게 메웠다.

우리들이 서로에 대해 몰랐던 시절의 실수들이나 오해들은 이미 묻어 버렸고, 그는 나를 차 버린 건 오세준 인생의 가장 큰 실수라며 중간에서 안타까워하기까지 했다.

물론 술에 많이 취했을 때이긴 했지만.

"외로워 미쳐 버리겠네."

반신욕을 마치고 얼마 전 장만한 옥 매트에 스위치를 올리고 누워 나는 혼자 중얼거렸다.

외로움 같은 건 몰라요라고 나불대던 1년 전의 반소은이 떠올라 웃음이 났다.

옥 매트 위에 누워 조용히 숫자를 세면 머릿속에 드는 잡생각도, 또 그때 뭔가 잘못했다는 후회나 반성도 천천히 사라졌다. 아, 너무 뜨거운가 하는 순간 스위치를 2단 정도로 내리면 기절하듯 스르르 잠이 들었다.

무기력한 기분이 들지만, 세상 모든 근심은 사라졌다.

하지만 아무리 무기력해져도 사라지지 않는 게 있었다.

벌떡 일어난 나는 컴퓨터 앞으로 가서 앉았다.

그리고 헤어진 후 단 한 번도 가 보지 않았던 오세준의 블로그를 열었다.

블로그의 모든 글들—나를 넘어가게 했던 오이 국수의 글을 포함—은 사라졌고 단 한 장의 사진만이, 그것도 한 달 전쯤 날짜로 올라와 있었다.

나는 그 사건 이후 처음으로 한마리의 블로그에 접속했다. 그리고 사월곰의 흔적을 찾아냈고 사월곰의 블로그를 클릭했다.

내가 여행 콘텐츠를 제안하기 전 그는 이미 경쟁사에 여행 콘텐츠를 제공 중이었다. 어떻게 말하지 않을 수 있어? 하는 질문은 한마리인 내가 할 수 있는 것이 아니었다.

사월곰, 세상을 걷다.

나는 여행 사진 속에서 사월곰, 내 남자였던 오세준의 그림자를 발견했다. 그가 사월곰으로 여행기를 쓰면서 진짜 자신의 블로그엔 이정표 사진만 남겼던 건 어떤 이유일까?

내가 한마리로 인터넷에 쓴 글들은 처음엔 콘텐츠였지만 시간이 지나면서 연애하지 않는 나 자신에 대한 변명이 되어 버린 것 같았다. 내가 이렇게 살고 있는 건 너희들 때문이야라는!

막상 사월곰의 블로그를 찾고도 나는 오세준과 이신이 주고받은 댓글들은 찾아보지 않았다.

컴퓨터를 끄고 나는 오세준이 없이도 행복했던 시절을 기억해 내려고 애썼다.

그때는 신이도 민재도 있었다. 그리고 죽이도 있었는데.

어느 날, 모두 사라졌다.

신이가 사라지자 자신의 주인이 신이었던 것처럼 집을 나가 버린 죽이도, 이제는 신이와 묶여서 다시 만날 수 없는 민재도.

삐딱하고 못되게 살아온 것에 대한 벌이라도 받는 걸까. 처음엔 억울했던 마음들이 이제는 그냥 처절한 반성이 되었다.

하지만 모두 다시 만나 아무 일도 없었던 것처럼 살아가기엔 너무 깊고 넓으며 더러운 강을 건넜다는 생각이 들었다.

결국 이 외로움에 적응하는 것밖에는 방법이 없었다.

새로운 친구를 사귀거나, 누군가를 다시 만나 오세준과 했던 과정을 다시 겪어 그만큼 친밀해지는 일은 하고 싶지도, 할 엄두도 나지 않았다.

"피부 좋아졌다?"

이제는 대놓고 마치 게이 친구처럼 스스럼없어진 정우는 내 얼굴을 보고 감탄하는 표정을 숨기지 않았다.

나는 조금 우쭐해져서 말했다.

"너도 6시 30분에 퇴근해서 걸어서 집에 간 다음에 저녁을 굶고, 두유 한 잔 마시고, 반신욕 하고 나서 얼굴에 마스크 팩 붙이고 자."

"한 가지만 해도 어려운데. 미모 유지에는 역시 고통이 따르는 거구나?"

"주말에도 굶고 내리 자."

"그런데 디톡스의 주말에 어쩌자고 나를?"

나는 그런 걸 묻는 건 친구가 아니라는 듯 슬프게 그를 바라봤다. 그는 친구답게 고개를 끄덕이며 말했다.

"오늘은 견디고 싶지 않았던 거지? 그런 날이 있어."

"응. 나도 인간을 만나서 이야기를 좀 하고, 2인분 이상만 파는 전골을 먹고 싶어"

내 말을 이해한다는 듯 정우는 고개를 끄덕였다.

"세준이는 잘 지내."

기습적으로 전해진 안부에 나는 놀라서 버럭 소리부터 질렀다.

"아! 왜 나한테 그 이야기 해."

"궁금하잖아."

"궁금하긴 하지만 알고 싶지 않아."

"그런 게 어디 있냐?"

순한 얼굴로 웃는 박정우를 보니 내 외로움의 이유에 하나가 더 추가된다. 이 인간과의 전쟁이 끝난 후 나는 더 무기력해졌고 외롭다.

"네가 사랑을 못 해 봐서 그런데, 그냥 그래."

"참, 이신 씨 결혼한다며? 나한테까지 청첩장이 와서 좀 놀랐어."

나는 그냥 웃었다. 어떤 표정을 지어야 할지 아직도 확신이 없었다.

"화해는 어려운 거야? 일생의 원수인 나랑도 했는데."

"잘 몰라서, 서로 달라서 이해할 수 없었던 사람들은 자주 만나면 이렇게 될 수도 있지. 그런데 너무나 잘 안다고 생각했던 사람, 좋아했던 사람, 믿었던 사람에게 받은 상처는 오래 갈 거 같아."

"되게 간단한 방법이 있는데."

"뭐?"

"죽는다라고 생각하는 거지."

"뭐?"

"내가 내일 죽는다! 하고 생각하는 것. 내가 뭔가를 사고 싶을 때 생각하는 건데 저걸 안 사면 죽는다. 저 사람을 못 만나면 죽는다. 그걸 못 하면 죽는다."

"세상에 그런 게 어디 있냐? 그런 식으로 따지자면 막 살아야지. 죽을 건데."

보글보글 끓는 전골에 소주 몇 잔이 오가고 나는 취한 척 아무렇지도 않게 물었다.

"오세준 씨는 정말로 잘 있어?"

"응."

"내가 요새 하는 일이 위젯에 들어가는 테마 달력 테스트거든."

"응."

"달력에서 테마를 선택하고 자신의 기록을 남겨. 그리고 통계 보기를 선택하면 통계 보기를 원했던 사람들의 그 테마에 대한 주기 통계가 나와. 소비하는 패턴을 알기도 하고. 여자들은 생리 주기를, 또 남자들은 술 마시는 날짜를 넣을 수도 있지. 그러니까 정보를 제공하는 집단의 표준치와 나를 비교해 볼 수도 있어. 물론 통계청의 자료나 리서치 회사에서 조사한 진짜 표준 표본도 제공돼."

"견제와 위안의 코드구나?"

"그럴 수도 있고."

"거기에 내 연애를 넣어 봤어."

"결론은?"

"좀 더 어릴 때 좀 더 많은 사람을 만나고 좀 더 많은 연애를 할걸."

"왜 못 했어?"

연애
연습

"실패하는 게 두려워서. 상처 받기 싫어서."

내 말에 정우는 고개를 끄덕였다.

"그런데 겉으로는 태연한 척했지만 서른 살이 넘고 갑자기 초조해졌어. 이제 길에서 명함을 주거나 따라오는 사람들도 없고, 나를 아는 사람들 사이에는 간잡이니, 반킬이니, 연실이 또 구미호니, 이미 소문 다 났고."

"응."

정우의 표정에 반성의 빛이 스쳐 가는 걸 나는 놓치지 않았다.

"누군가 내게 마음을 보이면 이 사람이 막차일지도 모르겠다는 초조함이 생겼어. 목적지까지 가는 아주 좋은 버스가 아닌, 내려서 걷기도 해야 하는. 또 낡아서 덜컹거릴 것 같은 차에 올라타야 하나, 그냥 걸을까."

알 수 없는 침묵 끝에 정우가 큭큭거리며 웃었다.

"반막차라고 부르면 죽어."

"반만 죽여 줘."

재미도 없는 농담을 해 놓고 그는 이제 큭큭에서 낄낄로 넘어가서 웃었다.

"그런데 거짓말처럼 오세준이 나타났어. 신이 말처럼 나는 그렇게 좋은 사람을 사랑할 자격이 없는 건지도 몰라. 그런데 만약 내가 오세준 씨를 정말 사랑했다면, 오해가 풀리고 내 잘못이 없다고 생각한 순간 우리는 드라마의 주인공처럼 달려가 서로 만나야 해. 그런데 마음이 식었어. 그 짧은 시간 알고 보면 차근차근 풀 수 있는 오해에 말이야."

조금 전까지 낄낄 웃던 정우는 애써 심각한 표정을 지었다. 그 모습을 멍하니 보다 나는 웃기 시작했다.

"너 너무 웃기게 생겼잖아."

속없이 정우가 따라 웃고 나는 본격적으로 아까의 정우처럼 낄낄거렸다. 이렇게 억지로라도 웃지 않으면 도대체 웃을 일이 없는 날들이었다.

—반손 미안한데.

새벽 2시였다. 그것도 일본 출장을 간다며 며칠 전부터 자랑이 넘치던 박정우가. 소매치기라도 당했나 보군.

나는 주섬주섬 불을 켜고 일어났다.

"왜?"

—우리 집에 좀 가 볼래?

"왜에?"

—내 친구 하나가 술 취해서 우리 집에 왔는데 얘가 비밀번호를 잘못 눌렀나 봐. 보안 시스템 작동해서 바로 잡혀갔다네?

"그래서?"

—가까우니까 파출소 가서 보증 좀 서 줘. 내가 에센스 두 통 사다 줄게.

에센스 두 통이라는 말에 나는 자리에서 벌떡 일어나 코트를 챙겨 입었다.

"오세준 씨랑은 어떻게 되세요?"

전 애인이라고 정직하게 말하려다 나는 '친구'라고 말했다.

오세준이 저렇게 인사불성으로 술을 마시다니 놀라울 따름이었다.

하지만 아쉬운 건 있었다. 약간의 주정을 할 정도라면 이번 기회에 슬쩍 진심을 물어볼 수 있을 텐데.

경찰서에서 지병을 염려할 만큼 그는 완전 기절 상태였다.

친절한 경찰 아저씨의 도움으로 그를 맞은편 호텔에 옮기고 나오려던 나는 혹시 토하거나 할 수 있으니 잘 지켜보라던 경찰 아저씨의 말을 떠올렸다.

저 인간이 저렇게 자다 토해서 기도가 막혀 죽기라도 하면 가장 마지막으로 만난 전 애인, 아니 애인일 뻔했던 여자가 유력한 용의자가 되는 것이다.

나는 결백한 마무리를 위해 그의 곁에 있는 걸 택했다.

침대 발치에 놓인 소파에 앉아 착하게 자는 모습을 한참 동안 바라봤다. 조금 정신이 드는 기척만 보이면 도망치기 위해 만반의 준비를 한 채로.

"미쳤구면."

잠에서 깬 나는 빈 침대와 테이블 옆에 놓인 30만 원을 번갈아 보다 일어섰다.

정신을 차리고 창피한 마음은 이해가 갔지만, 도대체 이 돈의 근거는 무엇일까?

혹시 문자메시지라도 남기지 않았을까 나는 전화기를 꺼냈다.

하지만 문자메시지도, 통화 기록도 남아 있지 않았다.

나는 일어나 돈을 주머니에 넣고 객실을 나왔다.

토요일 대낮에 호텔을 나가려니 뒤통수가 뜨끔거렸다.

아, 그리고 오세준이 정말 짜증 났다.

"에라이. 찌질한 놈아."

내가 그 말을 마친 순간 엘리베이터가 열리고 한 외국인 남자가 내리며 물었다.

"What?"

나는 억지로 웃으며 말했다.

"Not you."

그리고 엘리베이터에 올라탔다. 문이 닫히고 혼자가 되자 나는 또 혼잣말로 중얼거렸다.

"But 오세준."

후회가 밀려왔다.

그때 싱가포르에서처럼 바느질로 침대에 고정시키고 천장에 찌질이라고 적어 주는 건데. 어쩌면 마지막일지도 모르는 기회를 감상에 빠져 놓쳐 버린 것이다.

"그래서 그 돈으로 마사지를 끊었단 말이야?"

정우는 재미있다는 듯 깔깔거리며 웃기까지 했다. 하지만 나는 여전히 그 돈의 의미가 궁금했다.

"정말로 넌 줄 몰랐대. 그래서 그날 같이 술 마신 일행들이 여자를 같이 들여보낸 줄 알고."

"요새 시세를 아는 거야?"

"아냐. 그냥 자기가 가지고 있던 돈 넣은 거래. 지금 다 죽어 가."

"왜?"

"여러 가지로."

정우는 더 이상 이야기하지 않았고, 그렇다고 꼬치꼬치 물을 수도 없어서 그냥 에센스 두 병이 담긴 쇼핑백을 챙겨 자리에서 일어섰다.

어차피 점심시간도 끝나 가고 있었다.

사무실로 돌아오며 나는 '지금'을 생각했다.

먼 미래를 기약하고, 자신의 행복과 불행을 가늠하고 계획하는 게 정말 바보 같은 일일까? 하지만 수많은 경우의 수와 불행의 사례를 잊어버릴 수 없는 한 결론이 나지 않을 것 같았다.

"선배, 진짜 용하대요."

대기 번호표를 들고 지연은 쉴 새 없이 떠들었다.

이런 데 따라왔으니 이런 데 다니는 사람을 한심해할 자격은 없는 거겠지 하면서도 나는 그저 따라온 것뿐이라는 표정으로 사람들을 둘러봤다.

"넌 고집을 안 버리면 평생 외로울 팔자야."

나는 그래서 어쩌라는 거냐는 듯 심 선생을 바라봤다.

"아, 전 그냥 따라온 건데 왜 제 앞날을 점치세요?"

다소곳한 자세로 점괘를 기다리던 지연이 손사래를 쳤다.

"솔직히 궁금하잖아?"

"좋게 말하셔도, 나쁘게 말하셔도 별로 관심 없어요."

내 반응에 머쓱해진 심 선생은 자신의 앞에 앉은 지연에게 말했다.

"넌 공부를 계속 해야 해. 남자는 안 돼."

"예?"

"그리고 지금 만나는 남자? 너무 가벼워. 그 남자는 바람에 길에 날아다니는 찢어진 비닐봉지 같단다.”

나는 남자라는 말에 귀가 솔깃했다.

우리 회사 2대 간잡이로 악명을 떨치고 있는 지연이 남자를 만나고 있다니. 그런데 비닐봉지 같은 남자라니! 게다가 찢어진!

“그리고 너?”

나는 또 부채로 나를 가리키는 심 선생에게 대꾸도 않고 얼굴을 찡그렸다.

“넌 어떻게 살든 다 좋아. 그러니까 쌈 작작 걸고 살아. 쌈만 안 걸면, 타고 나기를 잘 타고 났어.”

“저는요? 저는요?”

초조해져서 테이블 앞까지 고개를 들이미는 지연의 말에 심 선생은 고개를 저으며 말했다.

“넌 굉장히 열심히 살아야 돼. 안 그럼 안 좋아.”

나는 터져 나온 웃음 때문에 문을 열고 도망치듯 방을 나왔다.

“복채 반띵 해요.”

방을 나온 지연은 억울하다는 듯 팔짝거리며 말했다.

“뭐가? 너 내가 천안까지 따라와 줬는데 할 소리야?”

“선배만 좋은 소리 들었잖아? 선배는 그냥 살아도 잘되고, 난 열심히 살아야 하고.”

“근데 봉다리같이 가벼운 남자 누구야? 하긴, 저 말을 믿는 내가 바보.”

내 말에 천기누설을 하지 말라는 듯 지연이 쉿! 하는 시늉을 하고는 말했다.

“왜?”

"일단 나가요."

골목을 빠져나온 지연이 다시 한 번 주위를 둘러보며 말했다.

"박정우가 하도 들이대서 제가 한 번 만나 보려고."

나는 길바닥에 쪼그리고 앉아 웃기 시작했다.

바람에 날리는 찢어진 비닐봉지 같은 박정우라니. 심 선생의 신통함에 대한 의심은 사라지고 내 앞날이 찬란하고 밝게만 느껴졌다.

나는 휴대폰을 꺼내 박정우에게 문자메시지를 보냈다.

바람에 날리는 찢어진 비닐 봉다리.

추리소설 제목도 모를까 봐?

추리소설이라니. 나는 이제 아예 바닥에 주저앉아 웃었다.

"선배, 꼭 억지로 웃는 방청객 알바 같아요. 이게 그렇게 재미있어요?"

긴 웃음에 기분이 상한 지연에게 두 손을 모아 사죄를 표하면서도 나는 그 자세 그대로 또 바닥에 엎드려 웃기 시작했다.

언제부터인지 웃을 일만 생기면 열 배, 스무 배 오버해서 웃었다. 이것도 오세준 때문에 생긴 병증의 하나였다.

운명에 순응한 지연이 다른 남자들과의 소개팅에 열을 올리고 나는 또 퇴근 시간만 되면 혼자서 뭉그적거렸다.

7시 넘으면 나서야지 하는 순간 휴대폰이 울렸다.

"네. 반소은입니다."

―나, 오세준이 엄마예요.

"네?"

―내가 좀 만나고 싶은데 볼 수 있을까요?

나는 저절로 찡그러지는 얼굴을 억지로 폈다.

헤어진 지가 언젠데 내가 그 사람의 엄마를 만나야 한다니.

"제가 좀 바쁜데요."

―내가 서울에 일을 보러 왔거든요. 그래서 좀 만났으면 하는데. 많이 바빠요?

"아뇨. 어디신데요?"

―여기가 어디냐면요.

설명을 듣고 메모하는 척 다시 확인했지만 회사에서 나가 오른쪽 코너를 돌면 바로 있는 곳이다.

―세준이한테는 말 안 했으면 좋겠어요.

연락도 하지 않는다는 말을 하려다 네라고 대답을 하고 전화를 끊은 나는 화장실로 갔다.

짙은 화장도, 또 날이 따뜻해 꺼내 입은 짧은 치마도, 무릎까지 오는 부츠도 모두 맘에 걸렸다.

"우리가 인원수가 너무 많아서 놀랐죠?"

약속 장소에 나간 나는 놀라서 움찔 물러섰다. 우리라는 말로 묶인 사람이 다섯이었다.

"여기가 세준이 큰고모, 여기가 셋째 고모. 그리고 여기는 세준이 누나."

나는 차례로 고개를 숙여 인사했다. 그리고 누군가 말했다.

"세준이가 예쁘다고 그러더니 정말 예쁘네."

"키가 작잖아. 우리 세준이는 키가 크지."

뒷문으로 나가 백화점에 가서 옷과 신을 사서 갈아입고 갈아 신고, 화장도 싹 고치고 오길 잘한 걸까 헷갈리기 시작했다.

"내일 결혼식이 있어서 다 올라온 김에 우리가 아가씨를 봐야 할 것 같아서."

왜냐고 물을 분위기는 아닌 것 같아서 나는 그냥 고개를 끄덕 였다.

"세준이한테 대충 이야기를 들었어요."

"네?"

"세준이도 나이가 있고 그러니 우리는 얼른 마땅한 아가씨가 있으면 결혼을 시키려고 해요."

"네."

점점 짜증이 났지만 나는 최대한 인내심을 갖고 대답했다. '마음속에는 어쩌라고?'가 반복해서 찍히는 중이었다.

"그럼, 아가씨 결정이 늦어져서 그런 건가?"

"예?"

"세준이는 아가씨가 거기 와서 같이 살 아가씨가 아니라서 헤어졌다 그랬지만, 듣자 하니 아가씨가 우리 집이 그냥 작은 여관을 하는 줄 알았다던데. 그래서 싫다 그랬다면서요. 근데 저번에 와서 리조트 봤다며 데스크 아가씨가 그러던데. 서울에서 여자가 와서 세준이를 기다렸는데 세준이가 매몰차게."

누군가 멈추게 한 건지 재미있는 이야기는 뚝! 끊어졌다.

나는 고개를 들어 그녀들을 보았다. 나를 보는 표정들이 너무 다양해서 속내를 읽어 낼 수 없었다.

"그런데 아가씨는 무슨 일 해요?"

"그냥 회사 다닙니다."

"대기업은 아니잖아? 이 근처에 대기업이 있어?"

갑자기 키가 작고, 대기업도 아닌 회사에 다니는 나 자신을 측은해하는 순간 누군가 냉정하게 말했다.

"그럼, 뭐 더 아까울 것도 없겠구먼."

대부분의 이야기는 큰고모가 했다.

나는 겨우 용기를 내어 말을 꺼냈다.

"세준 씨는 저한테 결혼하자거나, 뭐 그런 이야기 안 했어요. 그냥 헤어지자 그랬고 저는 거기에 따랐고요."

"우리도 사람 조건 보고 맘 달라지는 여자 싫어요."

"네?"

나는 잠시 멍하게, 정말 바보처럼 그녀들을 바라봤다.

"사실 궁금했어요. 세준이가 좋아하는 여자가 어떤지. 앞으로 세준이한테 여자 소개할 때 참고도 될 거 같고."

나는 그때부터 그녀들과의 대화를 명확히 기억하지 못했다.

너무 멀미가 나서 속이 울렁거렸다.

오세준이 나 때문에 힘들어하고, 술도 늘고, 말이 줄었다는, 가슴 떨리는 소식이 있긴 했지만, 그런 소식에 감격하기에 그녀들은 너무 시끄러웠고, 다른 의미로 천박했고 이기적이었다.

세준에 대한 예의를 지키는 것이 너무나 힘들 만큼.

가끔 드라마에서 보면 남자 주인공의 어머니는 여주인공에게 말한다. 우리가 만난 건 둘만의 비밀이라고. 여자 주인공은 미련하게 남자 주인공에게 말하지 않는다. 억울한 코너에 몰려도 미련하게 비밀을 지킨다.

하지만 나는 주말 내내 내가 당한 일을 어떻게 오세준에게 알릴 것인지 골몰했다.

전화를 걸어 따지자니 너무 모양이 빠질 것 같았다.

결국 내가 택한 것은 봉다리 박정우였다.

—어, 반!

"지금 바빠?"

—아냐. 안 그래도 전화하려고 그랬는데.

"왜에?"

—뭐 줄 거 있어서.

"뭔데?"

—한정식집 쿠폰.

"야, 나 그런 거 젤 싫어. 반찬 많고. 그거 다 버릴 거 생각하면 짜증 나. 안 버리고 다시 올라온다 생각해도 짜증 나고."

—어련하겠어. 근데 어쩐 일이야?

"요새 오세준 씨랑 연락해?"

—아니. 왜?

거짓말이면 괘씸하고 사실이면 의외인 대답이었지만 상관없었다.

"금요일에 오세준 씨 어머님이랑. 그 고모님들이랑 회사 근처로 오셨더라고."

―진짜? 정말이야?

놀라는 박정우의 목소리에 나는 최대한 불쌍한 목소리로 말했다.

"몰라. 되게 비참했어. 오세준한테 새 여자를 소개할 때 참고하겠다고 날 만나러 왔다더라."

그냥, 여우 짓이라 생각하면서 시작한 이야기였다.

너 때문에 내가 이런 일까지 당한다는 게 오세준에게 들어가기를 바라면서. 그런데 막상 이야기를 시작하니 서러움이 밀려왔다.

결국 나는 체면도 버리고 엉엉 울기 시작했다. 나중엔 양심은 사라지고 정말 불쌍한 반소은이 되어 울고 또 울었다.

오세준의 큰고모가 했던 재산 자랑이나 어른들을 싫어하는 애들은 알고 보면 가정교육이 형편없다는 말이며, 듣는 순간엔 어느 정도 인정했던 일들도 새삼 억울했다. 도대체 오세준은 그 잘난 집안에 나를, 그리고 우리들의 이별을 뭐라고 정리했던 걸까? 새삼 원망이 생겼다.

―자꾸 울면 달려가서 안아 주고 싶어진다? 친구의 옛 애인과 심각한 관계로 발전하고 싶지 않아.

박정우는 내가 제일 싫어하는 말로 내 울음을 멈추고 싶어 했지만, 이제 나도 그칠 타이밍을 놓쳐 버렸다. 바보처럼 우는 와중에도 나는 궁금했다.

그의 어머니도, 극성맞은 고모들도 알 수 없어 답답하다는 그의 진짜 마음이.

"너 전화 계속 울리는데 안 받을 거야?"

소파에서도 시끄럽게 울리는 진동 소리를 듣고도 모른 체 밥을 먹었다. 결혼식 때문에 서울에 온 엄마는 기어이 휴대폰을 식탁에 놓아 주고 방으로 가 버렸다.

"좀 받아. 거는 사람 숨넘어가겠다."

문을 열고 엄마가 던져 주고 간 전화를 나는 한참을 보다 통화 버튼을 눌렀다.

"왜요?"

─잠깐만 좀 봐요.

"네?"

─서울이에요. 소은 씨 보러 올라왔어요. 보고 싶어요, 많이.

이제 와서 보고 싶다는 말을 하는 오세준의 뻔뻔함보다는, 그 말 한마디에 모든 게 무너지는 기분이 드는 게 더 비참했다.

방으로 들어가 침대에 엎드려 그가 한 짧은 말을 해석하고 또 분석했다.

잠깐만 보자는 건, 결국 달라진 것이 없다는 이야기였다.

기다릴게요, 처음 만났던 그 카페에서.

문자메시지를 확인했으면서 나는 관심 없다는 듯 전화기를 저만치 던져 버렸다.

그리고 이불 속으로 들어가 눈을 감고 소리쳤다.

"100년을 기다려 봐라 나가나. 웃겨, 처음 만난 데라고 하면 내가 넘어갈 줄 알고. 안 넘어간다, 이 찌질아."

그런데 처음 만난 그 카페가 어디더라? 하는 생각이 들었다. 일 때문에 만난 카페? 아니면 사적으로? 그 카페는 서로 거리가 먼데? 그게 무슨 상관인데.

그렇게 몇 시간을 버틴 후 부엌으로 나가 맥주를 꺼내 바닥에 앉았다.

"계집애가 부엌 바닥에 앉아서 술이나 먹고. 아부지가 보면 퍽이나 예쁘다 그러겠다."

그러고 보니 늘 엄마를 달고 다니는 아버지가 혼자 내려갔다는 사실을 떠올렸다.

"어디 가셨어?"

"먼저 갔어."

아버지는 절대 혼자서 어딜 가는 사람이 아니다. 아, 물론 여자들을 만날 때는 엄마와 가지 않지만.

"만조 아저씨가 오늘내일해."

"그 아저씨 젊어서 그렇게 바람피우고 아줌마 속 썩이더니."

"그래서 잘됐다 싶어?"

나는 어깨를 으쓱해 보였다. 남의 일이니 자신이 고소해할 일은 아니지 않은가.

하지만 맥주가 시원하게 느껴지기는 했다.

"아버지도 없으니 말 좀 해 봐."

"뭘?"

"그 남자 말이야, 너랑 계약 연애인지 뭔지 했다는."

"계약 아니라고 했잖아. 그게."

차마 연습이라고 말할 수 없어서, 나는 말끝을 흐렸다.

"근데 엄마, 진짜 그런 거 아냐. 그냥 부끄러워서 그런 제목을 걸었지. 내가 엄마 딸인데 사람을 그런 식으로 만나겠어?"

"그래? 그럼 어떻게 된 건데?"

"나랑 만날 땐, 그냥 괜찮았거든. 학교도 괜찮고, 강의도 나가고 생각도 트인 사람이고."

"근데?"

"갑자기 아버님이 돌아가시면서 시골에 가서 살게 됐어. 그래서 헤어졌어."

"왜?"

"그냥 인생이 복잡해질 것 같아서."

그 남자의 기준으로 나는 동반자의 자격이 없었다거나, 혹은 자격을 줬다고 해도 내가 거절했을 거라거나, 신이 중간에 나를 망치려고 작정해서 계략을 꾸몄다거나. 어떤 말로도 설명이 안 됐다.

결국 연애였을 뿐 사랑이 아니라는 게 내가 내린 결론이었지만 그걸 엄마에게 말할 수는 없었다.

한심하다는 듯 엄마가 나를 보며 한숨을 쉬고는 한참 망설이다 말했다.

"나 때문에 너 이렇게 됐어?"

"내가 뭐?"

나는 뜨끔해서 엄마를 보며 펄쩍 뛰었다.

"내가 불행해 보여서, 너는 나랑 반대로만 살고 싶어?"

불행이라고 저렇게 노골적으로 말하다니.

"무슨 소리야. 내가 내 인생을 그냥 사는 거지."

"내가 저번부터 말하려고 그랬는데."

엄마는 내게 잔소리를 하는 타입이 아니었다. 아버지가 하는 것만으로도 차고 넘치니까.

"네가 모르는 게 있어."

"뭐."

"너는 사랑을 몰라."

그러면 안 되는 걸 알면서도 피식하고 웃음이 삐져나온다. 비웃음에 가깝다. 설마 아버지에게 사랑받고 있다고 말하고 싶은 걸까?

"너희들처럼 공평하기만 한 게 사랑이면 그건 누구나 해. 지기 싫고, 기념일 날 꽃다발 챙겨 주고, 좋은 거 사 주고, 하자는 대로 하고, 집안일 도와주고. 그게 사랑이야?"

"그럼 바람피우고, 막말하고 그러는 게 사랑이냐? 자식들 보고 다 참아 주는 게 사랑이야?"

"그게 아니라, 너 말이야."

"내가 뭐?"

"좋은 것만 하자고 들면 뭐하러 사람을 만나서 연애를 해? 착하고 말 잘 듣는 종을 하나 사면 되겠네."

"그거 엄마 이야기야?"

나는 보통 이 정도면 엄마가 물러선다는 걸 알았다.

하지만 오늘은 좀 달랐다. 가만히 나를 노려보던 그녀가 말을 이었다.

"지지 않고, 이기기만 하고, 대접만 받는 게 사랑이라고 생각하지 마. 내가 너희 아버지의 강퍅함을 이해하는 것도, 그리고 슬프고, 기쁘고, 그런 시간들을 함께 지나는 것도, 또 너희들을 낳아 기른 것도 다 사랑이야."

"그래서 그 사랑이 엄마를 행복하게 했어?"

"좋기만 한 게 행복인 줄 알아? 이거 순 바보네."

나는 할 말을 잃었다. 기쁘기만 한 게 행복이 아니고 뭐냐고 물으려고 했지만, 그 말은 내가 생각해도 틀린 거였다.

"네가 조금만 더 보드라운 사람이 되면 좋겠어. 나는 정말로 행복해. 네가 보는 것, 그게 내 아버지와 나의 전부라고 생각하지 마. 네가 모르는 좋은 날도, 슬픈 날도 많아. 나를 가장 불행하게 한 사람은 너였어."

"뭐?"

"네가 가끔 나를 한심하다는 눈빛으로 볼 때, 네 아빠랑 싸우고 당신은 왜 저런 남자랑 사나요? 이럴 때. 너희 아버지가 나한테 말로 주는 상처나 고집 피워서 아픈 맘과는 비교도 안 되게 아팠어."

"알았어. 그만해."

"나 잠이 안 와. 나랑 너희 아버지랑 다 죽고 반소은이 외톨이가 돼서 쓸쓸하게 늙어 갈 생각만 하면. 네가 형제들이랑 우애가 있냐? 지지 않으려고, 안 다치려고, 손해 안 보려고만 살다가 남는 게 뭐 있어? 그렇다고 친구라고 하나 있던 신이도 기어이 떨어트리고."

"걔가 친구야? 걘 그냥 사이코야."

나는 시끄럽다는 듯 방으로 들어와 버렸다.

하지만 방문을 닫자마자 갑자기 두려워졌다.

잘난 척하느라 엄마를 슬프게 하고 친구도 잘라 낸 까칠한 반소은이 자신을 지키기 위해 수많은 사람들을 킬하고, 지켜 낸 혼자서 쓸쓸하게 늙어 가는 모습이 눈앞에 보이는 것 같았다.

나는 나를, 아니 나만 지키느라 정말로 지켜야 할 것들을 잃어버린 건 아니었을까?

나는 들고 들어온 맥주 캔을 저만치 밀어 버렸다.

외톨이가 된 반소은이 손까지 떨고 있다면, 그건 너무 끔찍했다.

그리고 더 끔찍한 사실 하나가 떠올랐다.

사람들과의 관계에서 어쩌면 나는 내가 세상에서 제일 싫어하는 내 아버지와 닮아 있었던 건지도 모른다는.

늦게라도 알게 돼서 다행인 것들

"리프레시라고 해도 너무 길다. 소은."

팀장의 난감한 표정에도 나는 고집스럽게 그 자리에 서 있었다.

"실연 때문인 거야?"

여전히 소문은 사라지지 않았다. 그럴 땐 적극적으로 소문을 이용할밖에.

"네."

"반소은이랑 안 어울리긴 하지만, 늦게 한 연애가 더 힘들지."

"네."

"그래. 일도 잘하는데. 확실하게 환기하고 와. 아직 새 업무도 정해지지 않았으니 시기도 좋다."

리프레시하고 오겠다 휴가를 냈으면서 회사를 나서자마자 자신감이 사라졌다.

내가 쓸모없는 사람이 되는 것 같은 기분이 들었다.

어디 절에 가서 템플 스테이를 해 볼까 싶었지만, 향냄새가 싫어서 그건 힘들 것 같았고, 오세준처럼 도보 여행을 하기엔 하체힘이 너무 약했다. 짧은 다리에 알까지 배기면 볼 만할 거였다.

유럽은 가 봤고, 남미는 치안이 걱정이었으며 미국은 내키지않았다.

나는 내가 아주 모자란 인간 같은 기분이 들었다.

"에이씨."

내 주제에 무슨. 단 1시간 만에 원대한 꿈은 사라지고, 나는 바람이 부는 거리를 달려가서 택시부터 잡았다.

어딜 가든 일단 집에 가서 생각해 봐야 할 것 같았다.

재훈 씨에게.

재훈 씨를 처음, 그러니까 제 기억으로 처음 만나던 그 무렵.
저는 막 연애를 시작하던 때였을 거예요.
아마 그 사람이 아니었더라면, 저는 재훈 씨의 생각대로 재훈 씨와 친해지고, 경계를 넘어서고, 그러다 지금 알고 있는 당신의 좋은 점들을 발견하고 좋은 사이가 되었을지도요.
그러나 사람의 사이는 그렇게 간단한 것이 아니라, 누구의 말대로 우주의 무엇이 좌우하는 것일지도 모르겠습니다.
얼마 전 거리에서 현수막 하나를 보았어요. 그 거리에 있던 메타세쿼이아가 뿌리가 커져서 자꾸 아스팔트와 보도블록을 뚫고 나와 부득이하게 수종을 교체한다는 안내문이었어요.

그 나무들은 어디로 갔을까 생각하는 순간 아래에 추가로 적힌 글이 눈에 들어왔어요. 메타세쿼이아들은 개천 변으로 옮겨져 잘 자랄 것이라는.

친절한 공무원들이구나, 이유와 나무들의 이사한 곳까지 전해 주는.

그 자리에는 이팝나무들이 심긴다고 했어요.

아마 신재훈 씨의 굵고 깊은 마음이 자라기에 저는 너무 얇은 사람이 아닐까 생각합니다.

재훈 씨가 제 가림막이 되어 주던 시기, 저는 그 가림막 뒤에서 연애를 했어요. 그 사람을 사랑했고요.

제가 어릴 때 제 나이의 고모가 순간의 어리석음으로 놓친 남자들에 대해 한탄한 것처럼, 저 역시 그렇게 신재훈 씨를 놓친 걸 후회할지 모르겠지만요.

감사했습니다.

저는 망설이고 재고 계산하느라 너무 많은 시간을, 그리고 내게 왔을지도 모르는 인연들을 놓쳤어요. 재훈 씨는 그러지 않았으면 좋겠습니다.

그리고 좋은 사람 만나세요.

편지를 다 쓰고 나는 스스로의 가증스러움에 치를 떨었다.

온갖 개폼을 잡으며 우주를 운운했지만 결국은 거절의 편지였고, 훗날까지 가지 않더라도 지금 이 순간에도 '미쳤어!'를 외치며 쓰는 편지였다

하지만 혹시나 내가 탈 수 있는 마지막 차일지도 모르는, 그것

도 아주 안전하고 좋은 모범택시를 보내 버리는 것. 그것이 내가 리프레시의 첫날 가장 먼저 한 일이었다.

30일의 리프레시 휴가는 야금야금 사라지기 시작했고 나는 거울을 가져다 놓고 사인펜으로 거울 위에 쌍꺼풀 라인과 귀족 수술을 설계해 봤다.

생일이 돌아오면 이제 만으로도 어쩔 수 없는 서른이 되는 거다.

—신이 아들 낳았어.

엄마의 목소리는 담담했다.

일주일째 되던 밤이었고, 나는 미친 듯 옷장 정리를 하고 있는 중이었다.

나는 시계를 확인했다. 새벽 3시였다.

"엄마, 도대체 지금이 몇 신데!"

—신이가 죽다 살았어.

"살았잖아. 죽다 살았든 살려서 살았든. 그리고 죽었어도 어쩌라고."

—인정머리 없는 것.

그 와중에 나는 반사적으로 손가락을 꼽았다.

지금에 아홉 달을 빼도 계산이 안 나왔다.

그럼 내가 알고 있는 그때가 아니라 훨씬 전이었던 건가? 그때 신이는 나랑 살기 전이었으며 전세금을 날렸던 그 무렵이었다.

그리고 나는 배가 부른 신이를 본 적도 없는데?

연애
연습

순간 등 뒤가 서늘해졌다. 살이 찌고 있는 게 아니라……. 배가 불러 가고 있는 친구도 못 알아보다니.

나는 최대한 무심하게 물었다.

"애기는?"

―애가 너무 커서 고생했어.

"조산 아니야?"

―조산은 무슨. 예정일을 한 달이나 넘겼고만.

신이가 몇 달 만에 자식을 낳았든, 그게 누구의 자식이든 그게 무슨 상관이라고. 나는 애써 드는 약한 생각들을 무시했다.

"엄마, 예의 좀 지켜. 그리고 제발 그 사, 아니 그쪽 소식 전하지 마. 자식이 정신과 상담 받는 꼴 보기 싫으면."

―이왕이면 좀 받아.

"뭐?"

―돈 들여서라도 그 못된 성질 고칠 수 있다면 내가 돈은 얼마든 대 줄게. 더 늙으면 못 고쳐.

내가 먼저 신경질을 내고 끊어도 억울할 판에 엄마는 다다다 말을 남기고 전화를 끊었다.

갑자기 온몸에 녹이 슬은 기분이 들어 나는 옷장 정리를 멈추고 바닥에 누웠다.

입지 않는 옷은 왜 이렇게 많은 것일까? 아니, 입었던 기억도 없는 옷들이 대부분이었다.

"그렇다고 이 새벽에 너무한 거 아냐?"

짜증스러운 얼굴로 호프집에 나온 정우에게 나는 이미 취한 척 얼굴을 잔뜩 오므려서 웃었다.

"어, 너 그 웃음 별로야. 늙어 보여."

"너 지연이 좋아한다면서?"

"구미호 연합이냐? 아님 간잡이 문하생이야? 뭐야? 혹시 나에게 오려던 마음을 막은 거 아냐? 앙심 품고?"

네 사랑을 방해한 건 천안의 심 선생이라 말하려다 그냥 웃었다.

"세준이 이야기 싫지?"

정우의 말에 나는 고개를 저었다. 내가 박정우를 만나는 건 어쩌면 오세준의 이야기를 하고 싶어서인지도 모른다.

"그런데 세준이는 꼭 그런 이유만은 아니었어."

"그럼?"

"자신이 없었대."

"무슨 자신?"

"정말로 너를 행복하게 해 줄 자신."

"그 전엔 있었는데?"

"여자들은 남자가 헤어지자고 하면, 함께할 만큼 사랑하지 않아서라고 믿지? 연락하지 않으면 관심 없는 거라 믿고."

"대체로."

"그런데 여자들이 복잡한 만큼 우리들도 복잡해. 우리들도 당신들이 망설이는 것만큼 망설여. 그건 덜 사랑하기 때문이 아니야. 단순하게 남자는 이렇다, 그거 어리석어. 우리도 이 관계가 잘못될까, 상대에게 상처 줄까 봐, 내가 상처 받을까 봐 겁나. 좋은 기억으로 헤어지는 게 낫지 않을까 생각도 해. 남자와 여자가 다른 게 아니라, 사람마다 다른 거야."

이제 나는 정말 모르겠다.

"그런데 볶음 박. 사실, 나도 잘 몰라. 그전에 좋았을 때 결혼할까라고 물었는데 미쳤어요라고 답한 게 맘에 걸렸어. 그리고 여수 가서 리조트 보고는 솔직히 좀 기분 나빴어. 왜 그걸 감췄을까? 그걸 멋지다고 생각했나? 웃겼지. 그리고 어머님이랑 고모님들 봤을 땐, 아, 저 집과 엮이지 않은 게 정말 다행이구나 생각했어. 지금도 그래."

"응."

"그런데 그런데도 너무 보고 싶고 매일매일 생각나. 딱 한 번만 만나서 아무 일 없는 것처럼 하루만 보냈으면 하는 생각도 들고. 미친 척 찾아가서 결혼하자 그럴까, 후회하더라도 해 보고 하는 게 낫지 않을까? 그러다 화가 나. 그 사람은 내가 안 보고 싶은 걸까? 정말 그렇게 결심하면 딱 잊어지는 걸까?"

나는 정말로 알고 싶다.

그냥 시간이 지나면 잊을 수 있을지, 아니면 잊지 못해서 더 괴로워할지. 그건 말 그대로 시간이 지나야 알 수 있는 일이니 누구에게 물어볼 수도, 대책을 세울 수도 없다.

"이게 다 너 때문이야."

나는 옆에 있는 가방을 들어 정우, 아니 봉다리 박을 때리기 시작했다.

누구든 화풀이를 할 사람이 필요했다.

"어쩌라고."

퀵 서비스를 받자마자 나는 정우에게 전화부터 걸었다. 하지만 너무나 태연하게 그는 대답했다.

　—지난번 싱가포르 건처럼 해 주면 돼.

　"예약은 어떻게 한 거야?"

　—지난번 싱가포르 갈 때 여권 사본이 회사에 있더라.

　"고소할 거야. 개인정보를……."

　전화를 끊고 나서야 봉투를 열어 대만행 비행기 표와 호텔 바우처 그리고 기획안과 여행 책을 꺼내 들었다.

　네가 리프레시를 무위도식으로 알고 있다는 사실이 안타까워서. 대만에도 반손이 좋아하는 관람 차가 있어.

　선물은 비싼 걸로.

　볶음 박의 포스트잇을 떼어 내고 나는 1년 전 싱가포르를 떠올렸다.

　어둠이 내린 바다와 도시를 번갈아 보며 오세준 씨에게 느꼈던 마음. 그 마음이 아직도 그 허공을 떠다니고 있는 것만 같았다.

　나 호텔 방에서만 지내다 갈지도 몰라.

　문자메시지를 보내고 나는 신발도 벗지 않은 채 침대로 들어갔다.

　박정우가 보낸 자료들과 인천 공항에서 산 여행 책자에 또 여행을 할 때마다 폼을 재며 사는 자기 계발서도 한 권 있었다.

도대체 어떻게 몇 년씩 낯선 나라를 걷고 낯선 사람들과 인사를 나누고 할까?

또 오세준으로 돌아온다.

예전에 신이, 아니 꼭 신이가 아니라 다른 친구들이 실연을 하고 괴로워할 때 나는 그 감정이 솔직히 이해가 가지 않았다.

어차피 싫어서 헤어지고도 심지어 양다리를 걸치다 차 버리고도 술을 마시면, 무슨 노래를 들으면, 비가 오면 그녀들은 그들을 그리워했다.

그런데 누군가에게 말하는 횟수의 열 배쯤 옛 사람을 생각했을 거라는 걸 이제는 안다.

하루를 꼬박 자고 한낮이 돼서야 침대를 빠져나왔다. 하지만 밖에 나와서도 마신 건 라테뿐이었다.

멍하니 카페에 앉아, 나는 다시 볶음 박에게 문자메시지를 보냈다.

나 몸이 아파서 취재는 정말 못 할 것 같아.

괜찮아. 그런데 나 할 이야기가 있어. 이건 알고 있어야 할 거 같아서.

뭐?

세준이가 헤어지려고 했던 이유 중 하나에는 아마 반소은이 아닌 한마리가 있을 거야. 거기서 28번과 49번이 자기라던데. 난 나도 있을 거 같아서 안 읽었어. 친구를 잃고 싶지 않아서.

휴대폰 액정 화면을 가득 채운 텍스트를 나는 읽고 또 읽었다. 나는 호텔 방으로 돌아와 컴퓨터를 켜고 인터넷에 접속했다. 그리고 지금은 서비스가 되지 않는 블로그의 글을 열었다.

28번과 49번은 그의 말대로 그의 이야기가 맞았다. 그러나 전부 그의 이야기는 아니었다.

28번은 누군가를 만날 때 사전 조사를 하고 오는 남자의 이야기였고, 49번은 가볍게 만나고 헤어지기 좋은 남자에 관한 이야기였다. 바람둥이거나, 야구 선수이거나, 아니면 파일럿이거나. 그리고 신종 직업으로 여행가.

그건 내가 그를 사랑하기 전에 쓴 글이었다. 그리고 생각 없이 쓴 글이었다.

나는 49번 글의 마지막 문장을 소리 내어 읽었다.

"헤어질 때까지 깔끔하다면 금상첨화."

노트북을 닫고 침대에 누워 천장을 보며, 나는 어리석은 나 자신에 대해 생각했다.

내가 아는 것들이 세상의 진리인 양, 가끔 내가 맞춘 불길한 예감들이 나의 대단한 능력인 양 살았다. 아버지나 오빠들 같은 사람을 만나지 않겠노라, 엄마나 새언니들처럼 살지 않겠노라가 목표가 되어 정작 어떤 사람을 사랑하고 어떤 사람이 되어 줄까에 대해는 생각해 본 적도 없었다.

오세준이 잠수를 타지 않았더라도, 나는 아마 연애가 내 마음대로 되지 않으면 언제든 그 연애를 킬했을 거였다.

신이의 말이 맞았다.

나는 평생 외롭게 계산이나 하며 늙어 갈 여자일지도!

캘린더 서비스 축하해. 좋다. 멋져, 반소은.

12시 땡 치고 서비스가 시작되자마자 정우는 축하 문자메시지를 보냈다.

나는 퉁퉁 부은 눈에 대고 있던 맥주 캔을 따서 마시며 다시 컴퓨터를 켰다.

오늘부터 We 캘린더의 정식 서비스가 시작되었다.

나는 다이어리에 적은 내 연애의 기록들을 거기에 입력했다. 처음 만난 날, 처음 가슴이 두근거렸던 날, 처음 손을 잡은 날, 처음 키스를 한 날, 그리고 용기를 내어 '그냥 자면 안 되냐?' 물었던 그날까지.

갑자기 불쾌한 기억들이 사라지고, 애틋하고 숨 막혔던 순간들이 밀려왔고 나는 그대로 침대에 엎드려 울었다.

분해서가 아니라 사라져 버린 내 연애가, 엄마가 내게 바랐던 보드라움을 가진 그 남자가 곁에 없다는 게 너무나 슬퍼서.

그리고 그것이 내 비겁함과 교만함 때문이라는 사실에 너무나 아파서.

낯선 나라에서 3박 4일을 울었다. 목청이 터져라 울고 또 울었다.

돌아오는 비행기에서까지.

─나 세준이 엄마예요.

전화를 받고 나는 발딱 자리에서 일어났다. 그냥 끊어 버릴까 하는 마음이 커졌지만 그럴 수는 없었다.

"네."

─잠깐만 봐요. 지난번처럼 못되게 안 할게. 아가씨한테 할 말이 있어서.

"네에."

이제 막 서울에 돌아와 피곤했지만 나는 길게 대답했다.

─내가 지금 서울에 일을 보러 와 있어요. 여기가 서초동 근처인데 올 수 있겠어요?

"네."

보드라워진 상대의 말투에 한없이 공손해져서 나는 허리까지 숙여 가며 인사를 한 후 전화를 끊었다.

"얼굴이 많이 안 좋네."

밀린 미국 드라마를 보느라 상한 얼굴을 보고, 세준의 엄마는 정말 안됐다는 표정이었다. '댁의 아들 때문이 아니거든요?'라고 말할 상황이 아닌 것 같아. 나는 그냥 웃었다. 살짝 가련해 보였으면 생각하면서.

"소은 씨."

"네."

"나 많이 후회했어요. 그때 말이야. 우리 봤던 때."

이건 뜻밖의 전개였다. 하지만 나는 얌전하게 대답했다.

"네."

"사실 나는 평생 그렇게 살았어요. 우리 시누들이……. 세준이 고모들 봤죠?"

"네."

"극성이에요. 결혼해서부터 내내 시달렸어요. 세준이 아빠 갑자기 그렇게 되시고도. 세준이가 자세한 이야기 안 했죠? 회사를 두고 다툼도 있었고, 돈이며 산이며 이런 걸로도 계속 다투고. 그래서 세준이가 꼭 필요해서 붙잡아 두고 있었어요."

"네."

"그때 우리들이 그렇게 무례하게 굴고 당장 올 것 같은 소은 씨가 일어서서 가는데 소은 씨가 들고 있던 봉투에 옷이랑 신발이 들어 있는 걸 봤어요. 일부러 옷도 갈아입고 왔구나. 그때 실수했구나 싶었지. 이 아가씨는 이런 맘으로 왔는데 너무 창피했어요. 며칠을 잠이 안 왔어. 나는 찬찬히 소은 씨랑 이야기를 해 보고 싶었는데. 내가 이 나이를 먹고도 그렇게 휘둘리면서 살아요."

그때 이야기를 잘했다고 달라지지는 않았겠지만, 조금은 위로가 되는 것도 같아서 나는 고개를 끄덕였다.

나는 고개를 끄덕했다. 그건 그 나이까지 그렇게 휘둘리고 살지 말라는 뜻은 아니었다.

"세준이를 좀 기다려 주면 안 돼요?"

"기다리지 말라고 그랬어요."

"나는 내 아들이 불행한 건 싫어요. 평생 그러진 않겠지만, 왜 좋아하는 사람을 두고 불행한 마음을 겪게 하겠어요? 내가 엄만데."

"저는."

여기서 기다리겠다고 말하면 그리고 또 오세준이 그걸 거절하면 도저히 회복할 자신이 없어서 나는 말끝을 흐렸다.

"그냥, 딱 몇 달만 다른 사람 만나지 말고 기다려 줘요. 내가 꼭 그렇게 해 준다고 약속했어. 우리 아들은 잊었겠지만."

"네?"

"서울로 오려고 해요. 그쪽 일 정리하고. 손해는 좀 보겠지만 꼭 소은 씨가 아니더라도 내 아들이 평생 불행한 맘을 가지고 거길 지켜야 할 가치가 있나 생각했어요. 내 남편이 남긴 것, 또 세준이 입장에선 제 아버지가 평생을 바쳐 일궈 낸 것이라 생각하겠지만, 결국 거기에 나를 거는 건 어리석은 거 같아요. 나나, 세준이나 또 남은 인생을 바칠 새로운 걸 찾아야겠지. 내가 서른 살이었을 때, 나는 어떻게 살고 싶었나 생각했어. 소은 씨가 얼굴이 노래져서 일어나면서 그랬지. 어떻게 살든, 우리가 어떻게 되든 그건 어른들이랑은 상관없는 일이라고. 좀 웃기다고. 그 순간 정신이 들었어요. 웃기지. 우리들?"

내가 그렇게 말했던가, 나는 기억이 나지 않는다. 하지만 그때는 마녀처럼 보이던 어머니가 오늘은 그냥 평범하게 보였다. 아니 아주 현명하고 지혜로운, 정답의 어른 같다.

마녀는 고모들이었던 거구나. 집집마다 왜 고모들은 마녀일까라는 질문이 생겨났다. 나도 내 조카들에게 마녀 고모로 보일까?

"그 말이 내가 평생 하고 싶은데 못했던 말이었거든. 그래서 나도 깨달았지. 이제라도 그렇게 살지 말자고. 그리고 이건 사과의 선물."

세준의 어머니는 쇼핑백 하나를 올려놓았다.

"사과의 선물이에요. 소은 씨도 무화과 싫어한다면서? 나도 그랬어요. 그런데 이건 맛있을 거야. 그리고 오늘 만난 건 진짜 비밀!"

그녀는 손수 무화과를 꺼내 내게 건넸다.

'난 무화과랑 석류도 싫어. 그 속에 다 벌레 알 같아. 알탕도 싫어.'

언젠가 마당에 무화과나무가 있다고 말하던 그에게 그렇게 말했던 것 같다.

"무화과가 꽃이 없이 열매 맺는다고 하지만, 그게 꽃이에요. 쪼개 보면 그게 다 꽃이야."

나는 여전히 내키지 않았지만 무화과를 입에 넣었다. 그리고 콱 깨물었다.

내가 기억하고 있는 느낌과는 달랐다.

"적당히 마르니까 맛있지? 달고?"

"네."

"여수 처음 내려가서 무화과를 못 먹는다! 그랬더니, 세준이 아버지가 놀렸어요. 근데 소은 씨 이야기를 들으니까 내가 왜 그게 싫었는지 알 거 같아. 모양도 그렇지, 씹을 때 미끄덩거리지. 근데 어느 해인가 나무에 매달린 채 살짝 마른 무화과를 하나 먹었는데 정말 맛있었어요. 그래서 요즘은 미리 따서 해마다 이렇게 말려요. 그리고 냉동실에 넣어 놔."

돌아오는 길 버스 안에서 나는 마른 무화과 한 개를 입에 넣었다. 그리고 그 순간이 아닌 훗날에 알게 되는 기쁨들에 대해 생각했다.

물론, 그것이 늘 달콤하고 더 좋으리라는 보장이 없다고 해도 기대해 보고 싶어졌다.

"그 웹툰 봤어? '반대의 여자' 재미있지? 거기 A 재수 없지 않아?"
"그런데 딱히 A가 재수 없을 건 없지. B가 피해 의식 쩔어 보여."
논란과 구설수는 나를 평생 따라다니기로 작정한 것 같다. 회사 사람들은 연재 8회만에 인기 웹툰이 된 경쟁사의 만화를 두고 난리였다.

나는 내가 A라는 걸 내 스스로도 인정하지 않을 수 없었다. 신이는 왜곡하지 않았고 정직했다.

하지만 쿨하게 내가 그 A라고 농담이라도 말할 수 없었다.

그러나 처음, 당장이라도 신이를 죽여 버릴 것처럼 분노해서 만화를 본 것과 달리, 막상 만화를 네 편 보고 나서 나는 신이를 이해했다.

A는 B가 부러워하는 가족을 가지고 있으면서 끊임없이 그 가족이 싫다고 B의 앞에서 투덜댔다. B는 저렇게 피곤한 가족이 없다는 게 행복했다가도 어느 날 A의 가족들이 승용차를 타고 주르르 갈비를 먹으러 가는 모습을 보면, A가 뾰로통하게 입을 내밀고 있는 게 얄미웠다.

B가 짝사랑했던 초등학교 동창이 전학 갔다 돌아와 중학교도 가지 않고 동네 중국집에서 일하게 된 걸 알게 되는 장면은 슬프기도 했다. 하지만 B, 그러니까 신이가 나와 형민이의 '논산역 도주 사건'을 폭로해 우리의 도피를 방해했다는 건 충격이었다. 하지만 내가 그날 그 애와 논산역에서 만났다 해도 내 인생이 바뀔

만한 무엇이 일어나지 않았을 거라는 걸 지금은 안다. 나는 그냥 그 애가 불쌍했고, 그애 엄마를 마지막으로 본 어떤 도시에 소극적으로 함께 가는 것밖에 안 했을 거라는 걸.

오세준을 처음 만나던 날 내 모습을 신이는 세상 모든 일을 다 아는 것처럼 잘난 척하던 A가 드디어, 자기가 모르는 무언가를 만났다라고 표현했다. 오세준의 얼굴은 잘생기게 그려 줬고 그 뒤에 후광까지 컬러로 만들어 주었다.

그렇게 신이의 만화 속 A는 정말 나였다. 신이는 왜곡하지 않았고 정직했다.

그리고 나는 그렇게 재수 없지도 않았다. 아니, 어쩌면 나조차 몰랐던 내 망설임이나 두려움 같은 것들을 신이는 알고 있던 것처럼 보였다.

결국 나는 만화 속 B에게 미안함을 느꼈다. 물론 전적인 건 아니었다. 그냥 일이 그렇게 돼서 안타까운 정도의 미안함이었다.

사람들이 댓글로 B를 욕하면 속이 상해지기도 했다.

나를 객관화해서 보는 건 기분이 나쁘면서도 냉정하게 나를 돌아보게 했고 신이 역시 객관화해서 볼 수 있었다.

나는 잠시 휴대폰을 꺼내 들고 망설였다.

그리고 문자메시지를 찍었다.

나쁜 년.

아기 엄마에게 이런 욕을 하는 건 나쁜 일이 아닐까? 나는 망설였다. 하지만 신이는 알아야 했다. 내가 재수 없는 년이었다면,

본인은 나쁜 년이라는 걸.

문자메시지를 보내고 한참. 다행히도 답장은 오지 않았다. 미안하다고 답이 오면 내가 싫어질 것 같고, 재수 없는 년이라고 답이 오면 분할 거 같았는데.

"정말 괜찮아?"

오히려 분노하는 건 박볶음이었다. 아니, 박볶음은 그 만화를 통해 전적으로 나를 이해하고 내 편이 되어 주었다. 그건 우리가 취향이 같은 사람이기 때문이었다. 그는 내 진짜 모습을 이해했고 만화 속 객관적 자신의 모습과 추잡한 대사를 반성했다.

'반대의 여자'라는 제목과 달리 결국 신이의 만화에는 같은 욕망을 가진 A와 B가 있다. 결국 행복해지고 싶어 하는데, 각기 처한 어떤 이유들로 행복을 향해 가는 방법을 다르게 선택했다. 반소은은 자기 방어를 택했고 이신은 적극적으로 자기를 던지는 방법을 택했다. 어쩜 우리가 친구가 아니었고 가까이 지내지 않았다면 내 방어벽은 조금 더 낮아졌을 것이고, 내가 곁에 없었다면 신이는 자신을 던질 때 조금 더 자기를 아끼는 쪽을 택했을지 모른다.

우리는 서로에게 좋은 친구였지만 나쁜 대조군이었던 셈이다.

용서라는 말은 처음부터 어울리지 않았다. 우리는 달랐고 또 같았다.

다만 신이 내게 잘못한 건 있었다. 솔직하지 않았고, 어쨌든 내가 사는 방식에 대해 간섭하고 싶어 했으며 그걸 넘어 드라마의 못된 조연들이 하는 모략까지 했고, 결정적으로 고자질을 했으니까.

우리가 다시 옛 이야기를 하며 친구가 될 수 없다는 걸 나도 신이도 알고 있다.

반대의 여자 9회 차가 올라온 토요일 아침. 나는 만화 마지막 칸의 A와 오세준의 입맞춤 장면을 한참이나 보다가 결심했다.

그의 잘못이나 서운했던 점이 아니라 그에게 제대로 말하지 못했던 내 마음에 대해 한 번 더 말해 보기로.

내가 싫어져서가 아니라 나와 함께하는 미래에 대한 걱정이나 심지어 내 행복까지 고려해 이별을 결정했다면 나와 함께하는 미래에 대한 새로운 희망을 제시해 주고, 진짜 내가 원하는 행복이 무엇인지 그에게 알려야 했다.

비장하게 기차를 탄 것과 달리, 여수에 도착한 후 나는 벌써 나흘을 모텔에서 꼼짝도 않고 있었다.

편의점에서 도시락을 사다 먹고, 자살하러 온 사람으로 보이지 않기 위해 발랄하게 웃으며 편의점 앞 파라솔에서 뭔가 열심히 적고 바다 사진도 찍었다.

나는 당신을 여전히 사랑하고, 당신과 무엇이든 헤쳐 나갈 용기가 있으니 지난날 잘못한 것들은 용서해 주고 나를 받아 주면 좋겠다.

변명이나 남의 탓을 하지 않은 반소은의 진짜 반성의 변도 준비되어 있었다.

그런데 간사하게도 그렇게 하고 난 이후의 일들이 걱정됐다.

내가 힘든 게 미련 때문인지 정말 그 사람을 사랑하는 것인지.

너무 어려웠다.

결국 나흘을 넘게 모텔에서 머리를 쥐어뜯던 나는 결과가 뻔히 보이는 나쁜 결정을 내렸다.

술의 힘을 빌리기로 한 것이다.

술에 취해 누군가에게 전화를 해 무슨 말을 하게 되든 그것이 마음의 소리일 것 같았다.

아니, 세상 모든 종류의 술을 섞어 마시고라도 내 진심을 말해 주고 싶었다.

바닥에 술을 쫙 늘어놓으며 각오를 다지고 첫 번째 술을 땄다.

하지만 비장한 각오와 달리 배가 불렀고 졸음이 몰려왔다.

10분만 쉬고라는 생각으로 나는 침대로 들어갔다.

"어!"

아침, 아니 한낮이었다. 머리도 아프고 빈 병과 빈 캔이 바닥에 나뒹굴었다.

밤새 뭔가 떠들은 기억도 있었다.

"빙고!"

나는 떨리는 마음으로 휴대폰의 통화 목록을 열었다. 그리고 그대로 그 자리에 주저앉았다.

낯선 번호들, 그러다 자세히 보면 익숙한 번호들이 줄을 맞추어 빽빽하게 가득 차 있었다.

대전 집을 시작으로, 신이, 민재, 폴란드의 신재훈에 큰오빠와 올케 그리고 작은오빠에 올케. 심지어 신이의 대전 집에 박볶음까지.

연애
연습

그리고 마지막에 오세준의 번호가 있었다.

나는 통화 시간부터 확인했다. 하지만 19초였다.

다른 사람들이 40분에서 적어도 4분인 걸 감안하면, 오세준과의 통화는 성사되지 않은 게 분명했다.

아니, 그래야 했다.

겨우 일어나 쓰레기를 봉투에 담고 밖으로 향했다.

정말로 저만치 보이는 바다 위로 햇살이 부서질 듯 쏟아졌다. 남쪽이라 바람도 따뜻했다.

서울로 가기 전, 바다에 발이나 담그자 싶어 나는 바다로 향했다.

"반소은."

막 바닷물에 왼발을 집어넣으려는 순간 누군가 나를 불렀다. 물론 목소리만으로 누군지 알 수 있었다.

"도대체 뭐 하는 거야? 여기서."

"뭐가요?"

그래도 그 와중에 세수는 했으니. 나는 코트 자락을 여미며 태연한 척 대답했다.

하지만 몇 달 만에 정말로 보고 싶었던 얼굴을 보니 주르르 눈물이 볼을 타고 내렸다. 그리고 버럭 소리를 지르는 그가, 이 순간 이 장면의 결정적인 주인공 같았다.

나는 눈을 질끈 감았다. 그리고 쓰레기봉투를 내던지고 오세준에게 달려갔다. 오세준이 정색을 하고 밀어내든, 땅바닥에 패대기치든 그건 다음 일이었다.

"천천히 먹어."

나는 고개를 푹 숙인 채 내가 세상에서 제일 싫어하는, 뱀처럼 생긴 뱀장어가 들어간 탕을 꾸역꾸역 먹었다.

그런데 단호한 말투 때문에, 저 이거 못 먹어요라는 말이 나오지 않았다.

빨리 먹고 커피를 마셔서 이 비릿한 냄새를 가시게 해야 했다.

깨작거리다가는 여전히 싫어하는 게 많은 반소은이라는 걸 들킬 테고, 또 킬당할지도 몰랐다.

"얼마나 여기 있었던 거야?"

"나흘."

"여기까지 와서 왜 안 찾아오고."

"무슨 말을 해야 할지 모르겠어서."

내 말에 그는 흐릿하게 웃었다. 여전히 우리의 미래는 절망적인 거군. 그럼 내가 이 장어탕을 꾸역꾸역 먹을 필요도 없는 거 아닌가?

"정우가 전화를 했어요. 소은 씨가 며칠째 연락이 안 되고 집에도 안 들어왔다고."

반말이 끝난 건, 그가 정신을 차렸다는 건데.

나는 고분고분하게 대답했다.

"네."

"조만간 서울에 가서 연락하려고 했는데."

"네."

"나, 여기 일 정리했어요."

나는 조용히 수저를 다시 들었다. 언젠가 아버지가 말했던 대로 국물의 깊은 맛이 느껴지긴 개뿔. 바다의 비린 맛이 하나하나 살아나 내 비위를 건드렸다.

"그만 먹어요. 한약 먹는 거 같네. 나 소은 씨가 그거 싫어한다는 걸 잊었어. 그냥 여기선 술 마시면 다 그거 먹거든. 아니, 아직도 그대로인지 궁금했어. 인상을 찌푸리면서 안 먹을 줄 알았는데. 왜 그래요? 반소은 아닌 것처럼."

"네."

나는 가만히 수저를 내려놓았다.

들켰구나 생각되면 조용히 인정해야 한다. 그런데 내가 그대로인지 궁금했다는 건 일종의 테스트라는 건가? 나는 그를 바라봤다.

"후회했어요."

"네?"

"소은 씨한테 헤어지자고 한 거."

나는 내내 그때 '미쳤어요?'라고 대답한 걸 후회했다고 말하고 싶었다.

"회사는 고모부가 하게 될 것 같아요. 어차피 내 능력 밖이었고."

"네."

"그냥 시간이 좀 필요했는데. 왜 소은 씨한테 시간을 달라고 정직하게 말하지 못했을까 후회했어요. 아니 솔직히는 자존심이 상했어. 화가 나서 속 좁게 소은 씨가 다른 남자와 나를 비교하고 있을 거라 생각하니 그냥 다 관두자 싶었지."

"네."

그에 관해서는 입이 열 개여도 할 말이 없……. 아니 입이 열

개면 열 번 잘못했다 말해야 하는데 입이 떨어지지 않았다.

"한마리 칼럼도 사과해요. 그렇지만 그건 정말."

"알아요. 글을 쓸 때 이야기가 과장되고, 확대되고, 비틀리는 거. 그런 걸 구분 못 하는 바보는 아니에요. 아, 물론 그 순간에는 그랬지만."

과장하고, 확대하고, 비틀리는. 단어 하나하나에 뼈가 있다. 점점 불길해진다.

"나는요."

그는 운을 떼고 한참 먼 곳을 보며 말을 잇지 못했다.

"함께 여행할 수 있는 여자를 만나고 싶었어요."

나는 조심스럽게 눈치를 보며 물을 마셨다.

뻔히 결과를 알면서도 마지막 결정을 기다리는 기분이었다.

"소은 씨가 그러지 못할 거라는 걸 알아요. 내가 여행을 좋아하는 것처럼, 소은 씨가 좋아하는 것들이 있겠지."

"네."

"다 잊고 여행가면 되지라고 생각했어요. 떠나서 걷고 또 걸으면 되지. 산도 넘고, 바다도 건너고, 새로운 사람들을 만나고. 그런데 그게 설레지 않게 됐어요. 그러다 이제 어디에도 갈 수 없겠다는 생각이 들었어요. 그런데 그 와중에도 나를 웃게 한 건 소은 씨의 악담이었어. 다음 세상에 새로 태어나서 찌질찌질 울라니. 가끔 너무 힘들면 혼자 쪼그리고 앉아 찌질찌질 그랬지. 그러면 기분이 나아졌어."

그는 여전히 겉도는 중이다. 아마 나처럼 이게 미련인지 뭔지 알 수 없는 것이리라.

그렇다면 내가 진심을 말해야 했다.

"세준 씨, 나는 아직도 잘 모르겠어요. 보고 싶은 것과 아닌 것으로 사랑이다 아니다 구분하는 건지. 함께 있으면 좋다, 아니다로 구별해 내는 건지. 헤어지고 나서 매일이 힘들었던 건 아니에요. 혼자여서 할 수 있는 것들을 할 땐 다행스럽게 느껴지기도 했으니까. 그런데 계속 뭔가 잘못하는 기분이 들어요. 누군가에게 사과를 하지 않은 것 같고, 현관문을 안 잠그고 회사에 온 거 같고. 그리고 불행해지는 것도 같고."

"소은 씨."

"당신한테 해야 할 이야기들을 박정우를 만나서 했어요. 전해 줄 줄 알았는데. 그냥 자존심 때문에 너 이거 오세준한테 말하면 안 돼라고 말한 걸 전부 다 전하지 않았더라고요."

"진짜 친해졌구나?"

그 순간 그의 얼굴에서 느껴지던 긴장이 사라졌다.

"네."

"나한테 매일 자랑했어요. 반소은이, 반소은이. 얼마 전엔 출장 가서 선물을 한 봉지 사다 줬다고 자랑하더라. 당신이 날 보고 싶어 한다거나 그런 이야기는 안 했어. 마치 자기와 새로운 사랑을 시작할 것처럼 그런 불안감을 내게 줬어. 작전이었을까?"

내 선물의 포인트는 봉지였는데 그걸 그렇게 기뻐했다니. 조금 미안했지만 그건 봉지 박의 운명이었다. 그리고 봉지 박에게는 원죄가 있기도 했다.

"소은 씨에게, 정우에게 섭섭했어. 그리고 불안했어. 언젠가 내가 두 사람이 더 어울린다고 말했던 걸 당신이 기억할까 봐."

"네."

이야기는 끊기고 분위기는 어색했다.

내가 생각한 재회는 이런 것이 아니었다. 달려가 그를 안았을 때만 해도 당장이라도 서로의 육체, 아니 거기까지는 아니더라도 입술을 탐하고 지난 몇 달간은 아무것도 아닌 것처럼 더 뜨거운 사이가 된다까지는 아니었지만……. 그런 생각을 아예 안 한 건 아니었다.

"다 먹었으면 일어납시다."

"네."

"짐은 그것뿐이에요?"

"네."

어디로 가는 거냐고 묻지도 않고 나는 그를 따라 걸었다. 그는 택시를 잡았고 내 손을 잡은 채 말했다.

"아저씨, 여수역요."

손을 잡았다는 건 함께 가는 거겠지, 이제 다시 서울로 돌아가면 아무 일 없었던 것처럼, 그때 그 지점으로 돌아가는 거였다.

역에 도착한 나는 그가 표를 사는 사이 거울 앞에서 몰래 입술에 립스틱을 발랐다. 비비크림은 아까 식당 화장실에서 발랐지만 립스틱은 가방 바닥에 있어서 찾지 못했다.

"자요."

막 립스틱을 바르고 돌아선 나에게 세준은 표를 내밀었다.

표는 한 장이었고 그는 표를 주고는 슬쩍 뒤로 물러섰다.

"익산에서 갈아타야 해요. KTX로."

"네."

생각할 시간을 달라는 말도 거절로 생각했던 적이 있었다. 빨리 나지 않은 결론은 망설인 것이고 100퍼센트의 마음을 얻지 못한 것처럼 느껴졌다.

하지만 지금 이 순간 나는 그가 나를 좋아하고, 사랑하고, 이별 때문에 힘든 것과는 별개로, 나와 다시 시작하는 것에 대해서도 확신이 없다는 게 느껴졌다. 그리고 그건 그의 문제만은 아니었다.

또, 거절당하면서도 이번엔 고개가 끄덕여졌다.

납득할 수 있을 것 같았다.

기차에 타고 나는 아무도 없는 칸을 찾아 한참 걸었다. 그리고 구석 자리에 앉아 울 준비를 했다.

기차가 출발해서 소리를 내기만 하면 울어 버릴 생각이었다.

칙칙 폭폭과 비슷한 소리를 내며 기차가 출발하자 눈물이 나오지 않았다.

기차가 익산역에 도착할 즈음 나는 내가 울지 않은 것이 기차의 그 박자 때문이라는 걸 알았다. 언젠가 내가 오세준의 품에 안겨 이렇게 사는 게 너무 외롭다고 외쳤던 그 순간처럼, 기차는 울지도 못하는 내 등을 칙칙 폭폭 두들겨 주었다.

환승 대신 계속 서울까지 그 무궁화호 기차를 타기로 맘을 정한 후 나는 세준에게 전화를 걸었다.

—여보세요.

"저, 반소은이에요."

—네.

"못 한 말이 있어서요."

—네?

"잘못했어요. 그리고 미안했어요. 그리고 많이 정말로 많이 좋아했어요. 구미호답지 않게 서툴렀지만. 그리고 고마웠어요, 전부 다. 내가 뭘 잘못했는지 알아요. 손해 보지 않으려는 거, 지지 않으려는 거 내 오랜 습관인데. 누군가를 좋아하려면 나쁜 습관을 버려야 한다는 거 나 몰랐어요. 미안해요."

전화를 끊고 나는 처음으로 가슴이 후련했다.

헤어지는 마당에 정말로 많이 좋아했다고 말하는 것은 변명이라고 생각했다. 하지만 변명이 아니었다. 다시는 말할 기회가 없을 테니 한 번이라도 더 말하고 싶은 것뿐.

"소은 씨."

진짜 이별을 했고 미련이 없다고 생각하는데도 여전히 환청이 들려온다. 나는 귀를 막고 경비실 쪽을 보며 입구로 향했다.

계속 이런 현상이 일어난다면 절에 가거나 교회에 나가 이 나약하고 상처 받은 영혼을 의지할 대상을 찾아야 할 것 같았다.

순간, 누군가 내 손목을 붙잡았다. 하지만 손바닥을 귀에 붙이고 있느라 손이 아닌 몸이 돌아갔다.

"어!"

오세준이었다.

미국 드라마에서 본 적이 있다. 환청에, 시각에, 촉감까지. 이건 몹쓸 병의 전조였다.

나는 다시 눈을 감았다 이번엔 천천히 떴다.

그 순간 그가 그 두 팔로 우악스럽게 나를 안았다. 숨이 막히도록 꼭. 코끝으로 오세준의 냄새가 훅 끼쳤다.

아까는 바다 냄새에 묻혀 느껴지지 않던 바로 그 냄새.

"진짜예요?"

"뭐가?"

"진짜 오세준이냐고."

그는 대답하지 않았다.

원래 진짜는 구구하게 말을 하지 않는 법이지. 나는 웃으며 그의 허리를 꼭 붙잡았다.

"그리고 대전에서 말이야. 그 밤."

나는 그 밤을 떠올렸다. 두고두고 상처가 됐던 그 밤.

"그날 당신이 화내기를 바랐거든. 그런데 당장 울 것 같은 얼굴로 당신이 나를 참아 주더라고. 그 순간 처음 만난 날의 내가 반했던 소은을 떠올렸어. 불퉁한 얼굴로 세상에 싫은 게 완전 많다던 반소은. 그게 맘에 걸렸어. 완전히 나쁜 놈이 된 기분이었지. 그때까지 그 연애의 동력은 당신이 좋고 내가 당신 앞에서 좋은 사람이라는 사실이었지. 그러다 억지스러운 생각을 했지. 당신이 나에 대해 궁금해하지 않았다는 걸 떠올렸어. 당신은 단지 연애 상대로서 오세준이 좋은 건 아닐까? 또 그날, 결혼하자는 내 실언에 미쳤냐고 정색하던 당신이 떠올랐어. 당신 말대로 생각에 생각을 하다가 피곤해졌어. 당신과 함께 있는 현재는 좋지만 미래는 그려지지 않더라고. 그리고 블로그 글을 보고 생각했지. 당신 역시 미래를 그리고 싶어 하지 않는구나."

나는 고개를 끄덕였다. 단순한 이별이 아니라는 건 알았지만,

이렇게 복잡한 마음이었을 거라고는 생각하지 못했다.

"아까도 그랬어. 나를 찾아온 당신은 이제 미래를 생각하는 것 같은데 나는 자신이 없더라. 당신을 위해서라는 말은 사실 핑계야. 난 아마 피곤할까 봐 두려웠던 거 같아. 이것도 싫어. 저것도 싫어. 이건 저렇고 저건 이렇고. 따지기 좋아하는 당신이 귀엽긴 한데, 그렇게 평생은 자신이 없었는지도. 그런데 기차가 출발하고 나자, 아차 싶어졌어. 이대로 진짜 끝이겠구나. 소은 씨 없이 살 수는 있을 것 같아. 근데 그러지 않으려고. 왜 그래야 하나 생각했어. 그리고 피곤하게 살고 싶어졌어. 코에 주름 생기도록 얼굴 찡그리고, 아 재수 없어, 싫어, 완전 짜증 나 하는 당신이 좋아. 처음부터 좋았고 지금도 좋아. 당신이랑 있으면 새로운 길, 지도 없는 여행지를 설레서 걷는 것 같아 두근거려."

뭔가 굴욕적인 사랑의 고백이긴 했다.

당신의 눈동자가 아름다워서가 아니라, 피곤해서 사랑한다니.

나는 그의 가슴께에 머리를 파묻었다.

세준이 두 손으로 내 머리를 떼어 놓고는 가만히 나를 바라봤다.

"우리 자자. 이제 자도 될까? 안 될까? 좀 속 보이지 않을까? 그런 거 생각하지 말고 그냥 자. 우리 둘 다 어른이니까 어른의 재회는 그런 거니까."

세준의 얼굴이 붉어졌고 나는 얼굴에 힘을 줘 웃었다. 박정우가 늙어 보인다고 했던, 그러나 오세준이 제일 좋아하는 게 분명한 유혹의 웃음이었다.

"성적표 와 있는 집에 가는 중학생처럼 걸음이 뭐 그래요? 난 소은 씨 만나러 올 때 막 날아오는데."

세준은 저만치에서 두 손을 입가에 활짝 편 채 동네가 떠나가라 외쳤다.

하지만 나는 부러 천천히 걸었다.

새 부츠가 아직 익숙하지 않은데 넘어지기라도 하면 분명 신발이 어쩌네! 잔소리를 할 게 뻔했다.

"근데 정우랑 또 왜 싸웠어?"

세준의 말에 나는 웃으며 말했다.

"이번에도 그분이 완전 잘못하신 거라서. 괜히 우정에 금 가게 하고 싶지 않아. 조만간 마음의 용서를 하려고."

"언제부터 오빠라 부르냐고 난리던데?"

"웃기시네. 나를 형수라고 부를 마음의 준비나 하라고 해."

"형수?"

세준이 손을 내저으며 말했다.

"아냐, 소은. 걔가 나보다 한 살 많아."

"에?"

"내가 학교를 일찍 갔잖아."

다섯 살이나 많은 남자에게 야! 쟤! 볶음, 봉지라고 했다니 나는 슬쩍 미안해졌다. 하지만 박볶음을 오빠라고 부를 수는 없었다.

"근데 친구 간에 형수니, 제수씨 그런 거 웃기잖아? 그냥 나는 정우 씨, 걔는 소은 씨. 이렇게 존중해 줘야지."

"걔는?"

"아니, 그분께서는."

나는 아쉬움에 입맛을 다셨다.

오세준이 박볶음의 형님이었다면, 그래서 날 '형수님!'이라 부르게 했다면 정말 완벽한 승리였을 텐데!

"카레 괜찮아? 카레 했어. 근데 버섯 넣었다. 당신은 버섯 향이 아니라 질감이 싫은 거니까 크게 했어. 골라내고 먹어. 괜찮지?"

버섯은 둘째 치고 괜찮냐는 말에 나는 얼굴이 달아올랐다.

언제부터인가 '괜찮아' 나 '괜찮겠어?', '괜찮지?'는 내가 아는 가장 도발적인 말이 되었다.

"이게 대만 여행기예요?"

나는 시치미를 떼고 그가 찍어 온 사진들을 확인했다.

내가 대만에 갔던 그때 세준도 똑같이 박정우의 요청으로 대만에 갔다. 싱가포르에서처럼 한 호텔에 묵고 같은 동선으로 움직였다.

하지만 마주치지 못했다. 나는 호텔에만 있다 딱 하루 이케아에만 갔다.

대만 프로젝트가 실패했다는 게 그 이야기였군.

갑자기 박정우의 오지랖이 귀엽게 느껴졌다.

"이케아에도 갔어?"

"응. 그건 박정우가 꼭 취재해야 한대서."

나는 노트를 뒤적여 그가 이케아에 간 날짜를 확인했다. 그리고 아직도 정리하지 않은 내 여행 가방에서 영수증을 꺼내 몰래 확인했다.

같은 날이었다. 박정우는 내게 취재는 못해도 구매 대행은 해야 한다며 마지막 날 이케아에서 사 와야 하는 품목들을 알려줬다.

"정우가 나한테 거기 가면 내 인생의 보물을 찾을 거라고 그랬거든? 그래서 열심히 돌아다녔어. 난 솔직히 싱가포르처럼 당신이 있을 줄 알았거든? 호텔 로비도 서성이고."

"유치하기는."

시치미를 떼려고 했는데 자꾸만 웃음이 삐져나왔다.

세준이 머뭇거리다 말했다.

"근데 정말 안 갔어?"

"안 갔다니까."

"이 사진 좀 볼래? 이 여자 진상이지. 여기서 몇 시간을 잤어."

세준이 내민 사진을 보고 나는 헉! 하고 숨을 들이켰다.

발만 보고도 나인 줄 알 수 있는 사진이었다.

맘에 드는 어린이 침대에 누워, 다시 열 살이 되면 좋겠다, 그래서 인생을 좀 긍정적이고 보드랍고 재미있게 살고 싶다는 생각만 하고 일어났는데.

오후 내내 거기서 자고 있었던 거였다.

"침대 예쁘네. 아, 배고프다."

찔끔 나온 땀을 닦고 밥상을 차리며 잠시 인연이나 운명 이런 것들이 아닌, 타이밍이나 찰나에 대해 생각했다.

내가 지쳐 널브러지는 타이밍마다, 왜 그가 나타나 셔터를 누르는 것일까?

화장실로 들어가 문까지 걸어 잠그고 나는 정우에게 문자메시지부터 보냈다.

이번 배신은 용서하겠다. 그러나 내가 대만 간 건 비밀.

뭐? 용서? 웃기시네.

지연이가 요즘 혼자라던데, 잘 생각해 보세요. 아주버님.

넵! 제수씨!

농담이 아니라 진지하게 생각 중이었다. 지연에게 정우와 연습 삼아 연애를 해 보라고 권해 볼까

한때의 원수였던 투애니원 박─이건 내가 아닌 지연이 붙인 별명이었다. 그날 붙인 '배신'을 포함해서 내가 붙인 박정우의 별명이 21개가 되었다며─에게 나는 복잡한 감정을 느꼈다. 그건 책임감이기도 했고 안타까움이기도 했다.

"주말에 제주도 가자."

밥을 먹고 산책을 하다 양쪽 집의 절반쯤에서 헤어지기 직전, 그는 유난히 어색하게 말했다.

연애
연습

'제주도에 갈래?'라든가 '제주도에 가는 건 언제?'라고 말하는 사람이 '제주도에 가자.' 하는 건 뭔가 있는 게 분명했다. 그리고 일요일은 내 생일이다.

"뭐, 괜찮아요."

"토요일에 가서 월요일 밤 늦게 오자."

"네."

상대가 무엇을 준비했다면 지나치게 따지거나 하지 않고 넘어가 주는 것, 그것도 내가 배운 연애의 기술이었다.

"세준이는 날마다 늦더라."

정우의 말에 나는 모르겠다는 듯 어깨를 으쓱했다.

세준이 새로 얻은 집이 하필이면 박정우와 같은 빌라에, 마주보는 동에, 같은 라인에, 같은 층이었다.

"너 새벽에 거기서 나가는 거 내가 세 번이나 봤어. 나이 들어서 너무 격정적인 연애를 하면 기가 허해져. 돌연사 같은 거 안 무섭나?"

"넌 맞아 죽는 거 안 두렵냐?"

"너라니. 아주버님이라 해야지."

나는 혀를 날름해 보였다.

"세준이 얼굴을 보면 알 수 있어. 격정의 나날. 그거 부러웠어. 그래서 슬퍼. 나도 격정의 나날을 알고 싶어."

"이내 잔잔해져. 그러니까 금방 끝나."

사실이었다.

다시 만나 더 깊어진 마음이 있다고 해도, 오랜 갈증이나 그리움이 채워지고 난 후는 다시 일상이다. 매일매일이 격정적일 수는 없는 일 아닌가. 이제 일어날 사건도, 등을 돌릴 사람도 없다.

"아직도 겁먹었어?"

"뭐가?"

"결혼하자 그러면 미쳤어요? 하고 펄쩍 뛸 거야?"

"미쳤어요는 요새 안 써, 아예."

"너 잘 썼잖아. 미친 거 아냐?"

"그거, 나쁜 말 같아."

"이제 깨달았어?"

"미친놈이랑 같은 맥락이잖아. 미친놈 아니십니까?"

"으하하하하하."

"난 사람이 되어 가고 있는 것 같아. 그런 의미에서 당신도 진짜 연애를 하고, 헤어지기도 하고, 그렇게 해서 나처럼 사람이 되길 바라."

"구미호는 사람 100명 잡아먹고 사람 되는 거 아냐?"

"아니야. 진정한 사랑을 받으면 되는 거 아닌가?"

"그건 「인어 공주」고."

"검색해 봐."

휴대폰을 꺼낸 정우가 '구미호가 사람이 되려면'을 검색창에 넣었다.

"내 말이 맞잖아. 간을 100개 먹거나, 아니면 인간의 남자와 1년을 살면서 아기를 낳아야 해."

"돼지 간도 싫은데 인간의 간을, 그것도 백 개나?"

"은근 네가 간 본 남자가 그 정도 되지 않을까? 그치? 인정하지?"

나는 대충 고개를 끄덕였다.

　인간이 되는 것도 얼마 안 남은 마당에 하찮은 봉다리와 싸울 이유가 없었다. 인간의 남자와 1년을 살면서 아기를 낳는 일에 대해 생각해야 했다.

　잠든 세준을 두고 거실로 나온 나는 오늘 낮 회사로 도착한 신이의 단행본을 꺼냈다. 조심스레 책 날개를 펴고 나는 아기를 안은 신이와 옆에 선 민재의 사진을 확인했다.

　옛 애인과의 하룻밤으로 임신을 한 B가 초조해져서 아이 아빠로 M을 선택하고 계획적으로 하룻밤을 보내는 장면이 그려진 후 막장 웹툰이 탄생했다며 세상이 시끄러운 것과 달리, 두 사람, 아니 세 사람은 행복해 보였다.

　생일 축하해. 신, 민재 그리고 건.

　민재의 글씨를 가만히 손으로 만져 보다 컴퓨터를 켜고 '반대의 여자' 페이지를 열었다. 방금 막 올라온 새 만화가 댓글 하나도 없이 나를 기다리고 있었다.

　오늘의 연재분은 B가 A의 남자 친구에게 A의 이중 연애에 대해 폭로하고, 삼자대면을 노리고 대전에 A의 남자 친구를 내려 보내는 장면이었다.

　이상하게도 신이는 몰랐을 대전에서의 일이 사실과 비슷하게 그려져 있었다. 초조해진 A의 애인은 집 앞에서 거칠게 키스하고, 그걸 A의 맞선남에게 들킨다는 점에서 조금 달랐지만.

나는 조금 망설이다 로그인을 하고 댓글을 달았다.

시간이 지나면 결국엔 다 괜찮아져. 힘내라 AI
작가! 널 미대에 가게 한 내게 감사해라!

나는 방문을 열고 잠든 세준의 얼굴을 한참 바라봤다. 그 얼굴을 보면 모든 게 거짓말처럼 괜찮아질 때가 있기도 했다.
그리고 중얼거렸다.
"괜찮아."

나는 휴대폰을 꺼내 엄마에게 문자메시지를 보냈다.

낳아 줘서 고마워

연애하더니, 그런 말도 나불거릴 줄 알고. 네가 행복하니 난 됐어.

행복한가?
나는 방으로 들어가 잠이 든 세준의 옆에 누웠다.
행복이 뭔지 모르겠지만 나는 오세준이 좋다.
짙은 그의 눈썹이 좋고, 오똑한 그의 콧날이 좋으며, 수염을 하루 깎지 않아 푸르스름한 그의 턱을 좋아한다. 조심해서 한 번 더 생각하고 말하는 그의 습관이 좋고, 따뜻하고 큰 손도, 그의 예쁜 엉덩이도, 듬직하고 넓은 등짝도 좋다.
그리고 나를 안기 전 괜찮나 묻는 것도, 또 무슨 일이든 결정하기 전 괜찮겠냐고 물어봐 주는 것도 좋다.

또 '괜찮아? 괜찮겠어?'라고 자주 물어봐 주면 좋겠다.

순간 또 소리를 내며 문자메시지가 들어왔다.

온천 여행 보내 줘. 여행가 애인도 있으면서.

여행가를 여행사 사장의 동급으로 이해하고 있는 엄마의 환상을 나는 굳이 바로잡지 않았다. 이전의 나였다면, 버스 타고 리베라 호텔 12,000원 목욕탕에라도 가라고 했을 텐데.

12시가 되는 걸 확인한 후 나는 잠든 내 남자의 품 속으로 들어갔다. 잠깐 이 남자를 깨워 달콤한 목소리로 더위를 파는 것에 대한 유혹이 밀려왔지만, 내 남자가 더우면 나도 더울 테고.

나는 박정우에게 문자메시지를 보냈다.

정우 오빠.

이어 떡밥을 문 박정우의 답문이 도착했다.

응. 동생.

큭큭 웃음을 참으며 나는 내 몫의 더위와 내 남자의 더위를 모두 박정우에게 팔았다.

우리 더위.

우리라는 말은 참 좋은 말이다.

전화를 끄고 나는 그날 밤처럼 내 남자를 꼭 끌어안았다.

자는 와중에도 헤벌쭉 웃으며 그가 묻는다.

"괜찮겠어?"

연습이라는 이름을 걸고 망설이며 시작했던 나는 이제 여기까지 와 있다. 콧등에 주름을 잡아 가며 이해할 수 없어 찡그렸던 일들을 나는 이해하고 수용하는 중이며, 때로는 그것들이 즐겁기도 하다.

이제는 연습이 아니라는 걸 알고 있다. 하지만 두렵거나 걱정하지 않는다. 내가 실수할 때, 말이 안 되는 주장을 펼칠 때도 가만히 기다려 줄 사람이 있으니까.

헤어져 힘들었을 때 나는 그를 만나지 않았더라면 좋았겠다 생각했지만 지금 나는 그와 만나서, 그를 알게 돼서 다행이라 여긴다. 그를 더 이해하게 되고, 나 자신의 비틀어진 부분을 인정하게 된 헤어짐의 시간도 그렇다.

어쩌면 박정우와의 길고 긴 다툼 역시 쓸모없는 일은 아닐지도 모른다. 그가 그 툭툭 던지는 거친 말 속에 어떤 진심을 감추었는지 오세준이 아니었다면 나는 영원히 몰랐을 텐데. 늦었지만 그래도 알게 되었으니 얼마나 다행인가.

나는 바보처럼 웃으며 잠든 그의 귀에 콧바람까지 섞어 속삭였다.

"괜찮은 정도가 아니라 완전 행복해. 후아!"

연애
연습

돌아가는 길

집으로 돌아가는 비행기를 기다리며 나는 인터넷 전화를 꺼내 검색을 눌렀다. 다행히 무선 인터넷이 잡히고 전화는 신호를 잡는다.

한국은 지금 6시쯤이다.

그녀는 퇴근 시간을 기다리며 구두를 갈아 신고 책상 밑에서 발을 꼼지락거리고 있을 것이다.

─우와, 전화되네.

언제부터인가 우리의 통화 첫마디는 '여보세요'가 아닌 '전화되네.'가 되었다.

아, 물론 전화가 됐다고 늘 화기애애한 건 아니다. 언젠가 몇 번의 시도 끝에 전화 연결이 됐고, 아내는 짜증 섞인 목소리로 말했다.

'네. 연결됐고요. 근데 여기는 새벽이고 난 잘 거야.'

그리고 전화는 가차 없이 끊어졌다.

"응. 공항인데 이제야 되네. 1시간 후에 비행기 타."

—내일 새벽에 정우 씨가 나갈 거예요.

"어?"

—택시는 비싸잖아.

"나온대?"

—응. 걱정 마요. 내가 말한 건 샀어?

"응."

내가 그것 때문에 이틀이나 일정을 망쳤다는 걸 그녀는 모를 것이다. 그런 걸 말했다가는 보람은 사라지고 생색만 남는다.

"이따 봐."

—나도요. 일찍 가서 자야 새벽에 당신 만나지.

"공항에 같이 오게?"

—아니. 박정우 운전을 믿을 수 없어서. 같이 죽을 수는 없잖아?

"응."

말은 저렇게 하지만, 나는 그녀가 그 시간에 일어나 뭔가 음식을 한다며 분주히 움직일 거라는 걸 알고 있다.

그녀와 연애를 한 후, 나는 세 번 더 여행을 했다.

한 번은 그녀와 함께였고 두 번은 혼자였다.

한 번의 여행 이후, 그녀는 내게 편지로 진지하게 호소했다.

모든 것을 함께하는 것이 사랑인지 회의가 든다고.

각자 좋아하는 일이나, 혼자 해낼 수 있는, 상대가 힘들어하는 일은 각자 알아서 하자고.

연애
연습

그리고 내가 연휴를 이용해 여행을 가겠다는 말에도 아무 말 없이 끄덕여 주었다.

이제 나는 나의 뒷일을 정리하는 편지를 남기지 않는다.

그녀는 그것이 불길한 것이라며 몹시 싫어한다. 그걸 읽으면서 슬퍼할 사람은 생각하지 않느냐고, 그냥 남은 사람들이 정리 못 할 일은 남기지 말라고, 그럴 자신이 없으면 여행을 갈 자격이 없다고.

아무것도 남기지 않고 떠난 이번 여행 내내 나는 생각했다.

'같이 봤으면 좋았을걸.'

여행에서 돌아가면 나는 그녀에게 여행지 사진을 보여 주며 열심히 설명할 것이다.

하지만 그녀는 주로 가끔 잘못 찍힌 여자들을 보며, 누군지 다 그치거나, 사진 번호 중에 빈 게 있다며 뭘 지우고 숨긴 거냐고 다그친다.

이제 나는 가끔 미녀들이 보이면 슬쩍 그녀들이 잡히도록 사진을 찍는다. 그리고 예쁜 찻잔이나 접시를 보면 그녀가 생각난다.

함께 산 이후 첫 여행 때, 나는 그녀에게 엽서를 보냈다. 그녀가 아주 기뻐할 거라 생각하면서.

그러나 그녀는 그 엽서를 받은 즉시 벽에 붙여 버렸다. 물론 내용이 적힌 쪽에 풀칠을 해서 절절한 내 그리움은 벽에 봉인했다.

그리고 돌아온 내게 진지하게 경고했다.

가족끼리 그런 거 쓰지 말라고.

그녀는 여전히 싫어하는 것이 많다.

가끔 내 어머니가 우리 집에 와서 계단에 앉아 기다리는 걸 경기할 만큼 싫어한다. 어머니가 선물한 번호 키를 그녀는 해킹의 위험 운운하며 기어이 달지 않았다.

하지만 어머니와는 잘 지낸다. 화가 날 때는 꼭 '당신'을 붙여 당신 어머니라고 부르지만.

그녀의 말대로 통보 없는 방문이 싫고, 계단에 앉아 기다리는 게 무서울 뿐인 것 같다.

그녀는 아직도 20년 지기와 화해하지 않았다. 친구라는 말도 쓰지 못하게 한다.

하지만 그렇게 싸우던 정우와는 이제 잘 지낸다.

그게 내 친구여서라기보다. 정우는 자신의 가장 힘든 시기를 함께해 준 새 친구이기 때문이다.

언젠가 나는 여행을 떠나기 전, 정우에게 지금의 내 여자를 사랑하라고 충고하는 글을 남겼다. 그때는 그 여자를 만나 사랑에 빠지고 그녀의 노예가 될 걸 예감하지 못했다.

길을 떠날 때 우리는 모두 목적지를 정하고 출발한다.

하지만 지도도, 최근의 여행서도, 그 마을에 사는 사람도 모르는 길이 있다. 끝도 없이 헤매다 그 길을 발견할 때도, 또 그렇지 못할 때도 있다. 발견하고도 다시 갔을 때 영영 찾을 수 없기도 하다.

나 역시 그랬다.

내가 저 고집 세고 싫은 거 많은 여자를 변하게 할 수 있으리라 믿었다.

처음엔 그 여자의 예쁜 얼굴이, 예쁜 다리가 좋았다. 엉큼하게 한 번 만져 볼 수 있다면 좋겠다 생각하며 눈으로 더듬었다. 내 안에 그런 엉큼함이 있는지 당황할 만큼.

우여곡절 끝에 친구가 되고, 그러다 뺨 맞을 각오를 하고, 입술을 훔쳤던 그 순간을 지나 톡톡 쏘며 말하는 끝에 보이는 그 여자의 진짜 마음이 좋았고, 어느 술 취한 밤 전화해서 아이처럼 울며 털어놓은 마음의 상처에 진심으로 아팠다. 주고받는 게 분명한 성격도 맘에 들었다.

그녀는 나쁜 것만 돌려주는 건 아니다. 좋은 마음도, 호의도 잊지 않고 갚아 주는 사람이다.

좋아하고 나서는 행여 그녀를 놓치게 될까 봐 전전긍긍했으며, 그녀가 놀러 나가면 안 돼요라고 묻는 아이의 표정으로 우리 그냥 자면 안 되냐고 말했던 그 밤 이후, 나는 정우의 표현대로라면 빙충이가 되었다.

내겐 인간을 변화시키는 능력이 없었고 그녀는 변하지 않았다.

그런데 이제 나는 그녀의 고집을 이해하고, 그녀가 내는 결론들의 긍정을 믿는다.

나는 여행기를 한 권 냈고, 그녀는 옆에 앉아 그렇게 쓰면 안 팔린다고 진지하게 충고했다.

여행기는 미안하게도 잘 안 팔린다.

다음 여행기에는 당신의 충고를 듣겠노라 어렵게 말했지만, 그녀는 그냥 쓰지 말라고, 그냥 당신 여행은 혼자 정리하고 간직하라고 나를 타일렀다.

이 여행이 끝나면, 이렇게 긴 여행은 다시 못 하게 될지도 모르겠다.

나는 이제 다른 사람들처럼 직장에 들어가고, 아빠가 되고, 적금을 타서 집을 사고, 이런 계획들을 세운다.

그녀를 만나기 전, 나는 떠나기 전이 제일 설레는 사람이었다. 돌아오지 못해도 미련이 없다는 생각을 한 적도 있었다.

하지만 이제 나는 돌아가기 전이 제일 설렌다. 내가 사랑하는 여자가 기다리는 나의 집으로 돌아가는 것이 가장 기쁘다.

내 아내도 그럴 것이다.

물론, 그녀에게는 단서가 하나 붙는다.

아직까지는.

"이 정체불명의 찌개는 무엇이냐?"

정우는 식탁에 앉자마자 타박했다. 하지만 소은은 네까짓 게라는 표정으로 정우를 한 번 보고는 나를 그윽하게 바라봤다.

정우가 말한, 인간을 한순간에 나락으로 떨어트리는 표정이 바로 저거구나 나는 새삼 깨달았다.

"추석에 남은 것들을 모두 넣고 끓인 거야. 요리 블로그에서 퍼 왔어. 그리고 추석 이야기가 나왔으니 말인데, 나는 추석을 남편 없이 악명 높은 시고모들과 앉아서 전을 지져 냈어. 그 와중에 나는 시어머니를 향해 들어오는 고모님들의 공격까지 다 받아쳤다고. 여기 들어 있는 것들은 인내와 눈물의 지짐이야. 그걸 버릴 수 없잖아? 박복음 네가 옆에 있었으면 난 널 기름에 부쳐 냈을지도 몰라. 정말 이 사람네 집은 중국인도 아닌데 책상 다리 빼고 다 전을 부쳐. 게다가 그 고모들은 내가 착한 어머님을 물 들여서 집안을 몰락시켰다고까지 한단 말이지. 거기선 오해의 여지가 없는 레알 구미호야."

"너 이거 첨 끓이지? 간은 봤냐? 검증된 요리를 좀 올려야 하는 거 아냐?"

"지금 하면 되겠네. 검증. 잘난 네가 하면 되겠네."

그녀의 말이 맞다.

나는 얼른 한 수저 떠서 맛보고는 엄지손가락을 들어 보였다.

하지만 그녀는 고개만 끄덕일 뿐 먹지 않는다.

"넌 왜 안 먹어?"

정우의 말에 그녀가 말했다.

"아까 먹어 보니 이상해. 나한테는 맞지 않아."

"우리는? 우리는?"

"뭐 알아서 해. 더 먹든 아니면 버리든."

그녀는 거만하게 밥을 떠서는 능숙하게 김을 한 장 붙였다.

결국, 지금 이 상에서 먹을 만한 건 김뿐이라는 이야기다. 나는 슬쩍 눈치를 보며 김을 한 장 집었다.

"세준이 온다고 어머님한테 말해서 반찬 가져올 수도 있잖아. 한정식집 며느리가 뭐 이따위냐?"

"박정우님은 왜 그렇게 철이 없냐?"

"뭐가?"

"어른들은 언제 온다 했는데 그 날짜에 못 돌아오면 놀라시잖아. 보통 하루씩 더해서 말해. 그리고 첫날은 당신이 있잖아. 우린 내일 어머님표 음식을 먹는단 말이지. 그리고 부모에게 너무 많은 걸 의존하는 그 썩어 빠진 정신 상태를 버려."

"어떻게 그런 걸 그렇게 뻔뻔하게 말할 수 있어?"

둘은 싸우기 위해 만난 사람들 같다.

이번 여행에서 만난 어떤 할아버지는 내게 말했다.

사람과 사람이 만나는 데는 이유가 있다고. 그러나 여행에서 짧게 스치는 우리들은 우리들이 만난 이유를 죽는 날까지 모른다고. 그러나 너를 만나게 해 준 걸 감사한다고.

나는 감사한다.

정우에게 그리고 그녀에게.

그리고 지금 이 순간에.

"당신 울어?"

나는 얼른 수습했다. 찌개 맛이 너무 이상해서 우는 건 진정한 남자가 아니지 않은가. 그런데 문득 이런 맛은 우연이 아닐 거라는 생각이 든다.

어쩌면 이것도 시험인지 모른다.

"찌개가 너무하잖아. 나도 울고 싶은 거 꽉 참는 거야. 난 남자니까."

정우의 말에 그녀는 태연하게 대답한다.

"내 찌개를 참아 내면 어떤 여자를 만나도 잘 살 수 있어. 심지어 오지 여행을 가서 현지인들의 찌개도 견뎌 낼 수 있다고."

그녀의 모든 음식이 엉망은 아니다. 그녀는 물이 들어가는 음식을 잘 못 한다. 탕이나 죽, 밥.

나는 얼른 둘 사이를 비집고 말했다.

"나 여기 있어. 둘의 식탁에 내가 끼어든 기분이야, 지금. 나 외로워지려고 해."

하지만 그녀는 박정우를 노려보다 씩 웃으며 말했다.

"근데 박볶음이 진짜 있더라. 박을 얇게 썰어서 들기름을 넣고 볶아. 하하하하."

정우는 설마 그런 게 있을 리가 있냐는 듯 나를 봤다. 나는 고개를 끄덕여 줬다. 그녀는 승리를 위해 거짓말을 하는 타입의 여자는 아니다.

처음 만나는 날도 그랬다. 그녀는 박볶음이 붙인 자신의 별명에 대해, 그렇게 보일 수도 있다며 쿨하게 인정했다.

그 순간 나는 그녀에게 반했다.

그리고 그녀가 외롭다는 걸 알아챘다.

그녀가 기다리는 건, 너에게 반했어! 너를 갖고 싶어라고 말하는 남자가 아닌, 이야기를 하고, 가끔은 알면서도 져 주고 함께 무언가를 할 사람이라는 것도 알았다.

그래서 나는 쉽게 그녀의 영역으로 들어갔고 이제 우리는 같은 영역에 살고 있다.

"박정우는 자? 늙었구나? 소주 세 잔에 가다니."

작은방에 정우를 재우고 나오자 그녀는 그제야 내 여행 가방을 풀어 보기 시작했다.

"궁금해 죽는 줄 알았네."

"근데 왜 이제 봐? 난 좀 맘 상할 뻔했어."

"박정우도 이런 거 좋아해. 아이템은 나눠 가지는 게 아니야. 우선 고르고 남는 데서 주겠어."

스웨터를 꺼낸 그녀가 바닥에서 접시를 꺼냈다.

그리고 보호 비닐을 벗겨 낸 후 소리쳤다.

"아아아아아. 진짜다."

그녀를 만나기 전에 나는 한 장에 18만 원—그녀의 말로는 그건 비싼 축에도 끼지 않는다고 했지만—짜리 접시가 존재한다고 상상하지 못했다.

파란색 접시를 보며 즐거워하는 그녀를 보다 나는 발끝으로 톡톡 다른 스웨터를 건드렸다.

"뭐야?"

"그 속에도 뭐 있어. 그거 보면 날 더 사랑하게 될걸?"

"설마. 빨간색도 사 온 건 아니겠지? 그럼 당신은 정말 최고의 남편이며 인간이 아닌 천사급."

낭패였다. 나는 파란색 접시를 하나 더 샀을 뿐이고. 빨간색이 있는 건 봤지만 그 정도의 응용력은 없었다.

"괜찮아. 그릇 카페에서 교환하면 돼. 팔고 다시 사도 되고. 잘했어."

그 접시를 사기 위해 이틀 밤 빈대가 출몰하는 숙소에서 잤다고 나는 생색내지 않았다.

그런 생색은 기쁨을 반으로 줄이는 일이라는 걸 이제 안다.

"아니, 잘했어. 아니고 고마워. 기절할 만큼. 내가 내일 여기에 맛있는 요리 담아 줄게. 뭐 먹고 싶은 거 있어?"

"요리는 됐고. 우리 이제 자면 안 되나? 오랜만에 만나고 나 당신 너무 보고 싶었고 그런데."

나는 간절하게 그녀의 팔을 잡으며 말했다. 하지만 그녀는 천천히 고개를 저었다.

"바로 잘 수 있는 건 아니야."

"왜?"

"박정우가 가야지. 모든 건 내일로."

"쟨 잠들면 지구가 쪼개지기 전엔 안 일어나."

"우리가 지금 자면 지구가 쪼개질지도 모르니까."

나는 고개를 끄덕였다. 스포츠에 관한 것과 국물 요리에 관한 걸 빼면 대부분 그녀의 말이 맞다.

결국 우리는 그냥 안고 잤다.

꼭 뜨거운 밤이 아니더라도 누군가의 온기로 잠이 드는 따뜻한 밤이 좋다. 그리고 그녀는 언제나 따끈따끈해서 더 그렇다.

그녀는 적당히 서늘한 나를 좋아한다.

낯선 곳에서 잠이 들 때, 나는 늘 이 순간을 그리워한다.

그리고 그녀도 매일 밤 그랬으리라 믿는다. 아니, 매일 밤은 아니더라도.

피곤하고 긴 여행이었고, 즐거운 기다림이었다.

"아, 좋다."

이미 잠든 그녀에게 나는 가장 하고 싶었던 말을 했다.

언젠가 그녀는 그 말이 싫다고 했다. 그런 소리는 찌개를 먹고 난 아저씨들이 하는 말이라고.

지적당하기 전 나는 얼른 그녀가 제일 좋아하는 말을 했다.

"괜찮겠어?"

하지만 그녀는 넘어가지 않겠다는 듯 고개를 저으며 말했다.

"오늘은 안 괜찮아."

실망한 듯 돌아눕는 내게 그녀가 귀에 대고 말했다.

"내일은 괜찮아. 그리고 쭉 아마 괜찮을 것 같아. 하하하."

나는 귀여운 내 여자를 가만히 안았다. 물론 그녀는 내 여자라는 말도 싫어할 게 분명하다. 내가 나지, 왜 네 여자냐며 눈에 불을 켤지도 모른다.

"기다렸다가 내가 깊은 잠에 빠지면 그때 자."

"뭐?"

"당신이 먼저 잠들면 기분 나빠."

"예에."

"그거 빈정대는 대답이야?"

"아니야."

"그럼 착하고, 상냥하고, 친절하고, 다정하고, 로맨틱하게 대답해 줘."

"알았어. 얼른 자."

"얼른? 귀찮다는 거야?"

입을 삐쭉대는 그녀가 귀여워 나는 쪽 소리가 나도록 입을 맞췄다. 이렇게 해 주면 그녀는 씩 웃고는 이내 조용해져서 잠이 든다.

나는 이내 쌔근쌔근 잠이 든 그녀의 이마를 가만히 손가락으로 짚었다. 손가락으로 이마를 짚는 것, 물론 이것도 그녀가 잠 들었을 때나 할 수 있는, 그녀가 아주 싫어하는 행동이다.

오늘 밤은 아주 긴 밤이 될 것 같다. 내내 터질 것 같은 가슴으로 그녀의 얼굴을 보며 구구단을 외고, 반야심경에, 주기도문까지 외우며 하얗게 지새운 그 밤. 그리고 두 번째, 세 번째 그 밤처럼.

The End

연애
연습

연애 연습을 마치며

인생을 10년 단위로 끊어 쓴다면, 올해는 제게 새로운 시작의 해.

나이의 앞자리를 바꾸는 것이, 회사를 그만두는 것이, 새 책이 나오던 것이 설레었던 10년 전과 달리 올 것이 오고야 만 것 같은 기분이 드는군요.

'날마다 그게 그거인 연애 이야기를 쓰는 게 지겨워.' 하면서도 또 비슷한 이야기를 내어놓았고.

어쩌면 이게 마지막이겠구나 생각하면서도 완전 재미난 이야기의 줄거리를 가지고 박하스 씨와 제 살 깎아 먹는 이야기를 나눕니다.

결론은 '우린, 안 될 거야!' 로 끝나지만요.

지난 가을 짧은 여행을 다녀와 많은 생각을 했어요.

말이 안 통하는 곳에서 혼자만의 여행은 참! 좋았어요.

새벽 기차 안에서 마신 에스프레소도, 불친절한 프랑크푸르트의 케이크 집의 라즈베리 치즈 케이크도, 잘츠부르크 고장 난 교통 티켓 자판기 앞에서 한참을 헤매며 느꼈던 막막함도, 한 번도 콜하지 않았지만 주머니에 있던, 앤디와의 핫라인용 전화기도.

매일 밤 돌아오면 맛있는 밥과 토닥토닥으로 맞아 주던 비엔나 지율이의 집도.

엄마를 잃고 저는 방향을 잃은 사람처럼 헤맸어요.

누가 이리 가자면 그리로 갔다가 또 저쪽이야라면 저쪽으로.

지금은 일단 혼자 가고 있으니, 이 헤맴은 온전히 제 몫이겠죠?

여행에서 돌아와, 이제 남은 인생의 방향을 정하고 저는 즐겁습니다. 인생이 얼마나 남아 있는지 알 수 없지만 정말로 좋은 이야기, 재밌는 이야기를 쓰는 사람이 되겠노라 다짐합니다. 그게 어떤 이야기든지요.

저의 지난 10년을 함께해 주신 친구 같은 독자들께 인사를 전합니다.

10년 또 가 보죠, 뭐. 질기게.

솔.

연애
연습